I0643398

Bruno Golz

Pfalzgräfin Genovefa in der deutschen Dichtung

Bruno Golz

Pfalzgräfin Genovefa in der deutschen Dichtung

ISBN/EAN: 9783743365667

Hergestellt in Europa, USA, Kanada, Australien, Japan

Cover: Foto ©Andreas Hilbeck / pixelio.de

Manufactured and distributed by brebook publishing software (www.brebook.com)

Bruno Golz

Pfalzgräfin Genovefa in der deutschen Dichtung

PFALZGRÄFIN GENOVEFA

IN DER

DEUTSCHEN DICHTUNG

VON

BRUNO GOLZ.

LEIPZIG,
DRUCK UND VERLAG VON B. G. TEUBNER.
1897.

HERRN

PROFESSOR DR. MAX KOCH

GEWIDMET.

Vorwort.

Als B. Seuffert 1877 seine Habilitationsschrift „Die Legende von der Pfalzgräfin Genovefa" herausgab, versprach er, diese Schrift durch die litterarische Würdigung der Kunstdichtungen über den Genovefastoff zu ergänzen. Da das bisher nicht geschehen ist, habe ich mich, auf Veranlassung des Herrn Professor Max Koch, der dankbaren Aufgabe unterzogen. — Die weite Verbreitung des Stoffes über alle deutschen Lande verwies mich von vornherein auf den Beistand zahlreicher Bibliotheken und Fachgenossen. Überall fand ich das freundlichste Entgegenkommen.

Herr Professor Ständer, Direktor der Breslauer Universitätsbibliothek, vermittelte in aufserordentlich liebenswürdiger und dankenswerter Weise die Benutzung von Drucken und Handschriften der Berliner kgl. Bibliothek, der Wiener k. k. Hofbibliothek, der Münchener Hof- und Staatsbibliothek, der Dresdener kgl. Bibliothek, der Prager Universitätsbibliothek, der Eichstätter Ordinariatsbibliothek, der Bibliothek des Progymnasiums zu Jülich, der Gothaer herzogl. Bibliothek, der Aachener Stadtbibliothek u. s. w. Herr Geheimrat Professor Suphan, Direktor des Goethe-Schiller-Archivs in Weimar, erwirkte mir von Ihrer Königlichen Hoheit, der inzwischen verstorbenen Frau Grofsherzogin Sophie von Sachsen-Weimar, die Erlaubnis zur litterarischen Verwertung der Genovefafragmente Otto Ludwigs, eine Gewährung, für die ich mich ganz besonders zu Dank verpflichtet fühle. Die Intendanz der Königlichen Schauspiele in Berlin gestattete die Durchsicht eines Operntextes. Aufserdem unterstützten mich mit wertvollen Nachweisen: neben Herrn Professor Max Koch in Breslau an erster Stelle Herr Dr. J. Bolte in Berlin, ferner Herr Bibliothekar Dr. Hippe in Breslau, Herr Dr. E. Kraus in Prag, Herr Professor Zeidler, Herr F. Menčík, Herr Dr. M. Landau in

Wien, Herr Professor von Reinhardstöttner in München, Herr
Professor Baechtold (†) in Zürich, Herr Hofrat Dr. Pertsch in
Gotha, Herr Professor Kohl in Kreuznach, Herr Dr. Dürrwächter
in Regensburg, Herr Dr. Beyer in Erfurt, die Herren stud. phil.
H. Bock in Leipzig, K. Jahn in Berlin, H. Speck in Bres-
lau u. a. m.

Ihnen allen spreche ich hiermit meinen verbindlichsten
Dank aus.

Breslau im November 1897.   B. G.

Inhaltsverzeichnis.

Einleitung.[1]

Entstehung, Überlieferung und Fortbildung der Legende.

„Eine stille, einsame Kapelle in tiefer Waldeseinsamkeit, der
Poesie, der Treue und der Ergebung gebaut, um die rund umher
sich eng verschlungenes Dickicht zieht, über der alte Eichen in
heißem Sommertages Brand flüsternd sich bewegen, durch deren
Zweige gebrochen dann das Licht durchstreift, und ein Schatten-
gewölke über die Wände gießt, und spielend an ihnen auf und
nieder zittert, während von innen halbdunkle Kühle, erfrischende
Stille herrscht, und hinten in der Nische das Bild der Heiligen
dämmernd und freundlich durch das Gitter blickt, in dem Wald-
blumen halb welkend niederhängen, und unten auf der Steinstufe
der bekannte Alte betend kniet, während Vogelschlag eindringt
durch die offene Thüre, und Waldgerüche, und kühles Luftgesäusel
und grüner Schein und Baches Rauschen, und alles feierlich und
betend rund umher, bis auf die Wolken, die einzeln wie Pilger,
hell in innerem Verlangen erglänzend, auf blauer Himmelsbahn
hinwandeln zum Lande der Verheißung, und die Winde, die wie
Stumme der Natur nur im Hauche beten: so blickt das Gedicht
mit dem bescheidenen kleinen Glockenturme aus des Mittelalters dicht verwachsenem Hain vom fernen, grauen Berg herab,
und Jahrhunderte durch läutet das kleine Glöckchen oben fort
und fort, zum Trost einladend dem Wandrer zu, daß er zu dem
Bilde komme und sich Stärke hole und freudigen Lebensmut.

---

[1] Vergleiche für die ganze Einleitung Seufferts grundlegende Schrift:
„Die Legende von der Pfalzgräfin Genovefa". Würzburg 1877. Außerdem:
Ersch und Gruber „Encyklopädie". Leipzig 1853. S. Genovefa (Zacher). —
Wetzer und Welte „Kirchenlexikon" 2. Aufl. Freiburg i. B. 1888. S. Geno-
vefa. — F. Brüll „Die Maifelder Genovefa". Andernacher Gymnasial-
programm 1897.

Unter allen den verschiednen Büchern dieser Gattung ist die Genoveva durchaus das geschlossenste und am meisten ausgerundete; stellenweise ganz vollendet, und in seiner anspruchslosen Natürlichkeit unübertrefflich ausgeführt, im Ganzen in einem rührend unschuldigen Ton gehalten, kindlich, ungeschmückt, und in sich selbst beschattet und erdunkelnd in heiligem Gefühl."[1])

Mit der Herrschaft der Romantik erwachte auch die deutsche Sprachwissenschaft und die Teilnahme für die alten Volksbücher. Frühzeitig taucht darunter auch jenes von Görres so gepriesene Genovefa-Volksbuch auf. Die Germanistik hat sich mit dessen Ursprung vielfach beschäftigt.

Schon Jacob Grimm wies darauf hin, daſs sich Beispiele für die Aussetzung und Rettung unschuldiger Frauen in der Wilkina- (Thidreks-)sage, im Roman von Bertha mit dem groſsen Fuſs, im Tristan und im Volksbuch von der Genovefa finden.[2])

Der Vergleich der Genovefa- mit der Wilkinasage ist später oft wiederholt worden. Dasselbe Novellenmotiv zeigen indessen noch eine ganze Reihe anderer Sagen.[3])

Wir nennen als eng verwandt mit der Genovefa besonders: Griseldis, Hildegard, Krescentia, Hirlanda, Helena, Kaiser Oktavian, Itha von Toggenburg.[4])

Der Einsicht, daſs hier nur ein übereinstimmendes Novellenmotiv (die Leiden einer unschuldigen Frau) vorliegt, hat man sich lange verschlossen und immer wieder nach mythischen Beziehungen gesucht.

Am weitesten in der mythologischen Deutung geht Zacher, der in Siegfried Wuotan, in Genovefa Frouwa erblickt.[5])

Im Gegensatz zu dieser mythologischen Deutung haben andere Forscher die Sage auf geschichtlichen Boden stellen wollen. Kupp

---

1) J. Görres „Die teutschen Volksbücher". Heidelberg 1807. S. 246. 247.
2) Kleine Schriften IV. S. 11.
3) Seuffert „Legende" S. 7 und 8.
4) Simrock „Die Quellen des Shakespeare in Novellen, Märchen und Sagen mit sagengesch. Nachweisungen". 2. Aufl. Bonn 1872. I, S. 281.
5) Ersch und Gruber „Encyklopädie". S. Genovefa.

und Sauerborn[1]) machen Genovefa sogar zur Tochter Karl Martells!
— Einen Anhalt für die bestimmte zeitliche Feststellung der Sage
könnte freilich der Eingang der ursprünglichen lateinischen Überlieferung bieten: „Temporibus beati Hildulfi". Ein Hildulf aber
als Bischof von Trier läfst sich nicht nachweisen.[2]) Wie steht es
nun mit der anderen, scheinbar geschichtlichen Persönlichkeit,
mit dem Pfalzgrafen Siegfried? In Betracht kommen hier nur:
1. Ein Pfalzgraf Siegfried, der 710 zweimal urkundlich belegt,
dessen Lebensgeschichte jedoch völlig unbekannt ist. 2. Im 10. Jahrhundert der Graf Siegfried von Luxemburg. Seine Gemahlin hiefs
indessen Hedwig. 3. Der Pfalzgraf Siegfried von Ballenstädt, der
zweite Gründer des Laacher Klosters († 1113). — Der letztere
steht in der That mit der Sage im Zusammenhang. Seine Gemahlin war indessen die Gräfin Gertrudis von Nordheim, so dafs
für die Existenz unserer Heldin auch hier jede Spur fehlt.

Kann da überhaupt noch von einem rein historischen Ursprung der Sage die Rede sein?

Am wahrscheinlichsten ist vielmehr gemäfs den eingehenden
Darlegungen Seufferts, dafs die Genovefasage weder mythischen
noch historischen Ursprungs, sondern zwischen den Jahren 1325
und etwa 1425 von einem Laacher Mönch verfafst worden
sei.[3]) — Der Mönch knüpfte seine Erzählung an die nahe ge-
legene Kapelle in Frauenkirchen. Den Namen Siegfried entlehnte
er der Gründungsgeschichte seines Klosters. Jener historische
Pfalzgraf Siegfried von Ballenstädt hatte sich an dem Kreuzzug
Gottfrieds von Bouillon beteiligt, hatte auf dem Meer viele Gefahren erduldet, hatte in der Heimat einen Statthalter zurückgelassen und war auch in Brabant begütert. Schwieriger zu erklären ist der Name Genovefa. Vielleicht wirkte hier der weit-
verbreitete Kult der Pariser Schutzheiligen ein.[4]) Was die

1) Sauerborn „Geschichte der Pfalzgräfin Genovefa". Regensburg 1856.
2) Brower in seinen „Annales Trevirenses" setzte deshalb, allerdings
willkürlich, für Hildulf den Erzbischof Hillin (1152—1169) ein.
3) Das Fortleben der Genovefasage am Orte ihrer Entstehung, im
Eifelgebirge, bezeugen die Novelle „Die Schuldige" (in der Novellensamm-
lung „Kinder der Eifel") und das aus der Novelle geformte Schauspiel
„Barbara Holzer", Berlin 1897, von C. Viebig. Barbara Holzer hat sich
mit ihrem Kind in die einstige Höhle Genovefas geflüchtet und wird nun
vom Volk für die wiedererstandene Pfalzgräfin gehalten.
4) Die Verehrung der Pariser Schutzheiligen war in der That seit

1*

eigentliche Erzählung von der angeblichen Treulosigkeit der
Gattin betrifft, verweist Seuffert auf die Geschichte des Baiern-
herzogs und Pfalzgrafen Ludwig des Strengen, der 1256 seine
Gemahlin Maria von Brabant wegen scheinbaren Ehebruchs ent-
haupten liefs und später, um seine Unthat zu sühnen, das
Kloster Fürstenfeld gründete. — Nur diese nackten Thatsachen
hat der Laacher Mönch vielleicht gekannt. Alles Beiwerk schöpfte
er wohl aus den oben erwähnten zahlreichen Sagen, die
sämtlich das Novellenmotiv der unschuldig leidenden Gattin behandeln. Dem Ganzen aber gab er den Charakter einer Marien-
legende.

Hinsichtlich der Überlieferung unterscheidet Seuffert drei
Klassen von Handschriften, die eine eine Abschrift des Alumnus
zu Laach, Johann von Andernach (1500), die zweite, von dem
Laacher Schulrektor Johann Seinius 1448 gegründet, die dritte,
eine Erweiterung der Legende durch den Weihbischof Matthias
Emichius. — Notizen und Darstellungen, die zum Teil direkt
auf jene Handschriftklassen zurückgehen, finden wir bei Thomas
Leodius, Ioannes Molanus, Marquard Freher, Erycius Puteanus,
Albertus Miraeus, Jesuit Andreas Brunner, Jesuit Matthäus Rader,
Brower, Jesuit Joannes Nadasi, Michael Hoyer, Jesuit Gumppen-
berg, Rhay, Tolner, Bessel und Hahn, Hontheim.

Die beste Fassung der Genovefalegende bietet die erste Hand-
schriftenklasse. Ihr folgt Marquard Freher in der Appendix zu
seinen „Origines Palatinae" (1613):

Zur Zeit des Erzbischofs Hildulf von Trier lebten im Trier-
schen Lande der Pfalzgraf Siegfried und seine fromme Gemahlin
Genovefa, eine Tochter des Herzogs von Brabant. Als Siegfried
gegen die Heiden zu Felde ziehen mufste, verordnete er, dafs
Genovefa auf seiner im Maifelde gelegenen Burg wohnen sollte,
Burg und Gattin aber empfahl er, nach dem Rat seiner Vasallen,
seinem Freunde Golo, und Genovefa noch besonders der Obhut
Mariä. Gar bald gestand da der treulose Golo der Pfalzgräfin seine
sündhafte Liebe. Zurückgewiesen, erdichtete er die Nachricht,

---

alten Zeiten in der Nähe von Laach heimisch. Vergl. J. Meier „Zur
Genovefa-Legende" in der „Vierteljahrsschrift für Litteraturgeschichte" III,
S. 363—365 und F. Brüll „Die Maifelder Genovefa". Andernacher Gym-
nasialprogramm 1897. S. 16 u. 17.

Siegfried sei bei einer Meerfahrt umgekommen. Vergeblich! Maria selbst enthüllte der träumenden Gräfin die Lüge des Verräters. Nun entzog Golo seiner Herrin alle Diener und gestattete bloſs einem alten Weibe Zutritt zu der Wöchnerin. — Inzwischen nahte Siegfrieds Heimkehr. Auf den Rat eines (zweiten) alten Weibes reiste ihm Golo nach Straſsburg entgegen und bezichtigte Genovefa der Buhlschaft mit einem Koch. Der ergrimmte Siegfried befahl, Mutter und Kind im (Laacher) See zu ertränken. Die gedungenen Mörder schonten jedoch die Unschuldigen gegen Genovefas Versprechen, nie die Wildnis verlassen zu wollen. Als Wahrzeichen des Mordes überbrachten sie Golo Zunge und Augen eines Hundes. Maria verhieſs Genovefa ihre Hilfe und sandte dem verschmachtenden Kinde eine Hirschkuh. — Sechs Jahre und drei Monate später veranstaltete Siegfried vor Epiphanias eine Jagd. Bei Verfolgung der Hirschkuh kam er zu Genovefas Höhle. An einer Narbe und dem Ehering erkannte er seine Gemahlin. Er gelobte, dort, wo Maria die Verlassenen so lange beschützt, den Bau einer Kapelle. Dann zog er mit Gattin und Kind heimwärts. Golo aber, der ebenfalls an der Jagd teilgenommen, ward von vier Ochsen zerrissen. — Genovefa starb bereits am 2. April. Ihr Gemahl lieſs sie in der Maria geweihten Kapelle Frauenkirchen beisetzen. Dort geschahen so zahlreiche Wunder, daſs der Papst der Kapelle ein Ablaſsprivileg verlieh.

Die Wirkung dieser ursprünglich lateinischen Legende blieb immerhin eine beschränkte. Zur Popularität und zu einer ganz Europa umspannenden Verbreitung gelangte sie erst durch den französischen Jesuiten René de Cerisiers (1603—1662).

Cerisiers' berühmtes Werk ist betitelt: „L'Innocence reconnue, ou Vie de Sainte Geneviève de Brabant". (Der erste datierbare Druck 1638.) 1640 erschien dieselbe Erzählung im Verein mit zwei anderen Geschichten: „Les trois états de l'innocence affligée dans Jeanne d'Arc, reconnue dans Geneviève de Brabant, couronnée dans Hirlande, duchesse de Bretagne".

In einer sehr ausführlichen Schilderung der Jugend Genovefas betont Cerisiers bereits ihren Hang zur Einsamkeit. Nur ungern verläſst die Jungfrau den herzoglichen Hof von Brabant, um Gemahlin des Pfalzgrafen Siegfried zu werden. Zwei glückliche Jahre schwinden dem jungen Paare dahin, als der Mohrenkönig Abderames in das Frankenreich einfällt. Trotz Genovefas Wider-

streben folgt Siegfried dem Rufe Karl Martells und zieht ins
Feld, nachdem er den Schutz Genovefas Golo und der Jungfrau
Maria anvertraut hat. Die getrennten Gatten wechseln zärtliche
Briefe, die der Ritter Lanfroy überbringt. Golos erste Liebeserklärung erfolgt vor Genovefas Porträt, seine zweite im Schloſs-
garten. Aus Zorn über die stete Zurückweisung beschuldigt Golo
die Pfalzgräfin der Buhlschaft mit dem Koch Droganes. Der
Koch und die Gräfin werden eingekerkert. Vergeblich ersinnt
Golo die falsche Todesbotschaft, vergeblich sucht seine Amme
die Treue der Pfalzgräfin, die im Kerker einem Söhnlein, Benoni,
das Leben schenkt, zu erschüttern. Golo sendet jetzt an den
verwundeten Siegfried einen Boten. Siegfried verurteilt Droganes
zum Tod. Diesem Befehl gemäſs läſst Golo dem Koch Gift
reichen. Auf die Nachricht, daſs Siegfried bereits die Heimkehr
rüste, reist dann Golo nach Straſsburg, gewinnt dort eine Hexe,
die Schwester seiner Amme, und täuscht Siegfried durch ein
Zauberblendwerk derart, daſs der Pfalzgraf den sofortigen Tod
seiner Gemahlin und ihres Bastardes befiehlt. Genovefa, von
ihrem nahen Tode benachrichtigt, übergiebt dem treuen Töchterchen
der Amme ihren Reinigungsbrief und, von den Mördern verschont,
zieht sie mit Benoni in die Wildnis. Der inzwischen heimgekehrte
Siegfried träumt von einem Drachen; Golo verweist auf Droganes.
(In synchronistischer Manier folgen nunmehr die Geschehnisse in
Wald und Schloſs.) Genovefa wirft ihren Ehering ins Wasser.
Eine Stimme vom Himmel spricht ihr Mut ein. Die Hirschkuh
wird Benonis Amme. — Siegfried findet Genovefas Reinigungsbrief; wiederum zerstreut Golo jeden Verdacht. — Ein Engel
bringt ein Kreuz vom Himmel. Das Bild des Heilandes daran
gewinnt Leben und tröstet Genovefa. Die Tiere des Waldes
nahen ihr zutraulich. Ein Wolf verschafft dem nackten Benoni
ein Schaffell zur Kleidung. Eines Tages, als Genovefa ihre ab-
gezehrte Gestalt im Wasserspiegel betrachtet, erscheint ihr Maria. —
Der Geist des Droganes stört Siegfrieds nächtlichen Schlummer. -
Genovefa fühlt sich dem Tode nahe, sie enthüllt Benoni seine Abkunft. Engel lindern ihre Krankheit. — Endlich schwinden dem
Pfalzgrafen, seit dem Bekenntnis der zum Scheiterhaufen verurteilten Straſsburger Hexe, auch die letzten Zweifel. Golo hat
zwar das Schloſs verlassen, folgt jetzt jedoch einer Jagdeinladung
Siegfrieds und wird sofort nach seiner Ankunft gefangen gesetzt.

Bei der eigentlichen Jagd und Verfolgung der Hirschkuh trifft Siegfried Gattin und Kind. Genovefas fortgeworfener Ehering findet sich wieder im Magen eines Fisches. An die Heimkehr schliefst sich dann Golos Verurteilung; er wird, trotz Genovefas Fürbitte, von vier Ochsen zerrissen. — Vor Genovefas baldigem Tod erscheint nochmals in einer ganzen Schar heiliger Frauen und Jungfrauen Maria. Genovefa verabschiedet sich von den Ihren. Die treue Hinde stirbt an Genovefas Grab. Den tief-gebeugten Siegfried tröstet ein Engel in Gestalt eines Einsiedlers. — Wieder folgt eine Jagd, wieder führt ein Hirsch den nachsetzenden Pfalzgrafen zu Genovefas einstiger Höhle. Siegfried sieht darin einen Wink des Himmels. Er erbaut daselbst eine Kapelle und verlebt dort als Einsiedler, in Gemeinschaft mit Benoni, den Rest seiner Tage, während Siegfrieds Bruder die Herrschaft über-nimmt.

Die Erzählung Cerisiers' bedeutet eine Erweiterung der ur-sprünglichen schlichten lateinischen Legende im gröfsten Mafs-stab. Der Verfasser kann sich gar nicht genug thun in Auf-häufung von Wunderwerken. Das Ganze gemahnt an den über-ladenen Barockstil der damaligen Jesuitenkirchen. Wichtig ist, dafs Cerisiers die Legende zeitlich bestimmt (Abderames, Karl Martell) und dafs er die Rollen des Kindes (Benoni d. h. Sohn meines Schmerzes) und des Koches (Droganes) stärker hervorhebt.

Cerisiers wurde bald auch verdeutscht. Die älteste Über-setzung dürfte die des Jesuiten Staudacher sein.[1] Staudacher verfährt mit seiner Vorlage sehr frei; er erlaubt sich zahlreiche Zusätze vielfach moralisierender Natur, so dafs der Umfang seiner Übersetzung denjenigen des französischen Originals wesentlich überschreitet. Erwähnenswert wäre ferner die deutsche Gesinnung des Autors und die Verdeutschung des Namens „Benoni" mit „Schmerzenreich".

Enger dem Original, und zwar der Ausgabe „Les trois états de l'innocence", schliefst sich die Übersetzung eines anonymen Jesuiten an.[2] — Die dritte und für die Folgezeit wichtigste ist die Übersetzung des Kapuzinerpaters Martinus Kochemius († 1712). Sie ist enthalten in Kochems „Auserlesenes History-Buch."[3] — Pater Kochem steht Cerisiers frei gegenüber. Im Anschlufs an

---

1) Dillingen 1660. 2) Dillingen 1685. 3) Dillingen 1687.

Freher streicht er die ganze, von Cerisiers erfundene Jugend-
geschichte Genovefas und läfst Golo an der Jagd teilnehmen. [1]
Er zeigt sich bestrebt, die Wundergeschichten zu mildern. Die
eine, die Erscheinung Marias, als Genovefa ihr Spiegelbild im
Wasser erblickt, läfst er völlig fort. Aufserdem beseitigt er
Cerisiers' synchronistische Manier und vertieft in mancher Beziehung Genovefas und Golos Rollen. Pater Kochem hat Cerisiers'
Novelle aller „rhetorischen Zieraten und ihres gelehrten Prunkes
entkleidet". [2] — Wie beliebt diese Bearbeitung Kochems war,
beweist ihre weite Verbreitung als deutsches Volksbuch. [3] Etwa
in der Mitte des 18. Jahrhunderts beginnen die zahlreichen Volksbücher „gedruckt in diesem Jahr" und fast ebenso weit lassen
sich Volksaufführungen und Puppenspiele verfolgen. [4]

Neben dieser deutschen Tradition kommt jedoch für uns
noch die niederländische in Betracht. [5] Das niederländische Volksbuch verfährt mit Cerisiers noch freier als das deutsche und giebt
der Erzählung eine entschieden protestantische Färbung.

Die Hauptunterschiede zwischen dem niederländischen und
dem deutschen Volksbuch sind folgende: Dort wird die Jugend-
geschichte Genovefas beibehalten, hier nicht. Dort wird Droganes
(der einen Brief Genovefas an Siegfried überbringen soll) sofort
erstochen, hier im Kerker vergiftet. Dort hat Siegfried den
treuen Berater Wolf zur Seite, hier steht er allein. Dort wird
alles Wunderbare getilgt, hier nur verringert. Dort wird Golo
lebenslänglich gefangen gehalten, hier getötet. Dort feiert Genovefa das Wiedersehen mit ihren Eltern, hier nicht. Dort bleibt
Siegfried Regent, hier wird er Einsiedler. [6]

Die Verbreitung der niederländischen Tradition in Deutschland wurde durch die Erzählung Christophs von Schmid aufserordentlich gefördert.

---

1) Bei Cerisiers wurde Golo noch vor der Jagd eingekerkert (vergl. S. 6).
2) Vergl. Köhler und Seuffert in der „Legende" S. 72.
3) Am bekanntesten ist wohl die Ausgabe von Simrock „Deutsche
Volksbücher" I. Frankfurt a. M. Eine freie Bearbeitung von Kochems Erzählung gab G. Schwab heraus („Deutsche Volksbücher". II. Gütersloh u.
Leipzig).   4) Vergl. Abschnitt IV, Volksstücke und Puppenspiele.
5) Die erste niederl. Übersetzung des Cerisiers ist von Houcke, 1645.
Das niederl. Volksbuch entstand im 18. Jahrh.
6) Vergl. Seufferts „Legende" S. 56.

Eine Verschmelzung beider Traditionen erfolgte in dem niederländisch-deutschen Puppenspiel.[1])

Nach dieser Betrachtung der Entstehung und Überlieferung der Legende und ihrer Fortbildung durch Cerisiers und seine Übersetzer wenden wir uns unserem eigentlichen Thema zu: Den deutschen Genovefadramen und -Dichtungen.

---

1) Vergl. Abschnitt IV, zweites Kapitel, Puppenspiele.

I.

Genovefadramen in Deutschland bis zur Mitte des 18. Jahrhunderts.

Erstes Kapitel.

Chronologische Übersicht der Aufführungen und Drucke.

Die älteste Nachricht von einer, allerdings nur beabsichtigten, Genovefa-Aufführung erhalten wir aus Willisau, Kanton Luzern. 1597 will man in Willisau aufführen „Herzog Sigfried und Genoveva".[1]

1630 ward im Hauptkolleg der Jesuiten zu Prag das Spiel von der „H. Genovefa" in Gegenwart des Adels und eines zahlreichen Publikums gegeben.[2]

1650 veranstalteten die Jesuiten eine Vorstellung der „Genovefa" in Neuhaus (Böhmen) bei Gelegenheit der Überführung eines Mirakelbildes aus Wien nach Altbunzlau.[3]

Am 25. Februar 1659 spielten zur Schliefsung des Faschings Damen und Kavaliere im Prager Palais des Grafen Max Martinitz eine Historie von St. Genovefa, wie es scheint in italienischer Sprache. „Die Historie ist von St. Genovefa gewesen, doch ist sie auf welsch Genolinda genannt worden. In die hat sich in Abwesenheit ihres Herrn der Hofmeister verliebt, und weil sie

---

1) J. Baechtold „Geschichte der deutschen Litteratur in der Schweiz". Frauenfeld 1893. Anmerkungen S. 61. — Die Quelle Professor Baechtolds ist eine Mitteilung des Luzerner Staatsarchives.

2) Annuae litterae collegii Pragensis S. J. Hsch. 11997 der k. und k. Hofbibliothek in Wien.

3) Annuae litterae provinciae Boemiae. Hsch. 11962 der k. und k. Hofbibliothek in Wien.

ihme nicht zu Willen werden wollen, hat er mit Occasion, daſs sie einen Ring, welcher ihr der Fürst, ihr Herr, im Abreisen in den Krieg geschenkt, verlohren und solcher vom Jägermeister gefunden worden, sich zu rächen dem Fürsten überredt, sie hatte under seinem Aussein mit dem Jägermeister Amor gemacht und ihme solchen Ring geschenkt, worüber der Fürst ergrimmt den Jägermeister im Waldt, damit ihn die wilden Thiere fressen sollen, anbinden und die Fürstin erwürgen und die Zung aus-reiſsen lassen. Es ist aber das letzte von den Henkersknechten aus Erbarmnuſs nicht exequirt, sondern die Fürstin frei ge-lassen und der Jägermeister von einem durchpassirenden Kava-lier von sein Banden losgemacht worden, und als der Fürst einsmals nahe bei selbiger Einöd gejagt, hat er eine Dame singen gehöret und die Stimb gleich für seiner Gemahlin Stimb erkennet und nachdeme sie ihme noch den ihr geschenkten Ge-mahlring gewiesen und die von dem Hofmeister verübt Untreu offenbahret, hat er sie gleich wider zu sich genommen und den Hofmeister hinrichten befohlen, der aber seinem Spott bevorkommen und sich selbsten erstochen hat. Die Intermedia sein von welschen Personagen gewesen. Alles hat ein Ballet ge-schlossen.[1])

Im September 1662 führte die studierende Jugend zu Graz eine Tragödie „S. Genovefa" auf. Das Programm in der k. und k. Hofbibliothek in Wien.[2])

1673 wurde „St. Genovefa, Tochter des Groſsherzogs von Brabant" in Krumace (Böhmen) in Gegenwart und auf Anregung des Fürsten von Eggenberg gespielt.[3])

Aus dem Jahre 1673 datiert ein Genovefadrama, das als Handschrift 13221 in der Wiener Hofbibliothek noch vorhanden und von Seuffert im „Archiv für Litteraturgeschichte" VIII (1879) S. 369—392 veröffentlicht wurde.[4])

Im Januar und Februar 1674 spielten im Riesengemache des Dresdener Schlosses die Hamburgischen Komödianten (Wan-

---

1) Diese Mitteilung aus den sogenannten Tagzetteln des Kardinals Harrach (Wiener Hofbibliothek) verdanke ich der Güte Herrn F. Menčíks in Wien. — Die breit ausgeführte Geschichte von dem verloren gegangenen Ring deutet wohl auf Cerisiers. 2) Vergl. S. 16.

3) Annuae litterae prov. Boemiae. Hsch. 11968 der Wiener Hof-bibliothek. 4) Vergl. S. 19.

dertruppe des Hamburgers Karl Andreas Pauli) u. a. auch „Genoveva, Pfalzgräfin zu Trier".[1])

Am 11. Oktober 1680 führte Velten mit seiner Truppe in
Bevern die „Hauptaktion von der Genovefa" auf. Darsteller
Golos war Gottfried Salzsieder.[2])

Den 2. und 4. September 1682 gelangte im Kurfürstlichen
Gymnasium der Soc. Jesu zu München „Prodigiosa tutela Innocentiae seu Genovefa Palatina" zur Aufführung. Ein Programm
in der Münchener Hof- und Staatsbibliothek.[3])

Am 3. und 6. September (1683?) erfolgte (in Eichstätt?)
eine Darstellung von „Amor conjugalis. Eheliche Threu in der
heiligen Genovefa". Ein Programm in der Eichstätter Ordinariatsbibliothek.[4])

1686 erschien zu Rom im Druck von dem Jesuiten Nicolaus
Avancinus „Poesis Dramatica pars V", darin „Genovefa Palatina".
Exemplare in der Hofbibliothek zu München, in der königl.
Bibliothek zu Berlin, in der Universitäts-Bibliothek zu Breslau.[5])

Im Januar und Februar 1690, während der Anwesenheit
des Dresdener Hofes, spielte Velten die „Genovefa" auch in
Torgau.[6])

Aus dem 17. Jahrhundert ist ferner folgendes Gesuch der Augs-
burger Meistersänger an den Rat erhalten. „Gnedig und gunstig
Herren. Es seyn uns durch eines ersamen Raths Verordnete
Schulherrn uff unser gehorsamlich Anhalten, zwo weltliche Histo-
rien zu spielen, gunstlich zugelassen, nemlich eine kurtzweilige
und sehr lustige Tragödie von Fortunatus Wunsch-Seckhel
samt einer schönen Comödie von der unschuldigen Frawen
Genofeva."[7])

In Basel gehörte zum Spielplan der dort im 17. Jahrhundert
häufig auftretenden hochdeutschen Schauspieler auch die „Geno-

---

1) Fürstenau „Zur Geschichte der Musik und des Theaters am Hofe
zu Dresden". 1861. I, S. 244.

2) Bolte „Das Danziger Theater". (Litzmanns „Theatergeschichtliche
Forschungen" Bd. XII.) 1895. S. 101 u. 226.

3) Vergl. S. 21.   4) Vergl. S. 24.   5) Vergl. S. 28.

6) Fürstenau I, S. 307. C. Heine „Johannes Velten". Halle 1887.
S. 37.

7) Witz „Versuch einer Geschichte der theatralischen Vorstellungen
in Augsburg". Augsburg 1876. S. 14.

veva". In der Genoveva wurde die reine Tugend der Heldin ohne Ziererei geschildert, gerade als müsse es so sein.[1]

Am Ende des 17., wahrscheinlicher im Anfang des 18. Jahrhunderts (1714?) spielte man in München eine „musikalische Opera", betitelt „Die getruckte, aber nicht unterdruckte Unschuld". Exemplare in der Hofbibliothek zu München und in der grofsherzoglichen Bibliothek zu Weimar.[2]

In dem von J. Meifsner mitgeteilten Dramenverzeichnis einer (Nürnberger?) Wandertruppe findet sich auch „Die unschultig verdriebene pfalzgräfin Genoveva, sampt deren Wiedereinsetzung"[3] (um 1710). Die von Meifsner angenommene Identität dieses Schauspiels mit obiger musikalischen Opera möchte ich bezweifeln.

Nicht genau feststellen läfst sich die Aufführung einer Historia „Die wegen Ihrer Keuschheit unschuldig verfolgete Pfaltz-Gräfin Genoveva" zu Breslau. Wahrscheinlich fiel sie in den Anfang des 18. Jahrhunderts. Ein Theaterzettel in der Breslauer Stadtbibliothek.[4]

1706 kam in Köln zur Darstellung ein Drama des Jesuiten Paulus Aler „Innocentia victrix sive Genovefa". Ein Exemplar in der Münchener Hofbibliothek.[5]

1723 spielten die Jesuiten in Aachen „Dominus providebit. Der Herr wird Fürsehung thun. In Genovefa demonstratum". Ein Exemplar in der Aachener Stadtbibliothek.[6]

Zwischen 1724 und 1728 wirkte die Wandertruppe des Wilhelm Dürham in Danzig, Königsberg, Riga, Stettin, Halle. Von Schauspielen werden genannt „Arlequin", „Das durchlauchtige Müllermädchen" und „Genovefa".[7]

1729 erfolgte eine Aufführung des Musikdramas „Innocentia patiens" im akademischen Jesuitengymnasium zu Prag. Ein Exemplar in der Prager Universitätsbibliothek.[8]

---

1) Beiträge zur vaterländischen Geschichte. Basel 1839. I, S. 206.
2) Vergl. S. 44. 3) Shakespeare-Jahrbuch XIX. S. 146.
4) Vergl. S. 50. 5) Vergl. S. 35. 6) Vergl. S. 38.
7) Bolte „Das Danziger Theater". S. 162. — Die weite Verbreitung der Genovefa im Osten, über Riga hinaus, bezeugt auch Wesselofsky „Deutsche Einwirkungen auf das russische Theater", 1876. S. 53. Danach wurden zur Zeit Peter des Grofsen Gryphius' Papinianus, Alexander von Macedonien und Genovefa in russischer Sprache gegeben. 8) Vergl. S. 40.

Am 30. September 1729 spielten die Erfurter Jesuiten „Innocentia divae Genovefa divinitus Protecta". Das Programm in der Münchener Hof- und Staatsbibliothek.[1])

Auf dem Piaristengymnasium zu Schlan (Böhmen) stellte man 1733 ein musikalisches Drama „Triumphus Innocentiae" (Genovefa?) dar.[2])

Am 25. und 26. September 1733 Aufführung einer „Genovefa" im Jesuitengymnasium zu Jülich. Das Programm in der Bibliothek des Jülicher Progymnasiums.[3])

Felix Kurz, der mit seiner Truppe 1734 zum erstenmal nach Prag kam, hatte in seinem Spielplan auch „Die selige Genoveva".[4])

1736 Aufführung von „Gloriosa innocentiae victoria seu victoriosa Genovefae victricis gloria" im Kreuznacher Karmeliterkloster. Ein Programm in Kreuznach, Privatbesitz.[5])

1741 ward in Berlin (von Hilferding oder von Eckenberg) eine extemporierte Komödie „Genovefa" gespielt.[6])

Am 6. März 1742 in Frankfurt a. M. von den deutschen Komödianten unter Direktion von Wallerotty: „Eine auserlesene Moralische und recht auferbauliche Historie, betitelt: L'Innocenza Triomfante, das ist: Die überwindende Unschuld, dargestellet: In der unschuldig verfolgten und Tugend-samen Genoveva, Pfaltz-Gräfin von Trier. Der Innhalt dieser Aktion ist so bekannt, dafs man nicht vor nöthig befunden hat, denselben allhier bey-zusetzen, und ohnerachtet diese Piece allhier schon gesehen worden, wird man doch einen merklichen Unterschied finden, indeme unsere Sängerin die Genoveva vorstellet, und nebst guter Aktion, auch mit einigen besonderen Arien sich heute signalisiren wird. Unter der Aktion ist ein Tantz, nach derselben ein Ballet, den Beschlufs machet eine modeste Nach-Komödie".[7])

1745 ersuchte der Prinzipal einer Wandertruppe, während der Adventszeit in Prag spielen zu dürfen; er wolle auch nur moralische Aktiones geben, u. a. „Genoveva".[8])

1) Vergl. S. 42.

2) Diabacz „Künstlerlexikon von Böhmen", I, S. 494.   3) Vergl. S. 38.

4) Teuber „Geschichte des Prager Theaters". 1883, I, S. 148.

5) Vergl. S. 40.   6) Plümicke „Entwurf einer Theatergeschichte von Berlin". Berlin 1781. S. 169.

7) E. Mentzel „Geschichte der Schauspielkunst in Frankfurt a. M.". 1882. S. 465.   8) Teuber, I, S. 186.

1746 und 1747 weilte in Mainz die Truppe des Franz Schuch. Zu seinen Hauptstücken gehörten „Genovefa", „Doktor Faust" und „Die Krönung und Vertreibung des Königs Theodor in Korsika".[1])

1754 gelangte im katholischen Arnsberger Gymnasium eine „Genovefa" zur Darstellung, deren Verfasser Andreas Wahle war.[2])

Endlich befindet sich in der k. und k. Hofbibliothek zu Wien eine aus der Mitte des 18. Jahrhunderts stammende Handschrift 13686, ein Drama in Alexandrinern, betitelt: „Die unschuldig verfolgte, von dem Himmel aber wunderbar erhaltene Pfalzgräfin in Trier Genoveva".[3])

Zweites Kapitel.

Die erhaltenen Jesuitendramen.

Unter den Genovefa-Aufführungen des 17. und 18. Jahrhunderts nehmen die Jesuitendramen die erste Stelle ein. Begreiflich genug! Gehörten doch Jesuiten bereits zu den eifrigsten Fortpflanzern der ursprünglichen lateinischen Legende und war doch auch Cerisiers ein Mitglied des Ordens Jesu. Seitdem nun die Jesuiten, nach dem Vorbild der Humanisten, das Schuldrama pflegten, stellten sie die Geschichte der Pfalzgräfin Genovefa mit Vorliebe auch im Drama dar. Vor Cerisiers ist uns nur eine Jesuitenaufführung bezeugt. Gegenstand häufigerer Darstellung wurde die Genovefa erst mit dem Erscheinen von Staudachers Übersetzung.

Der „Ratio studiorum Societatis Jesu" gemäfs sollten solche Aufführungen selten stattfinden, zumeist bei Beginn und Schlufs des Schuljahrs, und aufserdem nur in lateinischer Sprache. Die Befolgung beider Gebote umging man jedoch oft. Bei Anwesenheit hoher Herrschaften oder auch zur Gedenkfeier bedeutungsvoller Ereignisse zeigten die Zöglinge der Jesuiten gern ihre dramatischen Künste. Vielfach geschah das in der Art, dafs

---

1) (Reichardts) Theaterjournal. 1777. I, S. 64.
2) Högg in einem Arnsberger Gymnasialprogramm vom Jahre 1843.
3) Vergl. S. 48.

zunächst in lateinischer, bald darauf aber in deutscher Sprache dasselbe Stück dargestellt ward. Der betreffende Verfasser, fast immer der Lehrer der Poetik und Rhetorik des Kollegiums, bleibt meist ungenannt.

Verhältnismäfsig selten gelangten die Jesuitendramen zum Druck. Zahlreicher sind Handschriften (bei der Genovefa allerdings nur eine) und dann die Periochen oder Synopsen, d. i. an die Zuschauer verteilte Programme, auf denen Titel, Inhalt und Gang der Handlung, oft auch die Namen der Darsteller sich verzeichnet finden. Die nur in einer Sprache verfaſsten Programme sind meist auch nur in dieser, die lateinisch-deutschen oder zwei Aufführungstage ankündigenden Programme erst lateinisch und dann deutsch gespielt worden.

Eine grofse Rolle in den späteren Jesuitendramen übernahm die Musik.[1])

Das älteste unter den erhaltenen Jesuitendramen ist ein Grazer Drama aus dem Jahre 1662, als Synopse in der Wiener Hofbibliothek:

S. Genovefa.

Tragoedia acta, augustissimo Caesare Leopoldo consueta munificentia studiosae Juventuti de re literaria benemeritae praemia largiente.

Dedicata honori, gratiae, munificentiae inclytorum Styriae ordinum et procerum ab Archiducali Collegio Societatis Jesu Graecii. — Egit ludis terminalibus academica Iuventus eiusdem almae Universitatis. Anno MDCLXII in Septembri.

Graecii, typis Francisci Widmanstadii.

Die Synopse giebt Inhalt, Gang der Handlung, Namen der Darsteller lateinisch und deutsch. Also wohl zweimalige Aufführung.

Gang der Handlung.

Actus primus. Begrüfsung der Hochlöblichen Stände des Herzogtums Steyer.

Seyfrids Traum von einem Drachen, der Genovefa entführt und den dann ein Blitz zerschmettert. —. Chorus.

---

1) Vergl. Bahlmann „Die Jesuitendramen der niederrheinischen Ordensprovinz", 1896, in den Beiheften zum „Centralblatt für Bibliothekswesen" XV.

Actus secundus. 1. Sieg der Christen über den Mohrenkönig Abderamanus.

2. Golos Liebeserklärung vor Genovefas Bildnis. Seine Zurückweisung.

3. Der Pfalzgraf Seyfrid erobert Avignon und Narbonne.

4. Nochmalige Abweisung Golos.

5. Seyfrid wird verwundet.

6. Golo bezichtigt Genovefa des Ehebruchs mit dem Koch Droganes und läfst die Unschuldigen einkerkern.

Chorus: Loblied auf Seyfridens und Genovefas Sieg über ihre Feinde.

Actus tertius. 1. Golo bewillkommt seinen aus dem Felde zurückgekehrten Herrn zu Strafsburg, verleumdet Genovefa, täuscht Seyfrid vollends durch das Blendwerk einer Hexe und erhält den Befehl, Genovefa und den Koch sofort hinzurichten.

2. Genovefa schenkt einem Knäblein das Leben, das sie Tristanus, d. i. Schmerzenreich, nennt.[1])

3. Vergiftung des Koches und Errettung Genovefas aus der Hand der Mörder.

4. Seyfrids Heimkehr.

Chorus: Golo gebietet Ritterspiele zu Ehren Seyfrids.

5. Genovefas Schutzengel bringt ihr ein Kreuz vom Himmel. Eine Hirschkuh wird Schmerzenreichs Amme.

6. Gespenster und Nachtgeister beunruhigen Seyfrid. Golo verläfst das Schlofs.

Chorus: Am Hofe Seyfrids Schmerzen und als Gegensatz dazu Genovefas freudige Sicherheit in der Wildnis (allegorische Darstellung).

Actus quartus. 1. Der Strafsburger Hexe Theista (erfundener Name) Geständnis.

2. Genovefa erzieht Schmerzenreich in aller Gottesfurcht, wird mit Mariä Anwesenheit und mit einer Ansprache des am Kreuz hängenden Christus erquickt, gewinnt die Freundschaft aller Tiere, erkrankt schwer, enthüllt Schmerzenreich seine Abkunft, wird jedoch von einem Engel der Todesgefahr entbunden.

---

1) Bei Cerisiers heifst der Knabe Benoni. Staudacher schreibt: „Nennet ihn derohalben nach euch und heifset ihn Tristan, oder Trostlos oder Schmertzenreich oder Benoni. Schmertzenreich ist sein Name." Bei Kochem und in den deutschen Volksbüchern heifst es fortan Schmerzenreich.

3. Seyfrid trifft bei der Verfolgung der Hirschkuh Genovefa und Schmerzenreich.

4. Genovefas fortgeworfener Ehering findet sich im Magen eines Fisches.

Chorus: Der Genius Golos streitet mit den Genien Genovefas und Seyfrids um den Besitz des Ringes.

5. Golo wird von vier wilden Stieren zerrissen.

Chorus: Ballet zu Ehren Genovefas.

6. Belohnung aller ihrer Getreuen.

Nach dem Erscheinen Mariä und vieler heiligen Jungfrauen und nach der Vorverkündigung zukünftiger Glorie, bittet Genovefa ihren Gemahl um den Bau einer Marienkapelle und stirbt. Die Hirschkuh verendet am Grabe der Herrin.

Chorus: Seyfrids, Schmerzenreichs und des gesamten Hofstaates Klagen.

Actus quintus. Seyfrid und Schmerzenreich ziehen sich in die Einsamkeit zurück.

Chorus: Der Welt Gefahren und Eitelkeiten.

Als Quelle dieses Dramas bezeichnet das Argumentum Staudacher, den ersten deutschen Übersetzer des Cerisiers. In der That beruht der gesamte Inhalt auf Staudacher. Die Parallele im zweiten Akt zwischen Seyfrids Sieg im Felde und dem Siege Genovefas zu Hause findet bereits bei Cerisiers-Staudacher ihr Vorbild. Bei Staudacher heifst es: „Es wird solche Beschreibung (des Mohrenkrieges) für eine Vorbildung desjenigen Streits, welchen die unüberwündliche Hertzogin Genovefa in Mittels hat bestanden. Und kann ich sonder Sparung der Wahrheit sagen, dafs ihr Kampf nicht weniger beförchtlich alfs die Schlacht des Graffen Sigfrid" u. s. w.

Die Abweichungen von Staudacher sind nur ganz geringfügig: Golo reist nach Strafsburg, ohne vorher an Seyfrid einen Boten abgesendet zu haben; Seyfrid gelobt der sterbenden Genovefa den Bau einer Kapelle, während er bei Cerisiers-Staudacher erst später, nach einer zweiten Jagd, die Kapelle stiftet. — Chöre, Allegorien und ein Ballet gehören zu den Requisiten der meisten Jesuitendramen.

Das in der Wiener Hofbibliothek handschriftlich befindliche, von Seuffert im A. f. L. VIII S. 369—392 veröffentlichte, Jesuiten-drama stammt aus der Zeit Kaiser Leopold I., und zwar, wie das Vorspiel ergiebt, aus dem Jahre 1673. Es ist wohl ein ludus caesareus.[1]

Gang der Handlung:

Prolusio. Janus verkündet der Austria, die ob des bis-herigen Ausbleibens des erhofften Thronerben tief betrübt ist, nach dem Stande der Planeten Glück und Fruchtbarkeit. Ebenso Historia, die gleichzeitig noch auf das diesjährige Jubiläum des österreichischen Herrscherhauses hinweist.[2] Providentia endlich eröffnet der Austria einen Blick in die Zukunft, auf eine Reihe zahlreicher Nachkommen.

Actus primus. 1. Ein Abschiedsbrief, den man in Genovefas Schreibtisch gefunden, erweckt Sigfrids Schmerz und seinen Arg-wohn gegen Golo.

2. Der Bruder Genovefas, Klotarius, kommt unter dem falschen Namen Araldus an Sigfrids Hof, belauscht des Grafen Selbstgespräch, wird dadurch in seiner Meinung bestärkt, jener habe Genovefa umgebracht, und beschließt, seine Schwester zu rächen.

3. Golo bemerkt Sigfrids Verwirrung. Um ihn aufzuheitern, veranlaßt er Sigfrids Bruder Marquard zur Aufführung eines Tanzes. Golo selbst sagt eine Jagd an.

4. Zwei Pagen vollführen den Tanz.

5. Ein vom Himmel herabgesandtes Kruzifix verheißt Geno-vefa baldige Heimkehr.

Chorus: Golos Treulosigkeit, von den Stacheln des Gewissens angetrieben, wird von der Nemesis dem Schmerz Sigfrids über-liefert, auf daß sie durch verdiente Strafe vernichtet werde.

Actus secundus. 1. Während das Knäblein Genovefas, Trista-nus, von einem Engel in den himmlischen Dingen unterwiesen wird, erschrecken es herbeilaufende Berglemuren. Der Engel jedoch veranlaßt die Lemuren zu einem Tanz.

2. Bei einem Mordanschlag auf den schlummernden Sigfrid

---

1) Von einer Aufführung nichts bekannt, aber mit Sicherheit anzu-nehmen.

2) 1273 ward Rudolf von Habsburg zum deutschen Kaiser erwählt.

2*

ertappt Astulph den Araldus. Den letzteren wirft man in den Kerker.

3. Geraldus empfängt einen Brief, der Genovefas Unschuld und Golos Verrat nach dem Zeugnis einer Hexe meldet.

4. Sigfrid liest den Brief und läfst Golo gefangen setzen.

5. Der eingekerkerte Araldus beweint sein Geschick.

Chorus: Die Unschuld, von der Verleumdung verdunkelt, bricht mit Beistand der Vorsehung und Wahrheit endlich ans Licht.

Actus tertius. 1. Sigfrid findet bei der Verfolgung einer Hirschkuh' Genovefa und Tristan.

2. Er verurteilt Golo zum Tod.

3. Genovefas einstige Retter werden belohnt.

4. Den verurteilten Golo zerreifsen vier Pferde, wogegen die übrigen Gefangenen befreit werden.

5. Genovefas Heimkehr. Araldus, ledig seiner Fesseln, giebt sich als Genovefas Bruder zu erkennen. Darob neue Freude und allgemeiner Jubel. Schlufstanz.

Bereits Seuffert hat als Quelle dieses durchaus lateinischen ludus caesareus Staudacher erkannt. Der Verfasser verfährt allerdings mit seiner Vorlage sehr frei. Er übergeht, im Gegensatz zu dem Grazer Drama, Golos Liebeswerbung und Genovefas Verurteilung; statt Golo oder Genovefa rückt er Sigfrid in den Mittelpunkt. — Hinsichtlich der Einzelheiten verweisen wir auf Seuffert.[1] Hervorzuheben sind besonders: die völlig erfundene Rolle des Araldus, Tristans Gespräch mit dem Engel und der Lemurentanz, das Verblassen der religiösen Färbung. Abgesehen vom Erscheinen des Engels findet sich nur das bekannte Kruzifixwunder aus Cerisiers-Staudacher. Der ganze legendarische Schlufs, Genovefas Tod, fehlt; wieder im Gegensatz zum Grazer Drama. Die Tänze und Allegorien, überhaupt der szenische Prunk, treten stärker hervor.

———

In der Münchener Staatsbibliothek und in der Eichstätter Ordinariatsbibliothek befindet sich als Synopse:

---

[1] A. f. L. VIII S. 361—368.

Prodigiosa tutela Innocentiae
seu
Genovefa Palatina.

Hochberühmte Unschuld der h. Pfaltzgräfin Genovefa, durch wundermächtige Sorgwaltung Gottes beschirmet.

Vorgestellt von dem Churfürstlichen Gymnasio der Soc. Jesu zu München.

Den 2. und 4. September MDCLXXXII.

Getruckt bey Lucas Straub.

Inhalt und Gang der Handlung lateinisch und deutsch. Verzeichnis der Personen.

Gang der Handlung:

Prophonesis paradigmatica. Unschuld und Geduld bereiten sich auf ankommendes Wetter, zu dem ihnen der vorgestellte Babylonische Ofen vorleuchtet, durch welchen auch folgender Aktion Vorhaben und Inhalt entworfen wird.

Pars I. Innocentia condemnata.

1. Der Adel teutscher Helden-Jugend wird durch den Ruhm ihres siegreichen Herrn Grafen zur lobsamen Nachfolge angespornt.

2. Sigfrids Heimkehr und Empfang.

3. Golo beschuldigt Genovefa des Ehebruchs.

4. Golo hetzt Sigfrids Bruder Erfrid gegen Genovefa auf.

5. Die Bestürzung Sigfrids erregt allgemeines Aufsehen.

6. Droganes, ein Hof-Bedienter, wird auf Sigfrids Befehl hingerichtet wegen angeblicher Buhlschaft mit Genovefa.

7. Auch Genovefa wird zum Tode verurteilt.

8. Die adlige Jugend setzt ihr Glückwünschen fort und entfaltet des alten streitbaren Teutschlands sieghafte Waffen.

9. Genovefa erhält die Todesnachricht und wird mit ihrem Knäblein Marfrid in den Wald hinausgeführt.

Chorus: Genovefa, dem Tode entronnen, aber in der Wildnis hilflos verlassen, lernt von den heiligen Waldvätern das einsame Leben.

Pars II. Innocentia conservata.

1. Sigfrid wird die Zunge eines Hundes als Wahrzeichen des Mordes vorgewiesen.

2. Die zwei Söhne Golos, von Sigfrid mit Gnaden überhäuft, geniefsen ihres Vaters bösartigen Unterricht.

3. Christus nimmt Genovefa und Marfrid unter seine Nahrung und Verwahrung.

4. Sigfrids Gewissensangst, und wiederholtes Erscheinen des getöteten Droganes vor Sigfrid.

5. Golos Sohn Golodillus zeigt bereits die Früchte der väterlichen Zucht.

6. Zur Aufheiterung Sigfrids erweist Golo in fröhlichem Schauspiel die lebendige Kraft des Weins, den menschlichen Sinn zu erlustigen und schädliche Trauer zu vertreiben.'

Chorus: Der Genovefa Unschuld und Geduld rühmen hoch die gute Weide ihres Waldhirten Christus mit Verachtung der üppigen und gefährlichen Glückseligkeit der Gottlosen.

Pars III. Innocentia vindicata.

1. Golos Verrat kommt durch einen gefundenen Brief an den Tag.

2. Golo wird eingekerkert. Sigfrids Traum.

3. Golo verzweifelt gotteslästerlich.

4. Sigfrid, seine heftige Wehmut zu lindern, begiebt sich auf die Jagd.

5. Die Fürsorge Gottes kommt unter der Allegorie der Jagd zur Wirkung.

6. Sigfrid trifft sein Söhnlein Marfrid, erkennt ihn und durch dessen Bericht und Anzeigen auch Genovefa. Heimkehr.

7. Die göttliche Gerechtigkeit stellt vor den Ausgang und die zeitliche und ewige Strafe des unglückseligen Golo.

8. Sigfrids Bruder Erfrid will die gefundene Genovefa besuchen, erfährt jedoch, daß sie bereits verblichen.

9. Sigfrid übergiebt Marfrid die Herrschaft.

10. Marfrid tritt sie an Erfrid ab. Sigfrid und Marfrid ziehen sich in die Einsamkeit zurück.

Epiphonesis syncharistica. Sigfrid und Marfrid werden von dem Waldhirten Christus empfangen und in die Höhle der heiligen Genovefa geführt, zu deren ewigem Lobruhm, daß sie so herrliche Nachfolger ihrer Tugend gewonnen.

Das Argumentum bezeichnet als Quellen Raderus, Molanus, Ludovicus Cerisiers et alii. Der Einfluß Cerisiers' überwiegt jedenfalls. Schon die Benennung des Koches und sein gespenstisches Erscheinen, Sigfrids und Marfrids einsiedlerisches Leben, Erfrids (bei Cerisiers allerdings unbenannt) Übernahme der Herrschaft be-

weisen das zur Genüge. Es bleibt also nur noch die Frage, in welcher
Form Cerisiers vorlag, ob im Original oder in Staudachers Übersetzung.[1]) Merkwürdig ist nun, daſs unter den Quellen Ludovicus Cerisiers angegeben wird, während doch dessen Vorname
Renatus lautet. Das scheinbare Rätsel findet bald seine Lösung.
Staudacher nämlich nennt als Quellen Renatus Cerisiers und die
italienische Übersetzung des Ludovicus Cadamostus. Beide Namen
hat der Verfasser unseres Dramas irrtümlich durcheinander geworfen. — Die Benennung des pfalzgräflichen Spröſslings als
Marfrid erklärt sich wohl aus dem Umstand, daſs Staudacher die
Namen Benoni, Tristan nur an einer Stelle aufführt, sonst jedoch
von „Schmerzenreich" spricht; letzterer Name konnte natürlich
ins Lateinische kaum übertragen werden.[2])

Auch das Lob des streitbaren Teutschland hat bei Staudacher
sein Vorbild. Staudacher setzte für die Tapferkeit der Franken
„Teutsche" ein.

Das Münchener Drama beginnt mit der Heimkehr Sigfrids
aus dem Kriege. Keineswegs aber übergeht der Verfasser die
ganze Vorgeschichte. Er bringt nur nicht Golos Liebeswerben.
Seine Intrigue gegen Genovefa und Droganes behält er indessen
bei, er verlegt sie jedoch, im Gegensatz zur Sage, hinter Sigfrids Ankunft im Schloſs.

Sonstige Abweichungen von der Sage sind: Sigfrids Bruder
tritt etwas stärker hervor; Golo zur Seite stehen zwei Söhne
(den Jesuiten kam es ja darauf an, möglichst viel Schüler im
Drama zu beschäftigen!); Sigfrid trifft bei der Jagd zuerst Marfrid. — Wie bei den übrigen Jesuitendramen spielt auch hier
das allegorische Beiwerk eine wesentliche Rolle. Wie im Grazer
Drama zu Ehren der siegreichen Heimkehr des Pfalzgrafen und
wie im Wiener Drama zu seiner Aufheiterung, so wird zu letzterem Werk auch hier ein Zwischenstück eingelegt. Das bei-
gefügte Personenverzeichnis giebt einen Begriff von der prunk-
haften Inszenierung dieses Jesuitendramas. Da finden wir Juventus
Nobilitatis Germanicae, Juventus aulica, Juventus trophaearia,
Famulitium aulicum, Milites, Salii, Venatores, Thyrsigeri, Personae

---

1) Die anderen Übersetzungen erschienen ja erst nach 1682.
2) Das folgende Eichstätter Drama sagt im deutschen Text Schmerzenreich, im lateinischen jedoch Sigfridulus!

Musicae, tres juvenes Hebraei, Chorus anachoreticus, Chorus partium anni, Chorus virtutum. — Welche hohe Blüte die Jesuitendramen damals in München erreichten, darüber belehrt Karl von Reinhardstöttners vortrefflicher Aufsatz im „Jahrbuch für Münchner Geschichte" III. Jahrg. 1889. Von unserer Genovefa wird darin allerdings nur der Titel genannt.

Die Eichstätter Ordinariatsbibliothek besitzt neben der vorigen noch eine andere Synopse.

Amor coniugalis

Eheliche Threu

In der heiligen Genovefa.

Erstlich durch die göttliche Vorsichtigkeit wunderlich erhalten: Nachmals Sigfrido dem Pfaltz-Graffen unversehrt erwisen. Anjetzo in einem offentlichen Schauspihl von den Wohl Edlen Junckern und studierenten Jugent der Gesellschaft Jesu vorgestellt. Den 3. und 6. September.

Lucern, bei Gottfrid Hautt, 1683.

Lateinisch-deutsche Synopse. Inhalt, Gang der Handlung, Personenverzeichnis.

Gang der Handlung:

Prologus. Brabant, spazierend in einem Garten mit der adeligen Jugend, windet einen Lorbeerkranz für Genovefa, wird aber abgehalten von der Eifersucht und dem Neid.

Brabant schickt nun die eheliche Treu, damit sie Perlen zu einer Krone fische. Eifersucht und Neid richten zwar wieder ein Wetter an, dennoch wird durch die göttliche Vorsichtigkeit in Gestalt Neptuns aus den Wellen hervorgezogen der Brautring und die in den Wellen notleidende eheliche Treu.

Actus I. 1. Amor, der Mohrenkönig[1]), nachdem er die Stadt Narbonne besetzt, erhebt sich gegen Karl Martell.

2. Karl Martell beruft seine Kriegsobersten und sendet auch zum Pfalzgrafen Sigfrid.

3. Der Kriegsrat beschließt die Belagerung von Narbonne.

---

1) Der Mohrenkönig Amor auch bei Cerisiers-Staudacher, aber erst nach der Besiegung Abderrhamans.

4. Godfrid, ein Bruder Sigfrids, befiehlt Gott den Kirchen-stand zu Narbonne.

5. Godfrid ist willens, Konrad und Konradin mit Sigfrid zu Karl Martell zu senden, unterrichtet sie deshalb im Kriegswesen, aber beide wollen lieber bei Genovefa zu Haus bleiben.

6. Sigfrid verabschiedet sich von Genovefa und läfst Golo als Hüter zurück.

Chorus: Die eheliche Treu empfängt übel mit Streichen die Eifersucht und stöfst sie zum Hof hinaus; die Treulosigkeit schleicht heimlich hinein.

· Actus II. 1. Empfang Sigfrids im Lager.

2. Golo versucht Genovefa.

3. Amor, der Mohrenkönig, verweigert die Übergabe von Narbonne.

4. Genovefa weist Golo zurück.

5. Narbonne wird von Karl Martell erobert, Sigfrid ver-wundet, der Feind völlig geschlagen.

6. Lysander erzählt Genovefa den Ausgang des Krieges und überbringt ihr eine schwarze, dem Amor abgenommene Fahne; darob erschreckt, entsendet Genovefa Landfriden, gewisseren Be-richt von dem Lager einzuholen. Inzwischen betrauert sie Sigfrid.[1]

Chorus: Die Eifersucht und Treulosigkeit, die mit Freuden unter den erschlagenen Kriegern die entleibte eheliche Treu suchen, finden an ihrer Stelle den toten Amor, den Sigfrid erlegt hat. Die göttliche Fürsorge in der Gestalt des Mars entrückt den verwundeten Sigfrid vom Schlachtfeld.

Actus III. 1. Golo verfertigt ein Schreiben an Sigfrid und beschuldigt darin Genovefa des Ehebruchs mit dem Hofkoch Droganes. Für Droganes braut die Hölle einen Gifttrank.

2. Karl Martell verteilt die Beute unter die Soldaten. Sig-frid beschenkt er mit einer goldenen Kette.[2]

3. Sigfrid schickt die Kette nebst einem Schreiben durch Landfrid zu Genovefa, heifst sie guten Mutes und seiner baldigen Heimkehr gewärtig sein.

---

1) Bei Cerisiers-Staudacher trägt Ritter Lanfroy, Sigfrids Bote an Genovefa, ein schwarzes Gewand. Genovefa erschrickt zunächst, erfährt jedoch sofort die Grundlosigkeit ihrer Besorgnis. Lanfroy als Sigfrids Bote erscheint in unserem Drama erst später, III, 8.

2) Collier de la Genette bei Cerisiers-Staudacher.

4. Droganes bezeugt seine Unschuld.

5. Genovefa zieht mit ihrem Söhnlein und der adeligen Jugend Sigfrid entgegen, wird jedoch von Golo aufgefangen und gefangen gesetzt.

6. Schmerzenreich (im lateinischen Text Sigfridulus) besucht seine Mutter im Gefängnis.[1]) Landfrid überbringt Brief und Kette.

7. Der heimkehrende Sigfrid trifft in Straßburg den Verleumder Golo.

8. Das Zauberblendwerk einer Hexe veranlaßt Sigfrid zu dem Befehl, Droganes zu vergiften, Genovefa aber und ihr Söhnlein in der Mosel zu ertränken.

9. Brabant mit den fürstlichen Prinzen verflucht Sigfrids Grausamkeit.

Chorus: Der Fluß Mosel weigert sich, den Leichnam der Genovefa zu beherbergen und seinen Strom durch Brabant fortzusetzen. Die Vorsichtigkeit Gottes in Gestalt eines Hirten bestätigt das und befiehlt ihm, die zukünftigen Eremiten mit frischem Trunk zu versehen. Darauf säubert die göttliche Vorsichtigkeit die Einöde von Gespenstern und verjagt die Waldabenteuer. Die Eifersucht und Treulosigkeit unterstehen sich abermals, als Satyrn, dies Werk zu verhindern, werden aber gezwungen, für Genovefa und Schmerzenreich eine Höhle zu bauen.

Actus IV. 1. Droganes wird vergiftet.

2. Golo kündigt Genovefa den Tod an.

3. Auf dem Wege zur Mosel begegnen Genovefa und ihrem Kind zwei Vettern, Konrad und Konradin, die die Diener vom Morde abhalten.

4. Genovefa wirft ihren Brautring in die Mosel und zieht in die Wildnis.

5. Die Diener zeigen Golo die Zunge eines Hundes als Zeichen des Mordes.

6. Der Geist des Droganes stört Sigfrids Schlummer. Sein Bruder Godfrid tröstet ihn. Um seine unmutigen Gedanken zu vertreiben, geht Sigfrid am Gestade der Mosel spazieren.

7. Eine Hirschkuh als Amme des verschmachtenden Schmerzenreich.

8. Die Fischer finden Genovefas Brautring im Magen eines Fisches.

---

1) In der Sage wird Schmerzenreich überhaupt erst im Kerker geboren.

9. Sigfrid spaziert bei der Mosel und beweint seine im Wasser versunkene Gemahlin, findet dabei von ungefähr die goldene Kette und liest einige in den Sand geschriebene Worte.

Chorus: Die göttliche Vorsichtigkeit, gebildet wie Diana, beruft die eheliche Treu in den Forst und führt sie zu Genovefas Behausung. Sigfrid jagt hitzig dem Wild nach. Indessen wird von der Vorsichtigkeit Gottes dem Schmerzenreich ein Röcklein zubereitet.

Actus V. 1. Genovefa macht ihrem Schmerzenreich aus einem Lammfell, das ihr kurz zuvor ein Wolf gebracht, ein Kleidchen. Sie vernimmt das Geschrei der Jäger und begiebt sich in die Höhle.

2. Die Fischer verkaufen den Brautring an Konrad und Konradin.

3. Den gekauften Ring übergeben diese dem Sigfrid. Er schöpft daraus neue Hoffnung.

4. Sigfrids Bruder Godfrid verfolgt das Wild bis zur Höhle Genovefas. Sigfrid erhält seinen seltsamen Bericht und begiebt sich selbst zur Höhle.

5. Sigfrid erkennt Genovefa und auch den herbeikommenden Schmerzenreich. Heimkehr.

6. Golos Gewissensbisse.

7. Brabant rüstet sich zum Empfang Genovefas, erhält jedoch die Nachricht von ihrem Hinscheiden.

8. Sigfrid wird Einsiedler.

9. Ebenso Schmerzenreich.

Epilog: Die göttliche Vorsichtigkeit erhält unter allgemeinem Jubel Palmzweige.

Das Argumentum nennt als einzige Quelle Staudacher. Doch finden sich daneben Bezüge zur ursprünglichen lateinischen Tradition. Dort sollte Genovefa mit ihrem Kind im Laacher See ertränkt werden. Die Erinnerung daran verblaßt bei Cerisiers; nur daß Genovefa ihren Ehering ins Wasser wirft. Staudacher machte aus diesem Wasser die Mosel. Der Verfasser unseres Dramas verschmilzt nun die lateinische Tradition mit Staudacher, indem er einerseits die Geschichte mit dem Ring beibehält, andererseits dem Pfalzgrafen den Befehl in den Mund legt, Genovefa und Schmerzenreich (in der Mosel) ertränken zu lassen. Kleinere Abweichungen von Cerisiers-Staudacher haben wir bereits

in Anmerkungen erledigt. Sigfrids Bruder heifst hier Godfrid. Die
Gestalten Konrads und Konradins sind erfunden. Das Auffinden
des fortgeworfenen Ringes geschieht vor der Jagd. Nicht Sigfrid, sondern Godfrid trifft zuerst Genovefa. Rätselhaft erscheinen
jene in den Sand geschriebenen Worte, die Sigfrid am Ufer der
Mosel liest.[1]) — Die ganze Dramatisierung des Stoffes macht
einen höchst ungeschickten Eindruck. Man beachte z. B., wie
hier die Rollen des Landfrid und des Droganes auseinander gezogen sind. — Von allen bisherigen Dramen holt das vorliegende
am weitesten aus. Es beginnt mit dem Mohrenkrieg und Siegfrieds Abschied und schliefst mit Siegfrieds und Schmerzenreichs
einsiedlerischem Leben. — Auch hier, wie in den früheren und
in den folgenden Dramen, breites Hervortreten der Allegorien.

Das umfangreichste, aber auch wichtigste unter allen Jesuitendramen, die den Genovefastoff behandeln, ist jedenfalls das Drama
des Jesuiten Avancinus.

Nicolas Avancinus, 1612 in der Diözese von Trient geboren, trat 1627 in das Grazer Noviziat ein. Er lehrte die
Rhetorik und Philosophie in Graz, die Theologie in Wien, wurde
Rektor in Passau, Wien und Graz, Provinzial von Österreich
und Visitator Böhmens. 1682 wohnte er der Wahl des 12. Ordens-
generals bei und blieb als Vertreter Deutschlands in Rom. Dort
starb er am 6. Dezember 1686.[2])

Avancinus besitzt als Dichter unter den Jesuiten eine hervorragende Stellung. Die erste Ausgabe seiner Dramen, 1—IV,
erschien 1655—1679, die zweite 1675—1686, I—V.

Die Genovefa findet sich in
Poesis Dramatica Nicolai Avancini. Pars V. Romae, Typis
Lazari Varesii MDCLXXXVI.

Exemplare in der Berliner königl. Bibliothek, in der Münchener
Staatsbibliothek, in der Breslauer Universitätsbibliothek.

Genovefa Palatina.

Gang der Handlung:

Actus I. 1. Sigfrid, eingedenk, dafs dieses der Tag sei, an

---

1) Vergl. S. 34.
2) Sommervogel „Bibliothèque de la Compagnie de Jésus". S. Avancinus.

dem er einst seine Gemahlin Genovefa zum Tode verurteilt, wird von Zweifel und Unruhe geplagt.

2. Der Schatten des getöteten Droganes erscheint dem Grafen.

3. Golo weiſs allen Verdacht zu zerstreuen.

4. Dennoch fürchtet für Golo dessen Bruder Rudigerus.

5. Alarikus, Genovefas Bruder, kommt als ihr Rächer ins Schloſs.

6. Genovefa erfreut sich ihrer Einsamkeit.

7. Sie unterweist ihr Söhnlein Benoni in der Religion, bis die Hirschkuh das Gespräch unterbricht.

8. Beim Sammeln von Kräutern eröffnet ein Engel dem Knaben die Zukunft.

Chorus. Pars I. Die Schlange, von der Begierde in den Garten geschickt, lauert der Unschuld auf. II. Mit Hilfe der Lüge und Verleumdung besudelt die Begierde das Gewand der schlummernden Unschuld. III. Die Unschuld betrauert ihr besudeltes Gewand, tröstet sich aber mit der Reinheit ihres Gewissens.

Actus II. 1. Sigfrid findet Genovefas Abschiedsbrief und schlieſst daraus auf Golos Schuld.

2. Sigfrid setzt seinem Bruder Robertus seinen Verdacht gegen Golo auseinander, während Golos Bruder Rudigerus heimlich das Gespräch belauscht.

3. Rudigerus fürchtet Unheil für Golo.

4. Genovefa erfährt, was zwischen dem Engel und Benoni geschehen.

5. Nach dem Bericht ihres Söhnleins glaubt Genovefa, daſs für sie und Benoni das Ende des Lebens herannahe.

6. Benoni wird von Satyrn erschreckt und flieht zur Mutter.

7. Rudigerus, der Golo vergeblich zu einem Geständnis, wenigstens ihm, dem Bruder gegenüber, zu bewegen sucht, rät zum Verlassen des Schlosses.

8. Genovefas Bruder Alarikus erwartet unter dem falschen Namen Attulph das Herannahen des Grafen.

9. Alarikus wird als angeblicher Sohn des dänischen Königs von Sigfrid empfangen und zur Jagd eingeladen.

10. Der Diener Alindus stellt sich dem Gast des pfalzgräflichen Hofes zur Verfügung.

Chorus. Pars I. Die Unschuld beklagt sich bei der Wahrheit über die Lüge und Verleumdung: Um die Flecken zu tilgen, wird die Unschuld zum Quell der Reinheit geführt. II. Während man die Unschuld wäscht, wird sie von der Lüge und Verleumdung mit Hilfe der Magie von einer dunklen Wolke umhüllt. III. Die Liebe sucht die Unschuld und folgt der Wolke, während das Echo neckisch spielt.

Actus III. 1. Golo hat seinen alten Helfershelfer, den Zauberer Damys, ins Schloß kommen lassen und fälscht einen angeblichen Liebesbrief des Droganes an Genovefa.

2. Genovefas Bruder Alarikus erklärt seinem Vertrauten Golindus die Weise, wie er Sigfrid bei der Jagd angreifen wird.

3. Das Hofgesinde beschwert sich über den Zauberer.

4. Der Edeling Henricus sucht von Philindus den Grund der Niedergeschlagenheit Golos zu erfahren, aber er wird unterbrochen.

5. Golos Bruder Rudigerus entlockt dem Philindus das Eingeständnis, daß gegen Golo irgend ein Verdacht besteht, den Philindus zu enthüllen verspricht.

6. Sigfrid findet den untergeschobenen Brief und wird verwirrt.

7. Robertus berichtet, daß der Zauberer ergriffen sei. Sigfrid zeigt des Droganes gefälschten Brief. Er spricht Golo von allem Verdacht frei.

8. Ilfamnes, der Fürst der Dämonen, sendet zwei andere, Genovefa zu betrügen.

9. Baruchas, in der Gestalt eines Einsiedlers, wird von Abmadiel, als Engel, zu Genovefa geführt.

10. Der angebliche Einsiedler rät Genovefa die Rückkehr zum Schloß; er wird entdeckt, verscheucht und von der Erde verschlungen.

11. Benoni, von einem Drachen bedroht, eilt zur Mutter. Der Drache schnaubt vor dem Namen Jesu. Der Geist, der in ihm verborgen war, wird von der Erde verschlungen.

12. Golo freut sich, daß ihn Sigfrid auf Grund des gefälschten Briefes für unschuldig befunden.

13. Philindus verkündet, der Graf sei rasend geworden. Er ermahnt Golo, sich indessen der Wut zu entziehen.

14. Sigfrids Raserei.

Chorus. Pars I. Die Unschuld ruht am Busen der Einsamkeit, zugleich singen sie deren Lob. II. Die Unschuld wird vor dem drohenden Feind von einer Wolke beschützt. III. Die Lüge und Verleumdung greifen die Unschuld mit Geschossen an, die jedoch auf die Werfenden zurückgelenkt werden.

Actus IV. 1. Alarikus hofft, die Sinnlosigkeit des Grafen werde seinen Plänen dienlich sein.

2. Robertus kommt dazwischen. Alarikus heuchelt Trauer über Sigfrids Geschick und bittet, den Grafen besuchen zu dürfen.

3. Golo befürchtet, daß seine List von dem gefangenen Damys verraten werden könnte.

4. Golo erfährt von dem Gefängniswächter die Wut des Zauberers. Er begehrt vergeblich Zutritt zu jenem.

5. Golo erforscht von Robertus, wie seine Sache steht. Trotz Golos Abraten begiebt sich Robertus zu des Zauberers Verhör.

6. Genovefa wünscht mit dem Ende des Tages auch das Ende des Lebens.

7. Während sich Genovefa die Grabschrift schreibt, stellen die Träume durch den Chor das dar, was in der folgenden Szene erzählt wird.

8. Benoni berichtet der Mutter seinen Traum, wodurch jene in dem Glauben befestigt wird, dieses sei der letzte Tag ihres Lebens.

9. Alarikus trauert, weil ihm der Weg der Rache nicht offen gewesen.

10. Man meldet die völlige Wiederherstellung Sigfrids.

11. Robertus erforscht von Philindus, welch Leben Genovefa in der Abwesenheit ihres Gemahls geführt habe, erfährt die Wahrheit und faßt schweren Verdacht gegen Golo.

12. Der Diener Anthelmus erzählt, was er über Golos Anschläge von Genovefas Vertrauten Rosilla gehört hat.

13. Der Jägermeister Rinaldus trifft die Vorkehrungen zur Jagd.

14. Die Jäger, denen einst die Ermordung Genovefas übertragen war, sind besorgt, welche Entschlüsse bei einer etwaigen Wiederauffindung Genovefas wohl zu fassen sind.

15. Der Diener Lindus erklärt, daß er zu dem Zauberer nicht durchdringen könne. Rudigerus befiehlt, den Sohn des Zauberers herbeizurufen, dem vielleicht der Besuch des Vaters gestattet wird.

16. Philindus berichtet dem Rudigerus, was von dem Zauberer verraten ist.

17. Alarikus sendet einen Diener zur Maas, damit er die Vorkehrungen zur Flucht treffe.

18. Sigfrid berät mit Robertus über Golos entdeckte Verbrechen und befiehlt Golos Gefangennahme.

19. Rudigerus rät seinem Bruder Golo zur Flucht. Dieser will sich töten, wird aber daran gehindert.

20. Der Prätor kommt dazwischen und ergreift Golo.

Chorus. Pars I. Die Lüge und Verleumdung werden zur Verwunderung der Liebe von der Wahrheit und der Unschuld ihrer Lügengewänder beraubt. II. Die Lüge und Verleumdung graben mit Hilfe der Magie der Wahrheit und der Unschuld eine Grube, während die Liebe heimlich zusieht. III. Die Lüge, die Verleumdung und die Magie werden in die für die Unschuld und die Wahrheit bestimmte Grube geworfen.

Actus V. 1. Rinaldus verteilt die Rollen der Jäger.

2. Der nahe Klang von Sigfrids Jagdhorn mahnt Genovefa an ihren und Benonis Tod.

3. Sigfrid kauft Fischern Genovefas im Magen eines Fisches gefundenen Ehering ab.

4. Alarikus entfernt Rinaldus aus seiner Nähe.

5. Dann stürzt er sich auf Sigfrid, muſs jedoch fliehen.

6. Sigfrid befiehlt den nachsetzenden Jägern, den Schuldigen am Leben zu lassen.

7. Der verzweifelte Alarikus gelangt zu Genovefas Grabschrift und sucht die Gebeine der geliebten Schwester.

8. Während Alarikus die Höhle betreten will, begegnet ihm Genovefa. Jener glaubt ein Gespenst zu sehen. Genovefa erkennt den Bruder, dieser aber nicht die Schwester. Sie giebt sich aus als Genovefas einstige Begleiterin. Ihr erzählt Alarikus sein Geschick. Beim Herannahen der Jagd verbirgt er sich.

9. Des Alarikus Verfolger, Rinaldus, findet ebenfalls Genovefas Grabschrift.

10. Sigfrid kommt dazwischen. Er erblickt die Grabschrift, verurteilt Golo und den Zauberer und befiehlt, Hüllen herbei zu bringen, um Genovefas Gebeine gebührend zu bedecken.

11. Genovefa tritt hervor, wird zuerst für ein Gespenst gehalten, dann erkannt. Man zeigt sich die Ringe. Sigfrid bittet um Verzeihung.

12. Mit neuer Freude wird Benoni empfangen. Dieser be-

schreibt seinen Traum und den gefundenen Ring. Sigfrid beschließt an dieser Stelle den Bau einer Kapelle. Er erteilt den Befehl, die Grabschrift der Genovefa zu erhalten.

13. Genovefa erhält von Sigfrid die Erlaubnis, seinen Angreifer gebührend zu richten.

14. Genovefa läßt den letzteren aus seinem Versteck hervorziehen.

15. Inzwischen kommen Genovefas einstige Erretter und ernten Dank.

16. Alarikus wird herbeigeschleppt. Genovefa giebt sich die Miene einer strengen Richterin. Man erkennt endlich Alarikus als Genovefas Bruder. Versöhnung und allgemeine Freude.

17. Der Prätor berichtet, daß Golo von wilden Pferden zerrissen und der Zauberer Damys verbrannt sei.

18. Golos Familie wird heimgesucht. Seine Gattin tötet sich. Sein Sohn Araldus wehklagt. Sein Bruder flieht.

19. Zum Zeichen der allgemeinen Freude erleuchtet man den Marktplatz.

20. Genovefas, ihres Sohnes und ihres Bruders Einzug in die Stadt.

Das Argumentum dieses durchaus lateinischen und gleich dem Wiener Drama vollständig erhaltenen Jesuitendramas verzeichnet als Quellen: Raderus, Molanus, Frecherus, Erycius Puteanus, Renatus Cerisiers und Hier. Herculanus. Der Einfluß Cerisiers' überwog jedenfalls. Aber Avancinus folgt seiner Vorlage keineswegs getreu, im Gegenteil: er benutzt sie nur, um daran zum Teil recht merkwürdige Erweiterungen zu knüpfen. Vor allen Dingen hat Avancinus eine Menge von Personen völlig frei erfunden. Die hervorragendsten Rollen darunter spielen Genovefas Bruder Alarikus und Golos Bruder Rudigerus. Die Rolle von Sigfrids Bruder Robertus war, allerdings nicht dem Namen nach, bereits bei Cerisiers gegeben. Auf Cerisiers verweisen auch Damys und Philindus. Ersterer vertritt hier die wesentlich erweiterte Rolle der Straßburger Hexe. Philindus, als Zeuge für Genovefas Unschuld und als einstiger Empfänger ihres Reinigungsbriefes, entspricht dem Töchterchen der Amme bei Cerisiers. Von sonstigen Erfindungen springen besonders ins Auge: Sigfrids Raserei und Genovefas Grabschrift.

Bei einer großen Anzahl anderer Erfindungen bestehen offenbar Beziehungen zu dem von Seuffert publizierten, in Wien befindlichen Drama. Wie jenes, beginnt auch unser Drama erst nach Sigfrids Heimkehr. Das Drama des Avancinus verführt freilich schon im Anfang wesentlich breiter. Die erste Szene des zweiten Aktes bei Avancinus stimmt überein mit der ersten Szene des ersten Aktes im Wiener Drama. Am deutlichsten bezeugt das enge Verhältnis zwischen den beiden Dramen die Rolle des Alarikus bei Avancinus und die des Araldus[1]) im Wiener Drama. Ihre Rollen als Rächer der Schwester können unmöglich von beiden Verfassern unabhängig erfunden sein. Wir haben indessen für das beiderseitige Abhängigkeitsverhältnis weitere Zeugnisse: Benonis (Tristans) Gespräch mit dem Engel und sein Erschrecken vor den Satyrn (Waldlemuren), Golos Tod (Zerreifsen von Pferden statt Ochsen), das gänzliche Übergehen des legendarischen Schlusses: Beide Dramen enden mit Genovefas jubelumjauchzter Heimkehr. — Nach dem uns vorliegenden Material ist es ja am wahrscheinlichsten, dafs jenes Wiener Drama auf dasjenige des Avancinus eingewirkt habe. Nicht unmöglich scheint jedoch auch das Umgekehrte. — Der fünfte Teil der Poesis Dramatica des Avancinus ist allerdings erst 1686 in Rom gedruckt. Gemäfs einer Notiz Stögers[2]) wäre jedoch der fünfte Teil schon früher erschienen, 1675 zu Köln.[3]) Kann man nun nicht vermuten, dafs die Genovefa Palatina des Avancinus im Einzeldruck vielleicht noch früher, vor 1673 (dem Aufführungsjahr des Wiener Dramas), veröffentlicht sei? Jedenfalls mufs betont werden, dafs auch bei der räumlichen Nähe der Verfasser als Österreicher (Avancinus war zeitweise auch in Wien) die Einwirkung des einen auf den anderen

---

1) Araldus heifst bei Avancinus Golos Sohn.

2) Vergl. Sommervogel „Bibliothèque de la Compagnie de Jésus". S. Avancinus.

3) Trifft diese Notiz zu, dann könnte man auch die Frage aufwerfen, ob das Drama des Avancinus nicht das Münchener und das Eichstätter Drama beeinflufst habe. Bei dem letzteren finden wir in der That einige Punkte, die eine gewisse Übereinstimmung verraten: Der Zorn Brabants über Sigfrids Grausamkeit, die Verkleidung der Eifersucht und Treulosigkeit als Satyrn, das Auffinden des Ringes im Magen eines Fisches noch vor Sigfrids und Genovefas Zusammentreffen. Jene in den Sand geschriebenen Worte, die Sigfrid am Ufer der Mosel liest, sind vielleicht ein Nachklang der Grabschrift Genovefas bei Avancinus. Derartige scheinbare Übereinstimmungen dünken uns immerhin wenig beweiskräftig.

durchaus im Bereiche der Möglichkeit liegt. — Vom rein ästhetischen Standpunkt möchten wir der knapperen Darstellung des Wiener Dramas den Vorzug geben.

In engem Zusammenhang mit Avancinus und in noch engerem untereinander stehen die drei folgenden Dramen, ein Kölner Drama 1706, ein Aachener 1723, ein Jülicher 1733, also Dramen der niederrheinischen Ordensprovinz. Ihnen schliefst sich noch an ein 1736 im Kreuznacher Karmeliterkloster aufgeführtes Drama.

Innocentia victrix sive Genovefa.

Eminentissimo et serenissimo principi ac domino, domino Christiano Augusto S. R. E. Cardinali, Primatus Regni Hungariae . . . . . a Collegio Colon. dedicata, a Studiosa Iuventute Gymnasii trium Coronarum theatro data, Authore P. Paulo Aler S. J., Gymnasii trium Coronarum Regente.

Coloniae Agrippinae. Typis Ioannis Alstorff. Anno 1706.
Ein Exemplar in der Münchener Staatsbibliothek.

Paul Aler, geboren am 9. November 1656 zu Saint-Vith, trat 1676 in das Trierer Noviziat ein. Er lehrte Philosophie und Theologie, wurde Rektor verschiedener Kollegien und starb am 2. Mai 1772 zu Düren, Herzogtum Jülich. Er errichtete im Kölner Jesuitenkolleg ein schönes Theater, wo er seine lateinischen Tragödien und Opern darstellen liefs; er wirkte sehr anregend auf den Kirchengesang. Seine Neuerungen zogen ihm Gegner zu, aber er erhielt vom römischen Tribunal volle Genugthuung. Seine Feinde mufsten ihre Verleumdungen widerrufen und Aler verzichtete auf die Summe von 1000 Dukaten, welche ihm als Entschädigung zuerkannt worden war.[1]

Alers teils lateinisches, teils deutsches Drama ist vollständig erhalten. Eine dominierende Rolle darin spielt die Musik.

Gang der Handlung:

Prolusio. Aus der Hölle ertönt dumpfer Gesang der Verdammten (lateinisch). Die Verleumdung, der Hölle entstiegen, rühmt sich ihrer Macht. Die Gerechtigkeit ergreift die Partei der Unschuld. Die Verleumdung besiegt (deutsch).

---

1) Sommervogel „Bibliothèque de la Compagnie de Jésus". S. Aler.

. 3*

Actus I. 1. Der heimkehrende Siegfried feiert in der Nähe seines Schlosses einen Triumph (lat.).

2. Die leidgebeugte Genovefa sinkt in Ohnmacht; die Chöre der Himmlischen trösten sie; Genovefa erwacht wieder (deutsch).

3. Benoni, von Satyrn erschreckt, eilt zu seiner Mutter (deutsch).

4. Empfang Siegfrieds auf seinem Schloſs (lat.).

5. Zu Ehren Siegfrieds wird ein Festspiel aufgeführt (deutsch). I. Achilles' Meerfahrt nach Troja. Auf Verlangen der Venus wühlt Äolus das Meer auf, aber Juno beruhigt die Wellen wieder. II. Zweikampf des Achilles und Hektor.

Actus II. 1. Philindus, Genovefas Edelknabe, überbringt dem Grafen den Reinigungsbrief seiner Gemahlin. Siegfrieds Argwohn gegen Golo erwacht (lat.).

2. Charilus und Philindus versichern Siegfried die Treue seiner Gemahlin (lat.).

3. Golo wird von Gewissensbissen und dem Geist des getöteten Droganes beunruhigt. Im Traum sieht er sich als Angeklagten vor dem Thron der himmlischen Gerechtigkeit. Nach seinem Erwachen beschlieſst er, dem Grafen sein Verbrechen einzugestehen (lat.).

4. Genovefa erfreut sich in Gott und Jesus Christus. Benonis Gebet. Nach jedem Satz des „Vater unser" Arien Genovefas und Benonis (deutsch). „Die ganze Szene erinnert an gewisse Partien der Trutz-Nachtigal Spees."[1])

5. Golos Geständnis. Siegfried befiehlt, ihn von vier Pferden zerreiſsen zu lassen. Vergeblich legen Golos beide Söhne Fürbitte ein (lat.).

6. Die beiden Jäger, Lindus und Rinaldus, wollen Genovefas Rettung auch fürder verheimlichen (lat.).

7. Siegfried betrauert Genovefas Tod und ordnet eine Leichenfeier an (lat.).

8. Ein Bote berichtet Golos Ende (lat.).

Actus III. 1. Genovefas Leichenfeier (lat.).

2. Die beiden Jäger erzählen den angeblichen Tod der Gräfin und ihres Knäbleins (lat.).

3. Genovefa unterweist ihren Sohn, befiehlt ihn dem Schutze Marias und bereitet sich zum Tode (deutsch).

---

1) Birlinger in der „Zeitschrift des Aachener Geschichtsvereins" IV, Aachen 1882.

4. Siegfrieds Jagd (deutsch).

5. Ein Jäger hat Genovefa gefunden und bringt sie zu Siegfried. Erkennungsszene. Auch Benoni kommt herbei. Lob Gottes
(deutsch).

Nach dem Argumentum ist Alers Quelle Frecherus. Das
trifft jedoch nicht zu. Alers Vorlage war vielmehr Avancinus:
Das Erscheinen der Satyrn und ihr Ballett; Philindus' Zeugnis
für Genovefas Unschuld; Golos Tod durch vier Pferde; die Jäger
verheimlichen Genovefas Rettung; die erste Auffindung Genovefas
geschieht nicht, wie in der Sage, durch den Pfalzgrafen; auch die
Namen Charilus (Carillus), Lindus und Rinaldus stammen aus
Avancinus (freilich bezeichnen sie dort andere Personen). Bei
dem Verhör des Philindus vor Robertus (bei Avancinus) und dem
Verhör des Philindus und des Charilus vor Siegfried (bei Aler)
bemerken wir sogar wörtliche Anklänge.

Avancinus:	Aler:
Rob. Accessum quoque nemo rogavit?	Sigfr. Quisnam virorum venit ad ean-
Phil. Unus aliquando Golo.	dem frequens?
Rob. Nunquam Droganes?	Char. Praeter Golonem nemo vel
Phil. Illa neque vidit coquum, ne-	semel.
que coquus illam.	Sigfr. Coquus nunquam Droganes ad-
Rob. Quam fidem dictis facis?	fuit?
	Char. Nunquam. Coquum Genovefa
	ne vidit quidem, aut ipsam
	coquus aut aliquis alius.
	Sigfr. Quam fidem dicto facis?

(Charilus beruft sich nun auf Philindus).

Von den Erfindungen Alers ist die wichtigste: Golos Reue
und sein Geständnis. Die Qualen seines Gewissens waren bereits
in dem von Seuffert veröffentlichten Jesuitendrama allegorisch
dargestellt worden. Doch ist an einen Einfluß kaum zu denken. —
Das Erscheinen des Droganes vor Golo (statt Siegfried) lag bei
Golos Reue sehr nahe. Golos freiwilliges Geständnis ist eine
selbständige Erfindung Alers. Die Gabe psychologischer Vertiefung
fehlt indessen dem Kölner Jesuiten.

Auf dieses Kölner Drama geht zurück das Aachener Drama
vom Jahre 1723:

Dominus providebit.   Der Herr wird Fürsehung thun.
In Genovefa Demonstratum.

Honori . . . . . D. Annae Carolae Margarethae de Renesse ex
Elderen . . . . . ., quando bene meritae Iuventuti Studiosae Gymn.
Mariani S. J. Aquisgrani 1723 praemia largiebatur, Dedicatum: a
Rhetoribus eiusdem Gymnasii Theatro datum.   Coloniae, Typis
Viduae Petri Theodori Hilden.

Ein vollständiges Exemplar dieses Dramas in der Aachener
Stadtbibliothek.[1])

Als Quellen: Videri possunt Molanus, Raderus, Puteanus
aliique ac praecipue Frecherus de Orig. Palat.   In der That zeigt
sich jedoch keine selbständige Benutzung dieser Quellen, sondern
Übereinstimmung mit Alers Drama.   Wie dieses ist es teils lateinisch, teils deutsch.   Statt der Höllenszene bei Aler hat das Aachener
Drama einen kurzen lateinischen Prolog.   Daran schliefst sich
sofort als I, 1 der Streit zwischen der Gerechtigkeit und der
Verleumdung.   Die Satyrnszene fehlt.   Ferner wird Szene II, 8
bei Aler in den dritten Akt hinübergezogen.   Die Chöre sind
selbständig, ebenso die statt der trojanischen eingelegten Volks-
szenen.   Der Inhalt der letzteren besteht darin, dafs der Meisterkoch den Unterkoch auf den Markt schickt, um Einkäufe zu
machen.   Der Dummkopf von Unterkoch bestellt nun statt der
ihm aufgetragenen sieben Täublein und vier Kälberköpf sieben
Teuffel und vier Katzenköpf.

War das Aachener Drama eine fast völlige Wiederholung
des Kölner, so ist das folgende Jülicher Drama gröfstenteils ein
Konglomerat aus beiden.

Genovefa.

Post acto annorum exilium Sigefrido reddita.   Ludis autum-
nalibus Theatro data a . . . . Iuventute P. P. Societatis Iesu
Iuliaci. Honori . . . . . D. Ioannis Petri Esser . . . . ., studiosae
et bene meritae Iuventutis Mecaenatis perquam Munifici.   Iuliaci
Anno 1733. 25. et 26. Septembris.   Coloniae, apud Christianum
Schorn prope P. P. Societatis Iesu.

---

1) Das Szenarium zuerst veröffentlicht von Prof. Anton Birlinger
„Genovefa, ein Aachener Schuldrama" in der „Zeitschrift des Aachener Geschichtsvereins" IV. S. 91—99.

Ein Exemplar der Synopse in der Bibliothek des Jülicher Progymnasiums. — Als Quellen nennt das Argumentum: Annales Trev. P. P. Broweri Geldro-Arnheimiensis et Masenii Iuliaco Dalensis S. I.

Auch hier dürfen wir auf diese Quellenangabe kein sonderliches Gewicht legen. Ganz selbständig ist das Jülicher Drama nur in einer Beziehung: Im Gegensatz zu dem Kölner und dem Aachener Drama schiebt es zu Anfang, vor Siegfrieds Heimkehr, einen neuen Akt ein, der die ganze Vorgeschichte darstellt. Inhalt des ersten Aktes:

I, 1. Golo versucht umsonst Genovefa.

2. Er verleumdet sie vor Siegfried.

3. Siegfrieds Sieg über die Ungläubigen. Eintreffen der verleumderischen Nachricht. Todesurteil.

4. Genovefa wird zwei Jägern übergeben.

5. Diese verschonen Mutter und Kind und bringen Golo die Zunge eines Hundes zum Wahrzeichen des Mordes.

Chorus beweint den armseligen Zustand der unschuldigen Genovefa.

Vom zweiten Akt an herrscht engster Anschluß an das Kölner Drama. Die Chöre jedoch und das Zwischenspiel verweisen auf das Aachener Drama. Allerdings zeigt das Zwischenspiel nicht den possenhaften Charakter des Aachener. Der Oberkoch ernennt hier den Küchenjungen ob seiner trefflichen Leistungen zum Meisterkoch.

Am Schlusse finden sich die Namen der Darsteller.

Die Musik zu dem Jülicher Drama komponierte D. Joannes Tobias Sazenhoven.

Das Kölner und das Aachener Drama sind vollständig erhalten, das Jülicher nur als Synopse. Da laut Titel die Aufführung in Jülich an zwei Tagen geschah, wäre möglich, daß am zweiten Tage auch die lateinischen Szenen des Dramas deutsch gesprochen wurden.

— · — ·· — ·

Als lateinisch-deutsche Synopse erhalten, und zwar im Besitz des Herrn Prof. Dr. Kohl in Kreuznach, ist ein 1736 im Kreuznacher Karmeliterkloster aufgeführtes Drama:

Gloriosa Innocentiae Victoria
Seu Victoriosa Genovefae Victricis Gloria,

Theatro Spectanda Data Veroque ex affectu Praenobili, Nobili atque gratioso Domino, Domino Francisco Antonio De Scherer, ab Hohencreutzberg, Serenissimi Principis Electoris Palatini Consiliario et Archisatrapiae Crucenacenis trouxsessio dignissimo etc. etc. Studii pariterque Conventus nostri Patroni ac fautori perquam gratioso, a Praenobili . . . . . studii nostri Iuventute Dedicata.

Quando annua virtutis proemia Victoriosis Conferebantur.

Crucenaci Die Septembris.

Moguntiae. Imprimebat Ioannes Ioachimus Franckenberg.

Vorwort. — Argumentum, Gang der Handlung, Personenverzeichnis.

Als Verfasser nennt sich der Professor der Poetik und Rhetorik F. Elias, der als seine Quelle Frecherus angiebt. Doch stimmt die Synopse völlig überein mit den soeben besprochenen drei Dramen der niederrheinischen Ordensprovinz. Nur die Gruppierung der Szenen und die Akteinteilung ist zum Teil eine andere als in dem zu Grunde liegenden Kölner Drama. Das Ganze zerfällt in vier Akte zu je vier Szenen.

Die Musik, die in den zuletzt besprochenen Dramen bereits stark überwogen hatte, herrscht ausschliefslich in dem folgenden Prager Musikdrama.

Innocentia patiens

ad ignominiosam necem damnata, ad gloriosam vitam renata. Olim in Diva Genovefa Sigefridi Comiti Palatini Consorte Orbi spectaculum facta, Exemplo patientis Dei Hominis, quem oportuit pati et ita intrare in Gloriam suam. Hodie pio compatientique spectatori Melodica Scena pro Theatro proposita, in Academico Gymnasio S. I., Pragae ad S. Nicol. Die — Anno MDCCXXIX.

Vetero-Pragae, Typis Universitatis Carolo-Ferdinandeae in Collegio S. I. ad S. Clementem, per Norbertum Fitzky.

Ein vollständiges Exemplar ist in der Prager Universitätsbibliothek erhalten.

Gang der Handlung:

Numerus 1. Aus Benonis Traumerzählung schliefst Genovefa auf ihren und Benonis baldigen Tod.

2. Siegfried wird beim Anblick von Genovefas Bild heftig erschüttert, aber durch die Kunde unterbrochen, daß Genovefas Bruder Andronikus herannahe. Er läßt das Bild zu Genovefas Grabmal bringen.

3. Des Andronikus' Boten beobachten heimlich, wie Golo das Bild der Pfalzgräfin schmäht und schändet. Sie reißen das Bild an sich. Golo entflieht.

4. Genovefa, nur an ihr Lebensende denkend, ersinnt, während die Geduld zuredet und die Unschuld es verbietet, eine Grabschrift. Um ungestört zu sein, schickt sie Benoni fort. Dieser kehrt jedoch, nachdem er nur wenig Blumen gepflückt, zur Mutter zurück, von Satyrn erschreckt und von seinem Schutzengel verteidigt.

5. Benoni erzählt seiner Mutter das Geschehnis und dankt Gott und dem Engel für ihren Beistand.

6. Siegfried argwöhnt des Andronikus' Feindschaft und läßt seine Mannschaft unter die Waffen treten. Friedfertig naht jedoch Andronikus und bringt Siegfried das verunstaltete Bild der Schwester. Siegfried bedroht den Thäter mit dem Tode.

7. Andronikus beklagt der Schwester Geschick an dem für sie errichteten Grabmal. Zur Zerstreuung seiner Trauer befiehlt Siegfried eine Jagd. Genovefas Retter, die beiden Jäger, fürchten Entdeckung.

8. Benoni angelt am Gestade der Maas, hört plötzlich das Jagdhorn und verbirgt sich erschreckt. Genovefa sucht Benoni, findet seinen zurückgelassenen Angelhaken, fürchtet, er sei ertrunken, und weint. Benoni beantwortet als Echo die angstvollen Rufe der Mutter. Endlich fliegt er in ihre Arme.

9. Andronikus kommt bei der Jagd zur Grabschrift Genovefas. Auch Siegfried eilt herbei und erfüllt mit seinen nagenden Gewissensbissen die Unschuld und Geduld voll Freude.

10. Andronikus sucht in der nahen Höhle Genovefas Gebeine und findet beim Eingang den schlafenden Benoni; er bringt ihn sogleich zu Siegfried; dieser nimmt ihn an Sohnes Statt an und will ihn heimwärts führen. Genovefa ahnt Unheil, stürzt hervor und setzt wie ein Gespenst Siegfried in Schrecken.

11. Siegfried gesteht seine Schuld. Allgemeine Versöhnung. Genovefas Retter erhalten ihren Lohn. Golo wird verurteilt. Andronikus verehrt die Fürsorge Gottes. Dankgebet gen Himmel.

Epilogus. Die Unschuld und Geduld führen dem Zuschauer

den Spruch vor die Seele: Christus mußte leiden, um zur ewigen Herrlichkeit einzugehen.

Es folgen die Namen der Sänger.

Die Quelle dieses lateinischen Musikdramas ist nicht, wie das Argumentum angiebt, Raderus, sondern Avancinus: **Benonis Traum**; Genovefas Grabschrift; Erscheinen der Satyrn und des Schutzengels; die Furcht der Jäger vor Entdeckung; das Verlegen des Schauplatzes an die Maas.[1]) Etwas verblaßt erscheint hier die Rolle von Genovefas Bruder: Siegfried fürchtet seine Ankunft, indessen ohne Grund. Wie bei Avancinus findet Andronikus (Alarikus) als erster Genovefas Grabschrift und sucht die Gebeine seiner Schwester. Auf Avancinus könnten auch zurückgehen die Rolle, die hier Genovefas Bild spielt, und die hübsche Echoszene. Bei Avancinus besudeln Lüge und Verleumdung das Gewand der Unschuld, wie im Prager Musikdrama Golo Genovefas Bild verunstaltet. Aus den allegorischen Szenen bei Avancinus kennen wir desgleichen das neckische Spiel des Echos, das Benoni im Prager Musikdrama wiederholt. Trotz dieser Abhängigkeit von Avancinus schlagen wir den poetischen Wert dieses Dramas ziemlich hoch an. Die knappe Darstellung macht einen vortrefflichen dramatischen Eindruck. Geradezu reizend sind aber einzelne genrehafte Szenen, zumal diejenigen, in denen Benoni auftritt. Hier zeigt sich der Verfasser des Prager Dramas von seiner besten Seite, hier verfährt er auch (Szene 8 und 10) selbständig. Trotz des religiösen Schlusses „Oportuit Christus pati et ita intrare in gloriam suam" tritt der legendarische Charakter der Sage zu Gunsten des genrehaften stark in den Hintergrund.

Die Reihe der erhaltenen Jesuitendramen schließt ein Erfurter Drama:

Innocentia divae Genovefae

divinitus Protecta, Scenis autumnalibus exhibita, quando eminentissimus ac serenissimus princeps ac dominus dominus Franciscus Ludovicus s. sedis Moguntinae archiepiscopus . . . . . dominus et Mecoenas noster clementissimus Victrici in palaestra literaria

---

1) In der ursprünglichen Legende der Laacher See; bei Cerisiers einfach ein Gewässer (in das Genovefa ihren Ring wirft); bei Staudacher die Mosel; bei Avancinus die Maas.

Iuventuti consueta virtutis et Doctrinae praemia in Gymnasio
Erfurtensi Societatis Iesu Electorali munificentia Elargiebatur.

Erfurdiae die XXX. Septembr. MDCCXXIX.

Typis Hynitschianis.

Die lateinisch-deutsche Synopse hat sich in der Münchener
Staatsbibliothek erhalten. — Argumentum, Gang der Handlung,
Personenverzeichnis.

Gang der Handlung:

Vorspiel: Zeigt, wie alle Unternehmungen Golos wider Genovefa zu nichte werden.

Erster Aufzug: Genovefas Verdammung.

1. Golo bekommt von Sigfrid Befehl, Genovefa zu töten.

2. Kündigt ihr den Tod an, ohne sich an das Widersetzen
der Hofherren zu kehren.

3. Genovefa wird zum Tode hinausgeführt.   •

4. Die Gerichtsdiener schenken ihr das Leben.

Erster Chor: Die göttliche Vorsichtigkeit beschützt den Unschuldigen.

Zweiter Aufzug. Golos Bestrafung.

1. Sigfrid, betrübt über den Tod Genovefas, wird auch ge-
ängstigt von dem Geist des Kochs.

2. Erkennt aus einem von Genovefa hinterlassenen Brief ihre
Unschuld.

3. Golo fürchtet sich deswegen und beschliefst, Sigfrid um-
zubringen.

4. Wird aber verraten, ergriffen und zum Tode verurteilt.

Zweiter Chor: Untreu schlaget ihren eigenen Herrn.

Dritter Aufzug: Genovefas Wiederauffindung.

1. Genovefa beweint ihr und Benonis Elend.

2. Bekommt von einem Engel ein Kreuz, wodurch sie ge-
stärkt wird.

3. Sigfrid veranstaltet eine Jagd

4. und findet dabei zur grofsen Freude des ganzen Hofes
Genovefa.

Das Argumentum nennt Raderus. Das gespenstische Erscheinen des Kochs, das von einem Engel überbrachte Kreuz, der
Name Benoni u. s. w. verweisen auf Cerisiers. Wenn dann im
Argumentum erzählt wird, Golo ward von vier Pferden zerrissen,
und das Personenverzeichnis u. a. auch einen „Bruder Genovefas"

Namens Erastus aufführt, so darf man wohl an Avancinus denken. Völlig erfunden ist Golos Mordanschlag gegen Sigfrid.

Die überaus knappe Synopse ergiebt sonst nichts Näheres.

Drittes Kapitel.

Die sonstigen erhaltenen Dramen.

Im ersten Kapitel hatte ich die zahlreichen Genovefadramen, zumal der Wanderbühnen, verzeichnet, deren Aufführungen bezeugt sind. Naturgemäfs finden wir von ihnen weit spärlichere Reste als von den Jesuitendramen.[1])

Vollständig erhalten sind neben den letzteren und einer Übersetzung aus dem Niederländischen nur zwei Dramen: eine „musikalische Opera" und „ein Trauerspiel in Versen". — Die getruckte Aber nicht unterdruckte Unschuld mittelst einer

---

1) Bei der vielfachen Abhängigkeit der Wanderbühnendramen von englischen, französischen, italienischen, spanischen und niederländischen Stücken ist zu berücksichtigen, dafs der Genovefastoff in Frankreich, Italien, Spanien und den Niederlanden sehr frühzeitig dramatisiert ward.

Frankreich:

Généviève de Brabant, Paris 1669.

François d'Aure: „Généviève ou l'Innocence reconnue" Montargis 1670.

Corneille Blessebois: „Les Soupirs de Siffroi ou l'Innocence reconnue" 1675.

Italien:

Gigli: „La Geneviefa", drama per Musica, Firenze 1685 (Musik von Fabrini).

Spanien:

José de Arroyo (um 1691): „Santa Genovefa, ó la inocencia en el desierto". (Hdsch. 717 der Madrider Nationalbibliothek.)*)

Don Juan de Matos (1610 oder 1614—1692): „La inocencia perseguida, Santa Genoveva".**)

Niederlande:

A. F. Wouthers: „De heylige Genoveva" 1644 u. ö. — „De Heglige Genoveva ofte herstelde onnoselheyd" 1716. — „Die standvastige Genoveva of de Herstelde Onnozelheid oder die beschützte Unschuld in der

---

*) Barrera y Leirado „Catalogo" S. 18 a.

**) Barrera y Leirado S. 241 b.

wahrhafften Historia in Musikalischer Opera vorgestellt, durch Genovefam. o. J.

Exemplare in der Münchener Staatsbibliothek und in Weimar.

Actus I. 1. Sigfrids Abschied von Genovefa.

2. Monolog Golos.

3. Der Kucheljung Calefacius klagt sein Leid, weil er mit in den Krieg ziehen soll; er darf indessen zurückbleiben.

4. Golos Liebesantrag.

5. Erschreckt durch Genovefas Drohung, alles Sigfrid sagen zu wollen, erzählt Golo seinen Freunden Kliander und Moresto, Genovefa habe ein Liebesverhältnis mit dem Koch Diogenes (!).

6. Calefacius und Diogenes schildern in Arienform die Beschwerden der Kochkunst.

7. Gefangennahme des Diogenes.

8. Der im Feld verwundete Sigfrid verurteilt Diogenes zum Tod.

Actus II. 1. Diogenes und Genovefa zusammen im Kerker.

2. Golo empfängt Sigfrids Brief. Diogenes vergiftet.

3. Das Schloßgesinde zweifelt zum Teil an Genovefas Schuld.

4. und 5. Golo ist indessen nach Strasburg gereist und täuscht Sigfrid mit Hilfe des Zauberers Sakrustifax.

6. und 7. Der Page Abilius benachrichtigt Genovefa, die im Kerker Schmerzenreich geboren, von ihrem nahen Tod.

8. Golo dingt Navastor und Funabulo zum Morde.

9. Genovefa übergiebt Abilius ihren Abschiedsbrief.

Actus III. 1. Genovefas Rettung.

2. Golo erhält die Nachricht von ihrem angeblichen Tod.

---

verfolgten Genoveva, Pfalzgräfin von Trier". (Aufgeführt von holländischen Komödianten am 20. September 1740 in Hamburg.)*)

Sollte dieses dritte holländische Drama nicht identisch sein mit dem zweiten Drama und das zweite nicht etwa zurückgehen auf Wouthers? Daß Wouthers' „De heylige Genoveva" sehr verbreitet gewesen ist, bezeugt eine deutsche Übersetzung in der Gothaer Bibliothek und eine Aufführung in Breslau. (Vergl. S. 49—53.)

---

*) Heitmüller „Holländische Komödianten in Hamburg" (Litzmanns „Theatergeschichtliche Forschungen" 1894. Bd. VIII, S. 109) und J. Schwering „Zur Geschichte des niederländischen und spanischen Dramas in Deutschland" 1895. S. 51.

3. Der heimgekehrte Sigfrid erzählt den Traum von einem Drachen.

4. Calefacius beklagt den Tod seines Meisters Diogenes.

5. Sigfrid erfährt durch den Geist des Diogenes und durch den Reinigungsbrief Genovefas Unschuld.

6. Genoveta und Schmerzenreich in der Wildnis.

7. Golo wird gefangen.

8. Die Kunde davon verbreitet sich im Schlofs.

9. Sigfrid findet auf einer Jagd Genovefa und seinen Sohn.

10. Ein Brief benachrichtigt den Grafen von dem Geständnis des Zauberers. Der herbeigeführte Golo bekennt seine Schuld und bittet um Verzeihung. Sigfrid will ihn erst von vier Pferden zerreifsen lassen, begnadigt ihn aber auf Genovefas Fürbitte zum Tode durchs Schwert. Ein Fischer bringt Genovefas Trauring. Schlufschor:

> „Glückliches Paar
> Führet den Namen
> Und setzet den Stammen
> In ewige Jahr."

Dafs dieser musikalischen Opera Cerisiers zu Grunde liegt, bedarf keiner Erörterung. Der Name Schmerzenreich verweist dabei auf Staudachers oder Kochems Übersetzung. Zur Probe setzen wir eine Stelle auf die nebenanstehende Seite.

Auch sonst stimmt die Oper vielfach wörtlich mit Pater Kochem überein. Wenn aus der Strafsburger Hexe ein Zauberer, aus dem Töchterchen der Amme ein Page, aus den vier Ochsen, die Golo zerreifsen sollen, vier Pferde werden, so sind das wohl nur zufällige Übereinstimmungen mit Jesuitendramen. Neben den Küchenjungenszenen ist die wichtigste Abweichung von Kochem Golos Begnadigung zum Tode durchs Schwert. Die Gefangennahme Golos geschieht zwar vor der Jagd, doch wird nachher der gefesselte Golo in den Wald geschleppt.

Die Zeit des Druckes oder der Aufführung läfst sich nicht sicher bestimmen. Schon in Gottscheds „Nöthigem Vorrath" heifst es jedoch: „Die Sprache ist bayrisch". Wir haben nun vom Jahre 1714 folgenden Bericht des Münchener Bürgermeisters Vocchiery über eine Oper des Kammermusikus Jakob Seerieder: „Sonntag, den 10. Juni . . . . wirdt das Erste mahl die opera der Genovefa auf dem Rhathaus gehalten, welche schlecht, schlechtior,

Staudacher:

Schmertzenreich: Fraw Mutter hat dann der Herr Vatter mehr Söhn neben mir? und wo ist die ander Welt?

Kind, gibet zur Antwort die Gräffin: Gott ist ein mächtiger und reicher Vatter, mit dessen Kindern angefüllet ist der gantze Erdboden . . . . Aus diesen nun, welche Gott ihren Vatter ehren und förchten, die werden ein mahl erhaben werden in den Himmel . . . . . . die andern aber die sich seiner nicht achten, die werden ewig gestraffet werden in der Höll . . . . Der Schmertzenreich konnte sich abermahl nicht halten, sondern sagte: Fraw Mutter, wann wollen wir gehen in den Himmel? Genovefa sagt: wann uns der Tod wird holen.

Kochem

(nach dem Simrockschen Text):

Der Schmertzenreich fragte weiter: Liebe Mutter! hat mein Herr Vater noch mehr Söhne neben mir? Sie sprach: Ja freilich. Er aber sagte: Wo sind sie denn? ich meinte, wir wären allein in der Welt? Sie antwortete: Ob du schon noch niemals aus diesem Wald gekommen bist, so sollst du doch wissen, dafs aufserhalb desselben noch viele Städte und Länder sind, darin allerhand Leute wohnen, deren etliche Gutes, die andern aber Böses thun; die Böses thun, kommen in die Hölle, darin sie ewig gebraten werden.

Der Schmerzenreich sprach endlich: Mutter, warum gehen wir nicht zu den andern Leuten? was thun wir denn in diesem Wald allein?

Oper:

Schmertzenreich:

Hat unser Vatter mehrer Kinder?

Genovefa:

Ach freylich ja es ist nicht minder | Er ist zu einen Vatter gstellt | Für uns | und für die gantze Welt | Die Frommen thut er ausserwöhlen | Die Bösen wirfft er in die Höllen | Allwo sie ewig braten werden.

Schmertzenreich:

Ach Mutter ist so grofs die Erden | So lafst uns gehn zu andern Leuthen | Was machen wir im Wald allein?

schlechtissime herauſs khomben, cui una cum mea Consorte interfui."[1]

Die Identität dieser durchgefallenen Oper mit unserem Textbuch läſst sich nicht feststellen. Das Prädikat „schlechtissime" würde jedenfalls auch für unseren Text voll und ganz zutreffen.

Die unschuldig verfolgte, von dem Himmel aber wunderbar erhaltene Pfalzgräfin in Trier Genoveva.

Ein Trauerspiell in Versen und fünf Aufzügen.

Handschrift 13686, 4 der Wiener Hofbibliothek.

Inhalt. I. Genoveva erfährt von ihrer Vertrauten Lucinde des Heeres Aufbruch zum Krieg gegen die Türken. Vergeblich sucht sie ihren Gemahl zurückzuhalten, vergeblich, ihn ins Feld zu begleiten.[2] Als Hüter des Schlosses wird Gollo bestellt, als Wächter Genovevas auf ihr spezielles Bitten der Kämmerling Throhan. Der Hofherr Vulco fühlt sich durch Throhans Bevorzugung verletzt, Gollo gewinnt ihn für sich. Mit Siegfried scheidet auch Lanfredo, Lucindens Geliebter. Gollo will seinen Anschlag sofort ausführen.

II. Genoveva diktiert Gollo einen Brief an ihren Gemahl. Gollo schreibt statt dessen eine Liebeserklärung. Genoveva weist ihn zurück. Vulco überbringt ihr (auf Gollos Anstiften) des angeblich tödlich verwundeten Siegfried letzte Botschaft. Gollos Anschlag miſslingt jedoch völlig, da fast gleichzeitig ein echter Brief von Siegfried eintrifft, der nur von Ruhm und Sieg handelt. Gollo veranlaſst jetzt Vulco, Throhan zu töten, angeblich, weil er ihn mit Genoveva buhlen sah.

III. Der heimgekehrte Siegfried erfährt die Verdächtigung; Zoroasters Zauberspiegel überzeugt ihn. Er befiehlt, seiner Gemahlin die Zunge auszureiſsen und ihr Kind zu töten. Vulco überbringt der eingekerkerten Pfalzgräfin die Nachricht von ihrer Verurteilung. Doch Genoveva rührt sein Herz. Er empfängt ihren Abschiedsbrief.

---

1) Trautmann „Deutsche Schauspieler am bayrischen Hof" im „Jahrbuch für Münchener Geschichte" III, S. 343.

2) Derselbe Zug später auch bei Maler Müller und andern.

IV. Vulco verschont Genoveva und ihr Söhnlein. Ein Engel als Pilgrim tröstet die Verlassenen und eine Hirschkuh spendet Penoni Nahrung. Siegfried hat indessen Genovevas Brief gefunden. Gollo aber zerstreut allen Verdacht. Vulco bringt Genovevas Zunge und Penonis Herz. Auf Siegfrieds Fragen antwortet statt Vulco Throhans Schatten. Auch im Traum erscheint er dem Grafen und beteuert seine Unschuld. Doch noch einmal weifs Gollo Siegfried vom Gegenteil zu überzeugen. Um Siegfried wieder aufzuheitern, veranstaltet Gollo eine Jagd.

V. Genoveva glaubt ihre Todesstunde gekommen. In der Nähe der Höhle treffen Vulco und Gollo zusammen. Weil Vulco seine Schuld dem Grafen gestehen will, sticht ihn Gollo nieder. Siegfried findet den Sterbenden und verzeiht ihm. Genoveva tritt aus der Höhle. Nach einer langen Schilderung ihres Schicksals giebt sie sich und ihren Sohn zu erkennen. Gollo wird von der Wache herbeigebracht und von vier Pferden zerrissen. Zum Schlufs erfolgt noch Lucindens und Lanfredos Verlobung.

Die vorliegende Handschrift der Wiener Hofbibliothek trägt keinen Jahresvermerk. Sie befindet sich in einem Bande, Nr. 13686, der aufserdem noch zwei Dramen und sechs Arien enthält. Das erste der Dramen, Margaritha von Cortona, nennt am Schlufs den Schreiber: F. J. Moser, Scharding initum, Braunau finis.

Nun verzeichnet aber Handschrift 13632 der Wiener Hofbibliothek als Schreiber: F. J. Moser, 1758. Man darf daraus wohl den Schlufs ziehen, dafs auch Band 13686 derselben Zeit entstammt, also der Mitte des 18. Jahrhunderts.

Bereits der Name Lanfredo (Lanfroy, ursprünglich Überbringer von Siegfrieds und Genovevas Briefen) verweist offenbar auf Cerisiers. Freilich zeigt das Alexandrinerdrama freieste Ausgestaltung des Stoffes.

Sollen wir nun diese gänzliche Umformung dem anonymen Verfasser zu gute schreiben oder liegt nicht (bei den vielen, von Cerisiers völlig abweichenden Einzelheiten) die Annahme eines Zwischengliedes nahe?

Die Breslauer Stadtbibliothek besitzt einen sehr interessanten, bisher noch unbekannten Theaterzettel, den wir hier wortgetreu folgen lassen, weil er mit obiger Frage im Zusammenhang steht:

Freytag den 7. Octobr.

Soll zu aller Herrn Zuschauer höchster Vergnügung und

Verwunderung vorgestellet werden | eine schöne exemplarische
und Lehrreiche Historie, genandt:

Die wegen Ihrer Keuschheit unschuldig verfolgete Pfaltz-Gräfin Genoveva.

Personen der Aktion:

1. Siegfried, Pfaltz-Graf von Trier.
2. Genoveva, Seine Gemahlin.
3. Benoni ⎫
4. Friedrich ⎭ Ihre Kinder.
5. Lucinda, Hof-Jungfrau.
6. Stilco ⎫
7. Werner ⎭ Lustige Hoff-Diener.
8. Golo ⎫
9. Adolf ⎪
10. Fulco ⎬ Hoff-Kavalier.
11. Drogan ⎪
12. Lanfrede ⎭
13. Ein Engel in den Wolcken.
14. Mirna, eine alte Hexe.

Kurtzer Summarischer Inhalt:

Indem der Türcken Hund die Christen Gräntzen drücket |
Der Pfaltz-Graff Siegfried sich zum Krieges Lermen schicket |
Ob Genoveva gleich mit Thränen wiederstebt |
Er doch von seinem Schatz in voller Rüstung geht.
Da Er im Felde nun nach Tugend-Palmen ringet
Der Neid die Laster-Fahn an seinem Hofe schwinget |
Denn Golo voller Lust und ungezäbmter Brunst
Bemüht sich eifferig umb Genovevens Gunst.
So | dafs er ungescheut ihr seine Lieb entdecket |
Dadurch er hefftiglich die keusche Frau erschrecket |
Sie strafft ihn erst mit Glimpf | er achtet solches nicht |
Bis Genoveva Ihn entziehet ihr Gesicht.
Als Golo mercket das vergebens ist sein Lieben |
Fängt dieser Schand-Bock an Gewalt an Ihr zu üben |
Adolf und Fulco bringet er durch List dahin |
Dafs Sie mit Eydes Krafft verknüpffen Hand und Sinn
Zu einer Greuel-That | dergleichen kaum erhöret:
Drogan wird mit Gewalt | wie hefftig er sich wehret |
In Genovevens Bett durch diese drey gebracht
An ihrer Seiten auch unschuldig todt gemacht.

Drauf lüget das Geschrey | die Ehe sey gebrochen |
Der Thäter selbst bey Ihr auf frischer That erstochen |
Man rufft das Hofe-Volck | der Lügen wird geglaubt |
Und Genoveva wird von Ehr und Macht beraubt
In Kerker eingespert: der Pfaltz-Graf auch | berichtet
Durch einen Lügen-Brief von Golo falsch erdichtet
Im Lager von der That | wird in sich selbst ergrimmt |
So dafs er seinen Weg nach Trier wieder nimmt.
Bey seiner Ankunfft läst in einen Zauber-Spiegel
Ein altes Hexen-Weib | und rechter Höllen-Riegel |
Durch Geld darzu erkaufft den Ehbruch künstlich seh'n |
Als wär er gantz gewifs und in der That geschehn.
Siegfried gantz wütend durch des Teuffels List betrogen |
Spricht ihr das Leben ab | die Rache wird vollzogen |
Die Keuschheit wird verdammt | die Frömmigkeit gedrückt |
Und Genoveva wird zu Tode fortgeschickt.
In einen wilden Wald sambt ihren beyden Kindern |
Unschuldig | unverhört. Der Pfaltz-Graf zu verhindern |
Dafs der Verlassenen kein Mensche springe bey
Dafs Ihres Todes auch Er recht versichert sey |
Befielet dafs man Ihm soll Ihre Zunge bringen:
Der Himmel aber läfst der Bofsheit nicht gelingen |
Indem er wunderlich der Mörder Hertzen lenckt |
Dafs aufs Barmhertzigkeit das Leben wird geschenckt
Der hochbetrübten Frau | die voller Angst und Schrecken |
Mit ihren Kindern sich im Walde mufs verstecken.
Die Wildnifs gibt ihr Kost | wiewol mit grofser Müh' |
Die Höle ist ihr Haufs | ein Engel tröstet Sie |
Ein Reh erbarmet sich und säuget ihren Knaben |
Die Unschuld mufs auch Schutz bey wilden Thieren haben.
Drogans entleibter Geist mit Donner, Knall und Blitz
Erscheint ohn Unterlafs in Siegfrieds Fürsten-Sitz |
Der wegen des Gespensts aufs seiner Burg entfliehet |
Und in den Wald zur Jagt mit seinen Leuten ziehet |
Auf welcher es das Glück so wunderbarlich schickt |
Dafs Er in ihrer Grufft die Genovev' erblickt.
Er zwinget Sie | dafs Sie mufs ihren Namen nennen |
Sie fasset sich ein Herz und giebt sich zu erkennen |
Ihr Unschuld kömmt an Tag | die Hexe wird verbrand |
Als sie des Golo List | Betrug und Mord bekand.
Adolf und Fulco sammt Golo nimmt man gefangen |
Und strafft sie weil Sie solch ein Bubenstück begangen |
Den Dienern aber wird mit Gnaden abgelohnt |
Weil sie der Unschuld so mitleidentlich verschont.
Lucinda bringet drauff den Trau-Ring hergetragen |
Der wieder funden ist in eines Fisches Magen |
Den stecket Siegfried froh der Genoveven an |

4 *

Da wird mit voller Lust das Trauren abgethan |
Der Pfaltz-Graf lässet sich aufs neue nun verbinden
Mit Genoveva, und Lanfrede freyt Lucinden |
Bofsheit empfänget doch allzeit verdienten Lohn |
Hiegegen Tugend bringt zuletzt die Ehren-Kron.

Nach Endigung der ersten Aktion wird Pickelhering eine artige und lächerliche Kurtzweile vorstellen.

Dieser Theaterzettel einer sich in Breslau aufhaltenden Wandertruppe stimmt mit der Wiener Handschrift im wesentlichen überein. Allerdings finden auch Abweichungen statt: das pfalzgräfliche Ehepaar hat merkwürdigerweise zwei Kinder; Drogan wird in Genovefas Bett versteckt; dem Fulco steht Adolf zur Seite. Wichtig ist: die beiden Diener der Legende (nicht Fulco) retten Genovefa; statt Zoroaster haben wir wie bei Cerisiers die alte Hexe, die auch zum Schlufs verbrannt wird; Lucinde endlich bringt Genovefas Ring. — Der Breslauer Theaterzettel folgt also Cerisiers genauer als die Wiener Handschrift.

Schon daraus kann man schliefsen, dafs der Breslauer Theaterzettel wohl die ältere Form eines Dramas darstellt, welches später in Österreich umgearbeitet ward.

Diese Mutmafsung findet sich vollauf bestätigt. Die gemeinschaftliche Vorlage ist keine andere als das niederländische Drama von A. F. Wouthers.[1]

Das Original lag mir nicht vor, wohl aber die Gothaer handschriftliche Übersetzung, deren Verhältnis zum Original Dr. J. Bolte näher zu untersuchen gedenkt.

Ein Vergleich zwischen der Gothaer Übersetzung und dem Breslauer Zettel ergiebt völlige Übereinstimmung[2]), nur dafs in der Gothaer Übersetzung Fulco erstochen wird, allerdings nicht (wie im Wiener Drama) von Golo, sondern von Lanfredo. Dieser Ausgang Fulcos geht wohl auf Wouthers zurück. Der Breslauer

---

1) Vergl. S. 45 Anm.
2) Die Breslauer Historie dürfte sich auch, wie die Gothaer Übersetzung, prosaischer Form bedient haben. Obige Inhaltsangabe in Alexandrinern spricht keineswegs dagegen. Solche versifizierten Inhaltsangaben zu Prosastücken waren gebräuchlich.

Zettel (Gefangennahme Adolfs, Fulcos, Golos) wiche hier also vom Original ab.

Jedenfalls ist Wouthers für den Breslauer Zettel wie für die Gothaer Übersetzung die gemeinschaftliche Grundlage.[1]) Später wurde dann das niederländische Drama zu dem Wiener Alexandrinertrauerspiel umgeformt.

---

1) Die erste Kenntnis von A. F. Wouthers drang nach Deutschland wahrscheinlich durch die holländischen Komödianten. Die Aufführung einer holländischen Genovefa (in Hamburg) ist allerdings erst aus dem Jahre 1740 bezeugt. (Vergl. S. 45 Anm.)

II.

Die deutschen Genovefadramen von der Mitte des 18. Jahrhunderts bis zur neuesten Zeit.

Erstes Kapitel.

Plümicke. Maler Müller.

Der erste Abschnitt schloſs mit einem französierenden Schauspiel in steifen Alexandrinern, der zweite beginnt mit der Regellosigkeit des Sturms und Drangs, mit den Nachwehen des „Götz von Berlichingen".

Zwei Dichter, freilich ungleich an Wert, machten sich gleichzeitig an die Bearbeitung der Legende.

Karl Martin Plümicke (1749—1833), Ratssekretär in Breslau, Schauspieldichter in Berlin, Kabinettssekretär des Herzogs von Kurland, Regierungsrat in Magdeburg, in der Litteratur bekannt durch Bühnenbearbeitungen fremder Stücke, namentlich Schillerscher, und durch Dramatisierung gleichzeitiger Romane, berichtet[1]):

„Der Inhalt dieser (1741 in Berlin aufgeführten) extemporierten Komödie (Genovefa), mit Wahrheit und Natur behandelt, liefert einen vorzüglich guten Stoff fürs Theater, den, auſser daſs der Mahler Müller von nur wenigen Situationen eine Skizze entwarf[2]), von Pauersbach aber in seinen Marionettenstücken einige ebenso unvollkommene Schilderungen unter dem Namen Genovefa 1. 2. 3. und 4. Theil[3]) unternommen, bis jetzt noch keiner zu benutzen gesucht."

Schon seit einigen Jahren habe er, Plümicke, seine Muſse zur Ausarbeitung eines groſsen historischen Schauspiels „Siegfried

---

1) „Entwurf einer Theatergeschichte von Berlin". Berlin 1781. S. 169 und 337.   2) Vergl. S. 56.   3) Vergl. IV., zweites Kapitel, Puppenspiele.

und Genovefa" angewandt. Sowohl dieses, wie ein Nachspiel zu „Minna von Barnhelm", unter dem Titel „Der Senior", ingleichen eine freie Übersetzung der „Gefangenen", nach dem Italienischen des Capacelli, lägen noch im Manuskript.

Die genannten drei Stücke scheinen jedoch nie zum Druck gelangt zu sein.[1]) —

Ein ähnliches ungünstiges Geschick waltete Jahrzehnte hindurch auch über dem Drama von Plümickes Zeitgenossen, über

Golo und Genoveva.
Ein Schauspiel in fünf Aufzügen
von
Maler Müller.[2])

Müllers Drama ist durchaus ein Erzeugnis des Sturms und Drangs. Gleich Plümickes Schauspiel gehört es zu jener Hochflut von Ritterstücken, die sich im Anschluß an den „Götz" über Deutschland ergoß und jeden gesellschaftlichen wie künstlerischen Damm zu zersprengen drohte. Goethes geniales Jugendwerk, das Shakespeare übertrumpfte, wirkte ja auf diese vielfach noch so engbrüstige Zeit wie eine Offenbarung kraftschwellender Natur! — Doch nicht nur die „Kerle" und „Machtweiber" sind bezeichnend für den Sturm und Drang, neben Shakespeare erscheint Ossian, neben dem ritterlichen, stämmigen Götz, der seine eiserne Faust den feigen Heilbronner Spießbürgern unter die Nase hält, taucht gleichzeitig die bleiche, gebrochene Gestalt des jungen Werther auf.

Auch der „Werther" rief eine Unzahl von Nachahmungen hervor, weinerliche Romane wie Millers „Sigwart" u. dergl. Beide Einwirkungen nun, die des „Götz" wie die des „Werther", hat Müller in „Golo und Genoveva" zu verschmelzen gesucht.

Friedrich Müller, 1749 zu Kreuznach geboren, lebte zeitweise in Zweibrücken und Mannheim, seit 1778 in Rom. Dort ist er auch 1825 gestorben. — Völlig eigenartig ist er nur in seinen „Pfälzischen Idyllen". Ihr gesunder Realismus unterscheidet sie vorteilhaft von den gezierten Rokokoidyllen Geßners.

---

1) In Gödekes „Grundriß", 2. Aufl., V. Bd., S. 261, sind sie nicht verzeichnet.

2) Ausgaben: Mahler Müllers Werke, Heidelberg 1811, III, 1—420. Dichtungen von Maler Müller (Hettner) II. Leipzig 1868. Kürschners Deutsche National-Litteratur Bd. LXXXI (Sauer).

Das Fragment „Fausts Leben“ dagegen atmet ganz das Kraft-
gefühl und die Stillosigkeit des Sturms und Drangs, steht aber
an künstlerischem Wert tiefer als „Golo und Genoveva“.[1])

Schon als Knabe lauschte der Dichter gern den Erzählungen
seiner Amme vom Faust und von der Pfalzgräfin Genovefa. Die
örtliche Nähe schürte noch seine Teilnahme für die vielbesungene
Dulderin. Frühzeitig und wiederholt hat Müller den Stoff behandelt. Die älteste Bearbeitung ist wohl das im „Berliner
Material“ befindliche Balladenfragment, im Bänkelsängerton ab-
gefafst.[2]) 1776 veröffentlichte Müller in der „Schreibtafel“ eine
Szene[3]), darstellend die Wiederauffindung Genovefas und ihres
Knäbleins. Diese Szene unterscheidet sich von der späteren dramatischen Fassung hauptsächlich dadurch, dafs Siegfried zuerst
ohne Gefolge die Verstofsene findet. Er gelangt in Genovefas
Höhle und sinkt vor dem Kruzifix nieder. Schmerzenreich findet
ihn. „Wie blafs! Weint, wie meine Mutter. Ei, wenn's doch
mein Vater wär'!“ Genovefa selbst tritt herzu, giebt sich aber
nicht, wie im Drama, sofort zu erkennen, sondern erzählt erst
langatmig all ihre Leiden. — In demselben Jahr, 1776, erschien
dann in Müllers „Balladen“ „Die keusche Genoveva im Thurme“,
später auch in die Idylle „Ulrich von Kofsheim“ aufgenommen.[4])
Die Ballade ist aufserordentlich gedehnt und im Ausdruck stark
übertrieben. Vergeblich verheifst Golo der Eingekerkerten Freiheit und köstlichen Schmuck, vergeblich spiegelt er ihr Siegfrieds
Tod vor. Als sich Genovefa töten will, bemächtigt er sich schnell
des Knäbleins. Genovefa gewinnt Schmerzenreich erst durch einen
Kufs wieder. Sofort jedoch überwältigt sie die Reue. — Verschiedene Züge dieser Ballade sind auf die Kerkerszene des Dramas
übergegangen, so die erdichtete Todesbotschaft, der Kampf um
den Knaben. Das Schmuckmotiv ist im Drama nur angedeutet.
Der Kufs fehlt. Golo flieht vor Genovefas ausbrechendem Wahnsinn. Die ganze Darstellung ist stark gekürzt, bewahrt aber vielfach Verse und Reime. — Ferner sind erhalten: eine Serenade

---

1) Vergl. für das Folgende: Otto Brahm „Das deutsche Ritterdrama
des 18. Jahrh.“ Strafsburg 1880. Bernhard Seuffert „Maler Müller“. Berlin
1877 u. 1881 (S. 143—176).

2) Seuffert 1. Ausgabe (1877) S. 453, 454.

3) Auch in Müllers Werken 1811. II. S. 189—208.

4) Müllers W. I. S. 198—218.

Golos[1]) (viel stimmungsvoller als der später eingeschobene Chor-
gesang) und schliefslich eine Ballade „Anne von Trauteneck bey
Ritter Golos Grab".[2]) (Annes Liebe zu Golo findet sich zuerst auch
im Drama, im weiteren Verlauf desselben vergifst jedoch der Dichter
diese Beziehung.) — Aufser den genannten Bearbeitungen soll es
noch verschiedene andere gegeben haben; sie sind indessen verloren oder verborgen.[3])

Die eigentliche Ausarbeitung des uns vorliegenden Dramas
fiel in die Jahre 1775 bis 1781, in Mannheim wohl begonnen,
in Rom vollendet.[4]) Ursprünglich war das Drama Goethe gewidmet; nach seinem Bruch mit Goethe hat Müller jedoch die
Widmung gestrichen. — Die Veröffentlichung geschah erst 1811
in Tiecks Ausgabe von Müllers Werken; Bruchstücke waren bereits früher in den „Ephemeriden" und in der „Trösteinsamkeit"
erschienen. Der hauptsächliche Gang der Handlung läfst sich
wie folgt skizzieren:

1. Siegfried und seines Getreuen, des Grafen Karl, Aufbruch
zum Krieg gegen die Mohren; Golos erstes, noch verhülltes
Liebesgeständnis.

2. Ankunft der Gräfin Mathilde in Pfälzel. Golo bringt
Genovefa eine Serenade dar. Vergeblicher Anschlag des ver-
schmähten Wallrad auf Mathildens Leben.

3. Golo wird zurückgewiesen. Vorwurf der Buhlschaft gegen
Genovefa und Droganes. Die Pfalzgräfin eingekerkert, Droganes
vergiftet.

4. Siegfrieds Benachrichtigung. Todesurteil. Standhaftigkeit
Genovefas auch im Kerker. Gottesgericht zwischen dem heimgekehrten Grafen Karl und dem siegreichen Golo. Rettung Genovefas aus Mörderhand durch den Gärtner Adam und sein Weib.
Golos wahnsinnige Reue. Mathilde, von Golo verwundet, giebt
sich als seine Mutter zu erkennen.

5. Siegfried erfährt seiner Gemahlin Unschuld. Mathildens

---

1) Graf Yorck von Wartenburg „Gedichte von Maler Friedrich
Müller". Jena 1873. S. 95, 96.   2) Müllers W. II. S. 338.
3) Vergl. zu obigem Seuffert S. 143, 144. — Der gröfsere Teil von
Müllers Nachlafs befindet sich jetzt im Besitz von Hofrat Kürschner in
Eisenach, ist aber bisher unzugänglich.
4) Aus einer späteren (1809) geplanten Umarbeitung ist glücklicherweise nichts geworden.

furchtbares Ende. Jagd. Wiederauffindung Genovefas und
Schmerzenreichs. Golos Tod.

Welcher Quelle ist Maler Müller bei dieser Gestaltung der
Legende gefolgt? Seuffert verweist sowohl auf die deutsche wie
auf die niederländische Überlieferung. Die niederländische unterscheidet sich ja von der deutschen besonders durch das Bestreben,
statt der Mystik das Familienleben zu betonen und die vielen
Wunder entweder ganz zu streichen oder auf natürliche Weise
zu erklären. Ein ähnliches Bestreben zeigt auch Müller. — Die
Übereinstimmung erstreckt sich sogar auf Einzelheiten. Ritter
rufen zum Feldzuge ab. Ulrich bei Müller erinnert an den
treuen und bedächtigen Wolf. Wie im niederländischen Volksbuch verurteilt der hitzige Siegfried Genovefa zu sofortigem Tod,
ohne Golo selbst zu sprechen, auch ohne das Gaukelwerk einer
Hexe.

Andererseits weicht aber Müller so auffällig von der niederländischen Tradition ab, dafs wir annehmen müssen, er habe die
deutsche Sage ebenfalls gekannt und zwar viel gründlicher als
die niederländische.

Wie in der deutschen Sage erfolgt Golos erste Liebeserklärung vor einem Bilde. Droganes wird im Kerker vergiftet
und nicht sofort niedergestochen. Golo erleidet den Tod, statt
zu lebenslänglichem Kerker begnadigt zu werden. — Müllers
Kenntnis der deutschen Sage beruhte wohl auf einem deutschen
Puppenspiel. Der Arzt Heinrich und der Diener Steffen über-
nehmen die Rolle des Hanswurst. Der Geist des Droganes erscheint nicht Siegfried, sondern Golo. Anführer der Franken ist
statt Karl Martell König Dagobert.[1])

Als die eigentliche Grundlage zu Müllers Drama bezeichnen
wir also in Übereinstimmung mit Seuffert neben der weniger
nachhaltigen niederländischen Tradition ein deutsches Puppenspiel.

Im grofsen und ganzen steht jedoch Maler Müller beiden
Ausgestaltungen der Legende sehr frei gegenüber.

Da stofsen wir sogleich auf eine ganze Reihe erfundener
Gestalten: Schlofshauptmann Adolf, Graf Wallrad, Graf Karl
und seine Brüder Bernhard und Ulrich, der Gärtner Adam und
seine Frau, der Gärtnerjunge Brandfuchs, der Chirurgus Hein-

---

1) Vergl. IV, zweites Kapitel, Puppenspiele.

rich, der Baumeister Erwin, Julie, Anne, vor allem Gräfin
Mathilde.[1])

Zum Teil verweisen die genannten Personen auf Müllers Vor-
lagen, so: Ulrich, Heinrich, Mathilde, Julie.

Die Urbilder Ulrichs (Wolf) und Heinrichs (Hanswurst)
haben wir bereits erwähnt. Mathilde geht zurück auf Golos
Amme in der deutschen Sage. Da aber Müller ihre Bedeutung
für den ganzen Verlauf des Dramas so aufserordentlich steigerte,
sah er sich gezwungen, ihr nicht nur eine höhere gesellschaft-
liche, sondern auch eine nähere verwandtschaftliche Stellung dem
Helden gegenüber anzuweisen. Aus Golos Amme wird so seine
Mutter. Endlich noch Julie. Sie wurzelt in der niederländischen
wie in der deutschen Tradition; in beiden empfängt ein der
Gräfin ergebenes Mägdlein deren Reinigungsbrief.

Der gröfste Teil von Müllers Personen ist jedoch völlig frei
erfunden, d. h. unabhängig von obigen Quellen. Müller hat dabei
des Guten fast zu viel gethan.

Einige Rollen greifen so gut wie gar nicht in die Handlung
ein: der Reitknecht Steffen (der wie der Arzt Heinrich ebenfalls
auf den Hanswurst zurückgeht), Genovefas Gesellschaftsfräulein
Anne (deren Beziehung zu Golo der Dichter später vergifst),
ferner der Baumeister Erwin.[2]) Die Begeisterung für Erwin
hatte ja der junge Goethe in seiner Schrift „Von deutscher Bau-
kunst" als erster zum Ausdruck gebracht. Bei Müller wird nun
der geniale Schöpfer des Strafsburger Münsters zu einem echten
Vertreter des Sturms und Drangs. Erwin hat für Siegfried den
Grundrifs zu einer Kapelle entworfen. Siegfried fragt ihn, wie
er den Plan gefunden habe. Erwin antwortet:

„In der Mitternachtsstunde, beim Sternenglanz, in der Stunde
der Weihe — ist's meiner Seele vorübergegangen im Traum, und
ich hab' das Werk gesetzt. Nicht nach Übung und Regel; dem
Herzen nach, wie Gott mir's gezeigt."

Andere dieser frei erfundenen Gestalten dienen eigentlich nur
dazu, einer gewissen Hauptperson ein stärkeres Relief zu geben:

---

1) Der Name Mathilde ist ein echt ritterlicher (Goethe „Wilh. Meisters
Lehrjahre". B. 2. Kap. 10); er findet sich in nicht weniger als elf Ritterdramen (O. Brahm S. 165).

2) Vergl. die Gestalt des Baumeisters in Arnims späterem Roman
„Die Kronenwächter" (1817).

Wallrad, Brandfuchs; — auch Droganes könnte zu ihnen gezählt werden; denn seine legendarische Rolle als frommer Koch wird durch seine Buhlschaft mit Mathilde wesentlich verschoben.

In der Mehrzahl sind jedoch Müllers Personen auf Wirkung durch Kontraste berechnet. Der Verräter Golo und der treue Karl, die Buhlerin Mathilde und die Dulderin Genovefa, der hitzige Siegfried und der bedächtige Ulrich; andererseits auch Golo und Adolf, Adolf und Mathilde. Von Bedeutung sind neben Golo, Genovefa, Mathilde und Siegfried, deren Charaktere wir später besprechen werden, Karl und Adolf. Karl ist das Ideal eines tapferen, überaus gesinnungstüchtigen Ritters, Adolf ein jovialer alter Herr, der am liebsten noch ins Feld ziehen möchte und sich über nichts mehr freut als über einen von Karl erbeuteten Sarazenensäbel. Leider trifft beide, Karl und Adolf, ein herbes Geschick: Karl fällt im Zweikampf[1]), Adolf wird schwachsinnig.

Die Verknüpfung dieser verschiedenen Gestalten geschieht meist durch Verwandtschaft oder Liebe. Durch Verwandtschaft: Siegfried und Karl als Vettern, Adolf und Mathilde als Geschwister, Adolf und Julie als Vater und Tochter, Adolf und Anne als Onkel und Nichte, Mathilde und Golo als Mutter und Sohn, Karl, Bernhard und Ulrich als Brüder. Durch Liebe: Genovefa-Siegfried-Golo, Mathilde-Wallrad-Droganes-Brandfuchs, Julie-Karl, Anne-Golo.

Allerdings ist die Verknüpfung vielfach rein äufserlich. Am meisten berechtigt erscheint noch das Verhältnis zwischen Mathilde und Golo. Die Frevelthaten Mathildens rücken dadurch, zum Teil wenigstens, in ein milderes Licht. Ihr Ehrgeiz gilt ja dem Sohne! Völlig unmotiviert dagegen ist das verwandtschaftliche Band zwischen Adolf und Mathilde.

Schon durch die Einführung so zahlreicher und mannigfacher Personen mufste natürlich die Legende ein ganz verändertes Gepräge erhalten. Aber auch sonst hat Müller den Stoff bedeutsam umgeformt.

Wie das niederländische Volksbuch war Müller bestrebt, möglichst den menschlichen Kern herauszuschälen und die mystische

---

1) Beim Gottesgericht verweist Seuffert auf Zieglers „Asiatische Banise", die Müller genau kannte. Verarbeitete doch Müller Zieglers berühmten Roman erst zu einer Oper, später zu einer altpersischen Novelle „Der hohe Ausspruch oder Chares und Fatime"!

Hülle fallen zu lassen. Die fromme Legende, ursprünglich ein schlichtes Kirchenbild auf Goldgrund, dann von Cerisiers im Stile der Barockzeit geschmacklos übertüncht, erhält bei Müller die Gestalt einer lebensprühenden Historie. Zwar fehlt der Komposition jede Einheit und die Farben sind meist gar zu grell aufgetragen, dafür entschädigt uns jedoch die Gabe Maler Müllers, durch einen leisen lyrischen Duft die naturalistischen Farbendissonanzen zu dämpfen, und insbesondere seine Kunst, von dem buntbewegten Hintergrund in plastischer Lebensfülle die Hauptgestalten hervortreten zu lassen.

Die Kritik belehrt uns indessen, daſs bei Komposition und Charakteristik dieser Historie Shakespeare und Goethe stark eingewirkt hätten.

In der That ergiebt sich bei genauerem Hinsehen eine auffallende Ähnlichkeit, zumal mit Goethes Jugendwerken.

Golos Liebe ist nicht, wie in der Legende, von vornherein sinnlich, vielmehr rein und zart. Er will die Pfalzgräfin anbeten wie ein Gestirn, dem man für seine Schönheit dankt! — Golo ist ein Freund der Natur, künstlerisch veranlagt, ein Schwärmer und Grübler, dabei unthätig und schwankend und wie Werther völlig hingegeben seiner Liebe. Seine düstere Stimmung klingt wieder in dem schwermütigen Lied, dessen Töne den Ritter auf seinem Lebensweg begleiten, in dem Sterbegesang:

> „Mein Grab sei unter Weiden
> Am stillen, dunkeln Bach;
> Wenn Leib und Seele scheiden,
> Läſst Herz und Kummer nach.
> Vollend' bald meine Leiden,
> Mein Grab sei unter Weiden
> Am stillen, dunkeln Bach!" [1]

Golo gegenüber erscheint Mathilde als das typische „Machtweib" [2] des Sturms und Drangs, eine vergröberte Nachbildung der Adelheid. Goethe konnte freilich von Adelheid sagen, er habe sich selbst in sie verliebt. Heiſs weht uns ihr Atem ent-

---

1) Zum Teil von E. T. A. Hoffmann komponiert.
2) Vergl. die Worte Wallrads: „Machtweib, das mich durchlebt vom Wirbel bis in die Zehe hinunter, mit meinem Seyn wie mit einem Ball spielt!"

gegen. Mathilde dagegen läfst uns kühl. Wir begreifen den
liebestollen Wallrad nicht recht, wir möchten eher dem Droganes
zustimmen, der Mathildens Umarmung bald als Qual empfindet.
Er thut es aus moralischen Prinzipien, wir mehr aus ästhetischen.
Adelheid bleibt auch als Verbrecherin noch das berückende Weib.
Mathilde jedoch ist robust und cynisch, ein Mannweib, mit Sporen
am Stiefel und der Reitpeitsche in der Hand. Sie ist eine Feindin
jeder gedankenblassen Reflexion und jeder konventionellen Schranke,
ein Abbild jener stürmischen, rheinischen Jugend, der Goethe,
Wagner, Lenz, Klinger und Maler Müller angehörten. Mathilde:
„Leiden und überwältigen lassen war nie meine Sache; auf andere
wirken nach unserem Willen, die Peitsche hochgeschwungen und
tüchtig darüber hineingehauen, wenn die Schindmähren Konvention
und Menschenumgang es einem zu warm machen; Projekte auf
Projekte hingetürmt, eins übers andere hinauf, Fufs auf Fufs,
fest, bis es durch ist, was wir wollen."

Es ist natürlich, dafs Mathilde, ihrer überragenden Bedeutung
gemäfs, auch auf der Bühne dominierend hervortreten mufste. Später
jedoch, als die Ereignisse von selbst ihren Gang gehen, wird sie
überflüssig. Maler Müller hätte gut gethan, wenn er ihr Ende nicht
mehr szenisch dargestellt hätte, wie ja auch Goethe in seiner zweiten
Bearbeitung, im „Götz", Adelheid mehr zurücktreten läfst. — Bis
zu Genovefas Verurteilung ist aber Mathilde thatsächlich die
eigentliche Lenkerin der Handlung. Sie treibt den Schwankenden
beständig vorwärts. Ohne Mathilde würde Golo stets der schlaffe
Träumer geblieben sein oder gar wie Werther Hand an sich gelegt haben [1]), durch seine energische Mutter wird aus dem Schwärmer
Werther der Verräter Weislingen.

---

1) „Das Beste in der menschlichen Natur ist, dafs wir es abschütteln
können, wenn uns etwa die Last zu sehr drückt . . . . Er, der uns mitten
im Wirbel von Cirkeln und Labyrinthen dieses Lebens im Irren gelassen,
. . . . ,
er hat uns zum Stab und Freund das herrliche Gefühl mitgegeben, abzu-
schütteln, wenn wir es müde sind, und uns aus diesem Knäuel von zu-
sammengewickelten Drangsalen und Leiden durch eine grofse Thür herrlich und frei wieder loszuwinden." (3. Aufz. 1. Szene.) Golo liest diese
ganze Stelle aus einem Buche vor. Man vergleiche folgende Stellen im
„Werther": „Und dann, so eingeschränkt er (der Mensch) ist, hält er doch
immer im Herzen das süfse Gefühl von Freyheit und dafs er diesen Kerker
verlassen kann, wenn er will" (Bernays „Der junge Goethe" III S. 248).

Goethes Einfluſs macht sich auch bei den Nebenpersonen geltend. Dragones und Wallrad verweisen auf Franz. Ritter Karl erinnert an Georg, Anne an Marie, Schmerzenreich an den kleinen Karl, Golo in einzelnen Zügen an Götz. Selbst bei Siegfried finden wir einen Anklang an Goethes Jugenddrama. Bruder Martin im „Götz" gesteht: „Mir kommt nichts beschwerlicher vor, als nicht Mensch sein zu dürfen."

Siegfried sagt zu Erwin:

„Bei dir kann ich Mensch sein und weinen, du verstehst mich, andere verstehen mich nicht."[1])

Seuffert führt die Parallele zwischen Goethe und Müller noch weiter aus. Wir können daher auf eine detaillierte Darlegung verzichten und brauchen höchstens noch darauf hinzuweisen, daſs der bei Müller im vierten Akt tagende Ritterrat wohl aus dem Rittergericht des „Götz" hervorgegangen ist und daſs sich bei Müller auch die Schilderung von Vorgängen hinter der Szene findet.

Liegt also auch ein entschiedener Einfluſs Goethes vor, so müssen wir uns doch hüten, denselben zu überschätzen, einmal, weil Goethe und Müller aus einer und derselben Zeitstimmung heraus ihre Werke schufen, so daſs Ähnlichkeit nicht immer auf Nachahmung zu beruhen braucht, dann, weil Müller stets in eigenartiger Weise Goethes Eindrücke verarbeitet, sie bald verstärkt, bald abschwächt, bald verschmilzt. Auſserdem ist zu berücksichtigen, daſs ja auch Goethe unter dem Einfluſs eines anderen Genius, Shakespeares, stand. Einzelne Übereinstimmungen, zumal Weislingen und Adelheid, Golo und Mathilde betreffend, werden sich vielleicht auf jenes gemeinschaftliche Vorbild zurückführen lassen. Jedenfalls ist die starke Einwirkung Shakespeares bei „Golo und Genovefa" unverkennbar. Der kindisch gewordene Adolf erinnert an Lear, Julie, die erst über Karls, ihres Bräutigams, Verlust geistig gestört wird, an Ophelia. An Ophelia gemahnt

---

„Die Natur findet keinen Ausweg aus dem Labyrinthe der verworrenen und widersprechenden Kräfte, und der Mensch muſs sterben" (Bernays „D. j. G." III S. 288).

1) Ähnliche Klagen finden sich übrigens bei den Stürmern und Drängern häufig. H. L. Wagner schreibt am 15. Mai 1776 an Müller: „Nur sind so wenige, fast sollt' ich sagen keiner hier, die mich fühlen, verstehen können, die ich wieder fühlen, wieder verstehen kann; das ist ärgerlich!" (E. Schmidt „H. L. Wagner". 2. Aufl. Jena 1879. S. 150.)

auch Genovefas ausbrechender Wahnsinn in der Kerkerszene. Die
Altanszene bei Müller (II, 4) hat gewisse Ähnlichkeit mit der
sogenannten Balkonszene in „Romeo und Julie" (II, 2). Am
klarsten ist jedoch der Einfluß des „Macbeth".[1]) — Wie Adelheid
trägt auch Mathilde Züge der Lady. — Mathilde: „Das ist's, was
ihm fehlt; Entschlossenheit, kühles Blut." Ähnlich tadelt auch
Lady Macbeth die Unentschlossenheit ihres Gemahls.

Mathilde: „Ha, mit euren Phantasien schwebt ihr Leutchen
immer hoch droben, im Auffassen seid ihr sehr kühn." Lady:
„War die Hoffnung trunken, die euch vor kurzem so entschlossen
machte?"

Mathilde: „Für was nun all die Unruh, die du durch Mienen
und Gebärden beständig von dir giebst? All diese mageren,
stundenlangen Seufzer?" Lady: „Wozu soll es dienen, daß ihr
die verdrießlichsten Einbildungen zu eurer Gesellschaft macht?"

Wie Mathilde Golo, so schilt Lady Macbeth ihren Gemahl
unmännlich und sinnlos, als Golo den Geist des Droganes, Macbeth
Banquos Geist zu erkennen glaubt, und endlich, wie die nacht-
wandelnde Lady ihr blutiges Geheimnis verrät, so offenbart auch
die sterbende Mathilde in Fieberphantasien ihre Frevelthaten. Bei
Shakespeare sagt der Arzt: „Sie bedarf mehr eines Geistlichen
als eines Arztes." Bei Müller heißt es gesteigert: „Hier geist-
licher und leiblicher Rat umsonst."

Wie Mathilde der Lady, gleicht Golo in vielen Zügen dem
unentschlossenen Macbeth. „Für was das all? Thu' ich ohne-
hin nicht schon, was ich kann und soll?" Macbeth: „Ich bitte
dich, halt ein. Ich habe zu allem Mut, was einem Manne an-
ständig ist; wer mehr hat, ist keiner." — Gleich Macbeth, der
Duncan Verderben sinnt, wägt auch Golo den bloßen Dolch
vor Siegfrieds Schlafgemach. Beide, Macbeth und Golo, bleiben
kalt bei der Nachricht von der Lady und von Mathildens Hinscheiden; jener stürmt hinaus zum Kampf, dieser zur Jagd, beide
aber wissen, daß Feinde ihnen auflauern, beide fallen durchs
Schwert.

Wir dürfen jedoch den Einfluß Shakespeares ebensowenig
überschätzen wie den Goethes. Tieck übertreibt sicherlich, wenn

---

[1]) Die folgenden Shakespearestellen sind angeführt nach dem Wort-
laut in „Shakespears theatralische Werke. Aus dem Englischen übersetzt
von Herrn Wieland (Zürich 1762—66)".

er schreibt, man glaube zuweilen, Maler Müller habe verschiedene Tragödien Shakespeares wie zu einer Quintessenz zusammendrücken wollen. (Ein solcher Tadel würde z. B. eher bei Klingers „Otto" zutreffen.) Auch Skakespeare gegenüber, und zwar noch weit mehr als beim Einfluſs Goethes, müssen wir vielmehr Maler Müllers Selbständigkeit gebührend hervorheben.

Prüfen wir doch einmal genauer Müllers Hauptcharaktere!

Glücklich gestaltet hat Müller vor allem den Charakter Genovefas. Gleich dem niederländischen Volksbuch macht unser Dichter aus der legendarischen Heiligen ein treues Weib und eine gute Hausfrau. Schon bei ihrem ersten Auftreten erscheint Genovefa in dieser realistischen Beleuchtung. Hausmütterlich sorgt sie für Siegfrieds Waffen, sein Weiſszeug, den Arzneikasten. Trotz aller Realistik versteht jedoch der Dichter, den Eindruck ihrer Unschuld noch zu erhöhen.

In der deutschen Überlieferung, der Müller sonst im weiteren Verlauf der Handlung mehr und mehr folgt, bestürmt Golo die Pfalzgräfin wiederholt mit Liebeserklärungen. Genovefa kanzelt ihn dafür tüchtig ab, ohne ihn indessen aus ihrer Nähe zu verbannen. Müller hingegen hält Genovefa lange Zeit über Golos eigentliche Absichten völlig im unklaren. Selbst Golos Erklärung in der Bilderszene ist so gehalten, daſs sie Genovefa auf ihre Begleiterin Anne beziehen kann. Erst in der Gartenszene erfährt sie mit Schrecken seine Leidenschaft. Dadurch erhält gerade der Angelpunkt des Dramas besondere dramatische Kraft. Überhaupt ist die Gartenszene vortrefflich angelegt, insofern nämlich, als die Situation, in der Genovefa und Droganes aufgefunden werden, wirklich Verdacht erwecken muſs.

Mit diesem Höhepunkt der Handlung ist Genovefas Geschick bereits besiegelt. Im Kerker verwandelt sich die treue Gattin in die fürsorgliche Mutter, die mit ihrem Lied Schmerzenreich in Schlummer einlullt. Vergeblich sucht sie jetzt Golo mit der Vorspiegelung zu täuschen, Siegfried sei gefallen. Der Verräter entreiſst ihr das Kind. Doch vor ihrem ausbrechenden Wahnsinn entflieht er. — Diese hochdramatische Szene hatte Müller schon in seiner Ballade „Genovefa im Thurm" ausgeführt.[1]) Die Verse der Ballade gingen zum Teil auch in das Drama über.

---

1) Vergl. S. 56.

Für modernes Empfinden streift die überhitzte Sprache hart an die Grenzen des Komischen.[1]) Ebenso frei wie die Garten- und Kerkerszene, aber weniger glücklich, hat der Dichter Genovefas Rettung aus Räuberhand behandelt. Seuffert sagt: „Was soll der Gärtner und sein Weib gegen die geübten Mordgesellen? Hier hat Müller entschieden die Überlieferung verschlimmbessert, wenn nicht schon ein ihm bekanntes Puppenspiel zu gunsten des drastischen Effekts eines Kampfes den Kernpunkt also verschoben hatte." Wir meinen, von einer so kühnen Hypothese ganz absehen zu dürfen. Die Szene erklärt sich völlig aus dem Drama selbst. Müller hat nämlich die beiden Mörder in ihrem Hunsrücker Dialekt und in ihrem ganzen Gebaren als so abgefeimte Halunken geschildert, dafs, allerdings im Gegensatz zur Sage, Genovefas Flehen nicht den mindesten Eindruck auf sie machen kann. Da bedarf denn der Dichter anderer Retter. Nicht der Effekt eines Kampfes, sondern Müllers Naturalismus hat hier die Sage umgestaltet! — Glücklicherweise erstreckt sich jedoch dieser Naturalismus nicht auf Genovefas Aufenthalt in der Wildnis. Nur zwei Szenen spielen sich dort (vor der Wiederauffindung) ab. Darüber ausgebreitet liegt eine wundervolle lyrische Weichheit. Genovefas Gottvertrauen und Schmerzenreichs kindliche Fragen und dann, wie eine Vorverkündigung eines besseren Geschicks, das vorüberziehende Gewitter! Der Regenbogen, das Zeichen des Friedens, wölbt sich am Himmel und Friede und Erlösung naht endlich auch der Pfalzgräfin und ihrem Knäblein.

Knapp und ohne Wunderapparat hat Müller diese Szenen in der Wildnis zu ergreifender Wirkung gebracht. Auch darin verfährt er glücklich, dafs er Genovefa nicht als sterbende und

---

1) Die Stürmer und Dränger dagegen sahen gerade in dem übertriebenen Pathos einen Vorzug. H. L. Wagner schreibt über die Ballade an Müller: „Dein Golo und die leidende Genoveva . . . . . Wie herrlich! Wie wahr! Bey der Stelle ‚Der Teufel selbst hat dies gesagt, dafs eine Mutter alles wagt' hätt' ich Dich umarmen mögen. Schauder fafste mich beym Haarzopf!" (E. Schmidt S. 153). — Ähnlich urteilten Schubart, Lenz, später auch noch Fr. Schlegel. — Grofsen Eindruck machte besonders auch die erdichtete Todesbotschaft (O. Brahm S. 157). Die lateinische Tradition, ebenso Cerisiers, Staudacher, kennen allerdings eine ähnliche (vergl. S. 4), an einen Einflufs ist jedoch nicht zu denken; vielmehr dürfte bei Müller eine Reminiscenz an die „Asiatische Banise" vorliegen (Seuffert S. 165 Anmerk. 3).

wunderwirkende Heilige vorführt. Ein offenbares Zugeständnis an die Legende deutscher Tradition machte Müller nur mit Genovefas und Siegfrieds Gelübde, sich in die Einsamkeit zurückzuziehen, sobald Schmerzenreich mündig geworden.

Im allgemeinen aber hat sich der Dichter an den Grundsatz gehalten, daß wir keine Engel und Teufel, sondern Menschen auf der Bühne sehen wollen. Deswegen schildert er Golo nicht wie die Sage als den durchtriebenen Bösewicht. Golo wird bei ihm zu einem Schwärmer und Grübler, der haltlos seiner Leidenschaft erliegt und dem die Qualen seines Gewissens später das Leben vergällen. — Wohl erinnert Golo an Werther, später an Weislingen und Macbeth. Doch ist seine Reue so vertieft, daß von einer bloßen Nachahmung des Dichters nicht die Rede sein kann. Hier hat vielleicht Müllers Verhältnis zu Lottchen Kärrner eingewirkt. Wie Golo seinem Herrn, so brach Müller der Geliebten die Treue. Jedenfalls deutet die Wahrheit der psychologischen Zeichnung über Weislingen und Macbeth hinaus auf Müllers eigene Gefühle. Bis zum Pathologischen steigert sich Golos Verdüsterung. Der Verfolgungswahnsinn packt ihn. Um Mitternacht schleicht Golo im Schloß umher. Er glaubt den Geist des Dragones zu sehen. Er sticht sogar nach Mathilde. — Wie ein Verrückter stürzt er sich auf jeden, der zufällig einen grünen Hut trägt, weil auch Genovefa einen solchen besaß. Als Genovefa dann wieder gefunden wird, gesteht er (im Gegensatz zur Sage) sofort seine Schuld ein und fügt die schlichten Worte hinzu: „Gern und leicht sterb' ich, weil die noch lebt." Der reuige Sünder wird so eines besseren Endes würdig. In der deutschen Überlieferung wird Golo von vier Ochsen zerrissen, in der niederländischen zu lebenslänglichem Kerker begnadigt. Beide Darstellungen konnte der Dichter nicht gebrauchen.

Karls Brüder wollen den Verräter erst schmählich niederstechen. Wie aber Golo bei all seiner Schwärmerei und Haltlosigkeit doch stets der tapfere Ritter war, der, wenn es galt, den Feind in den Sand streckte, so bäumt sich auch jetzt sein Stolz auf. Die Brüder müssen ihm erst Rittertod und ehrlich Begräbnis versprechen, dann stürzt er sich in Ulrichs gezücktes Schwert. Drunten rauscht der Bach, der Wind raschelt im Weidengebüsch und aus der Ferne tönt die Melodie:

„Mein Grab sei unter Weiden,
Am stillen, dunkeln Bach!" —

Der Dichter hat es verstanden, den Bösewicht der Sage uns
näher zu rücken, so nahe, daſs wir uns eines tiefen Mitgefühls
nicht enthalten können. Golos Charakteristik ist in ihrer psychologischen Vertiefung, trotz der vielfachen Anlehnungen an Goethe
und Shakespeare, ein glänzendes Zeugnis für Müllers Gestaltungs-
kraft!

Dramatischen Instinkt verrät Maler Müller auch in der mehr
passiven Rolle, die er Siegfried zuteilt. In blindem Vertrauen
hatte der Pfalzgraf die Aufsicht über Burg und Gattin dem
Ritter Golo überlassen. Dann zieht er hinaus in den Mohrenkrieg. Auf die von Steffen überbrachte Nachricht, Genovefa habe
die Ehe mit Dragones gebrochen, befiehlt er, wie im niederländischen Volksbuch, ohne weiteres, Genovefa und ihren Bastard
zu töten. Die Hexenszene wird dadurch überflüssig. Bald bereut
Siegfried seine Übereilung. Aber an Golos Schuld glaubt er
doch erst, nachdem er in Juliens starrer Totenhand Genovefas
Reinigungsbrief gefunden. Jetzt beauftragt er Karls Brüder, sich
Golos auf der Jagd zu bemächtigen. — Nur im fünften Akt
tritt Siegfried etwas mehr hervor, sonst bleibt er völlig im
Hintergrund. Auch psychologisch hat der Dichter Siegfrieds
Rolle nur karg ausgestattet. Er vermeidet so die Gefahr, zwei
Helden in seinem Drama zu haben.

Die eigentliche Hauptperson ist und bleibt Golo. Mathilde
vereinigt allerdings alle Fäden der Handlung in ihrer Hand, ihre
Thatkraft kommt jedoch immer nur Golo zu statten.

Anders die Legende! Hier erscheint natürlich Genovefa als
Mittelpunkt. Golo dient nur dazu, ihre Keuschheit auf die Probe
zu stellen und sie desto heller erstrahlen zu lassen.

Der moderne Dichter aber muſs die Rolle des Protagonisten
von Genovefa auf Golo übertragen. Die legendarische Pfalzgräfin entbehrt ja jedes dramatischen Accents. Und vor allem:
wo bleibt bei ihren Leiden die tragische Schuld?

Rückt nun Golo statt Genovefa in den Vordergrund, so
wird selbstverständlich der Dichter Golos Charakter möglichst
zu entwickeln und zu vertiefen suchen. An und für sich ein
lobenswertes Beginnen, bei einem mittelalterlichen Stoff jedoch
sehr gewagt, weil darin die Gefahr des Anachronismus liegt!

Verstöfse gegen das Kostüm haben sich selbst die gröfsten Dichter zu schulden kommen lassen. Auch bei Maler Müller finden wir sie zahlreich genug. Doch Achim von Arnim betont mit Recht, dafs man erst Jahre nach Müllers Dichtung die Ritterzeit näher kennen lernte. Seuffert fügt noch hinzu: „Es hängt diese geringe Sorgfalt für das äufsere Kostüm mit der ganzen Richtung Müllers zusammen, nicht auf den äufseren Apparat den Schwerpunkt zu legen, wie es in Ritterstücken zumeist geschah, sein Augenmerk war auf die seelische Charakterzeichnung allein gerichtet." Wie aber, wenn eben diese „seelische Charakterzeichnung" gegen den Charakter der Zeit gröblich verstöfst?

Wir werden uns hüten, den modernen Dichter auf moderne Stoffe zu beschränken. Wir verlangen auch gar nicht einmal, dafs sich jedes Tüpfelchen in seinem Drama kulturhistorisch müsse begründen lassen. Aber wir fordern, dafs jedes Drama im grofsen Umrifs wenigstens die Konturen der betreffenden Zeit aufweist, oder, der Dichter rückt den ganzen Stoff in eine so ideale Form, dafs wir Zeit und Ort überhaupt vergessen und uns nur an den allgemein menschlichen und für alle Zeiten geltenden Kern halten.[1])

Entspricht nun Maler Müller unserer Forderung? Man hat Müller zuweilen den „Romantiker des Sturms und Drangs" genannt, wohl wegen seiner Lyrik und wegen seines romantischen Apparates. Kreuzzug, Serenade, Gottesgericht, Waldeinsamkeit, Schlofsbrand, Jagdlust! Sogar das Waldhorn ertönt zum Schlufs! — In der That fand denn auch „Golo und Genoveva" bei den Romantikern lebhafte Anerkennung und ein Romantiker, Ludwig Tieck, gab Müllers Schauspiel heraus. — Man mufs jedoch berücksichtigen, dafs dieser romantische Aufputz zu den Erfordernissen der meisten Ritterdramen gehört und dafs Müllers Lyrik nur ein Ausflufs seiner Werthersentimentalität ist. — Möglich immerhin, dafs bei Maler Müller der romantische Anflug etwas stärker vorhanden war als bei seinen Zeitgenossen.

Der Mangel eines einheitlichen dramatischen Aufbaus, her-

---

1) Diese letztere, idealisierende Richtung ist natürlich bei Müller von vornherein ausgeschlossen.

vorgerufen zumeist durch den allzu schnellen Szenenwechsel [1]),
ferner der frische, farbensatte Lokalton [2]), die burschikose, oft
cynische Sprache [3]), die teils sentimentalen, teils kraftgenialen
Charaktere [4]), der freiheitliche Zug [5]), der durch das ganze Drama so
scharf und schneidig hindurchweht und so seltsam kontrastiert zu dem
schwermütigen Sterbegesang, sie stempeln jedenfalls Müllers „Golo
und Genoveva" zu einem echten Erzeugnis jenes Jahrhunderts, das
für Natur und Freiheit schwärmte, das die Natur zu erkennen
glaubte in einer fernen, noch unkultivierten Vergangenheit [6]) und
die Freiheit zu erringen hoffte durch den Ansturm gegen alle
konventionellen Schranken. Die Vorliebe für die Natur, durch
Rousseau genährt, führte zur Sentimentalität und schliefslich zur
entschiedenen Opposition gegen die verlogenen und verschrobenen
Zustände der eigenen Zeit. Die Natur lenkte also von selbst in
die Bahnen der Freiheit ein. Die Freiheit aber sollte später in
Frankreich den Absolutismus zerstören, während sie sich unter den
unpolitischen Deutschen im Bereiche der Litteratur, im Sturm
und Drang, austobte. — Nur aus diesem Milieu. heraus kann

---

1) 1. Akt siebenmaliger, 2. Akt sechsmaliger, 3. Akt elfmaliger,
4. Akt sechzehnmaliger, 5. Akt zwölfmaliger Szenenwechsel.

2) Die Dienerin Christine ist aus Kreuznach an der „Noh"; der
Ellerbach, an dessen Ufer Golo stirbt, fliefst bei Kreuznach; zahlreiche
pfälzische Ortsbestimmungen (vergl. Seuffert S. 170).

3) „Herausgrunzen", „anschnarren", „Lauskerl", „wamsen", „Rotznase",
„Mistgesicht" etc. — Pfälzischer Lokalton auch in der Sprache! Hunsrücker Dialekt! — Kurze Sätze, abgebrochene Ausrufe, Korrigieren etc.

4) Typischer Gegensatz: Golo — Mathilde.

5) Unbedingte Freiheit des Individuums; Mensch sein ist das Ur-
sprünglichste und Höchste. (Siegfrieds Äufserungen gegen Erwin! Mathildens Polemik gegen „Konvenienz und Menschenumgang"!) Der wahre
Mensch ist aber der thätige Mensch, der Held. (Verspottung der Grübler
und Gelehrten, der „denkenden Narren"! Der Arzt Heinrich in der Rolle
eines Hanswurst!) — Neben der individuellen Freiheit kommt auch die poli-
tische zu Wort. Man beachte, wie in der folgenden Stelle die Polemik geradezu
an den Haaren herbeigezogen ist. Mathilde (zu dem Vogelsteller Dragones):
„Ihr bringt Eure Zeit vergnügt zu, seid auf diese Weise ein wahrer Vogel-
könig." Dragones: „Wenn ichs Futter bringe, sie fressen, und heucheln
und lügen mir nicht drum, wie Fürstenhöflinge; das freut mich, jeder
macht's geradhin, wie ihm der Schnabel steht. Im Frühjahr lafs ich alle-
mal die Gefangenen wieder frei." (A. I, 6.)

6) „Simple" Natur, „simpler" Mensch, beliebtes Schlagwort bei Müller;
ebenso im „Werther".

„Golo und Genoveva" verstanden werden! — Aber gerade darin, daß wir in Müllers Drama ein so getreues Spiegelbild des Sturms und Drangs erblicken, dokumentiert sich wohl am besten, wie grundverschieden diese Dichtung ist von der Zeit, die sie eigentlich darstellen soll.

Auf eine Handvoll kulturhistorischer Schnitzer kommt es dabei wahrlich nicht an. — Was soll jedoch die Gefühlsseligkeit der Wertherperiode in dem Zeitalter der Maurenkriege und Gottesgerichte? Otto Ludwig betont bei dem Genovefastoff wiederholt: „Nicht zu innerlich. Paßt auch nicht zur Zeit."

Maler Müller hat diese Klippe nicht vermieden. Golo als empfindsamen Schwärmer, als problematische Natur fassen, heißt das ganze mittelalterliche Kostüm in Fetzen reißen!

Zweites Kapitel.

Tieck.

Leben und Tod der heiligen Genoveva.

Ein Trauerspiel

von

Ludwig Tieck.[1])

„Mein Grab sei unter Weiden"

hatte Maler Müller auf das Titelblatt seines Manuskriptes geschrieben. Ein Freund Müllers, der Maler Waagen, brachte die Handschrift von Rom nach Deutschland. Waagen lernte 1797 in Hamburg Ludwig Tieck kennen und übergab ihm die Dichtung zur Lesung. Die schlechte Schrift aber und die oft verblaßte Tinte erschwerten die Durchsicht des umfangreichen Manuskriptes.

---

1) Ausgaben: Romantische Dichtungen. Jena 1799—1800. II, S. 1—330. — Neue verbesserte Auflage. Berlin 1820. 256 S. — Schriften II, S. 1—272. Berlin 1828. — Tiecks Werke (Welti) II. Stuttgart o. J. — Tiecks Werke (Minor) I. Berlin und Stuttgart o. J. — Tiecks Werke (Klee) I. Leipzig o. J.

Hinzu kamen noch mannigfache Zerstreuungen. So blieben Tieck,
wie er selbst berichtet, nur dunkle Erinnerungen zurück. Doch
der Gedanke machte tiefsten Eindruck auf ihn, daß Golo ein
Lied singen hört, dessen Melodie bei seinem Tod in der Ferne
gespielt wird.[1]) — Wir werden später sehen, ob sich Müllers
Einfluß wirklich nicht weiter erstreckte. Nach der obigen Darstellung scheint jedenfalls Tieck zunächst dem Drama keine besondere Teilnahme abgewonnen zu haben. Begreiflich genug!
Maler Müller war ja bereits so gut wie verschollen und für sein
Schauspiel wollte sich kein Verleger finden. Erst nach der
Vollendung seiner eigenen „Genoveva" las Tieck die Dichtung
seines Vorgängers genauer und entschloß sich 1811 sogar, um
den Vorwurf des Plagiats zu entkräften[2]), zur Herausgabe von
Müllers Werken.

Als Tieck noch im Solde Nicolais stand, schon im „Peter
Leberecht" (1795), hatte er eine Lanze gebrochen für die verachteten deutschen Volksbücher.[3]) 1797 waren dann seine „Volks-
märchen" erschienen. Mit ihnen begann für Tieck eine neue,
durchaus romantische Epoche, die in seinen drei dramatischen
Dichtungen „Genoveva", „Kaiser Oktavian" und „Fortunat" ihren
Höhepunkt fand.

Der Plan, den Genovefastoff zu dramatisieren, kam dem
Dichter nach der Lesung des alten Volksbuches. 1798 fiel es
ihm in die Hände, also ein Jahr später als Müllers Handschrift.
Die Schilderung der Einsamkeit, die Leiden Genovefas und ihr
wundersames Zusammentreffen mit dem Gemahl, auch der lieb-
lich fromme und schlichte Ton des Büchelchens setzten Tiecks
Phantasie in Bewegung.[4]) Bereits im Anfang des „Sternbald"
(1798) wird Genovefas Geschichte erzählt und auch am Schluß
taucht ihre Gestalt auf. Sternbald soll in einem Kloster ein ver-
blichenes Gemälde auffrischen, darstellend Genovefa „wie sie mit
ihrem Sohn unter einsamen Felsen in der Wildnis sitzt und von
freundlichen, liebkosenden Tieren umgeben ist".

---

1) Schriften I. S. XXVI, XXVII.

2) Erhoben von Dorothea Schlegel und anfangs auch von Müller selbst.

3) Tieck erwähnt hier bereits die „Genoveva". Doch kann er nach
seinen späteren Erklärungen das Volksbuch damals noch nicht gelesen
haben.

4) Schriften I. S. XXVIII.

Das Verständnis für solche mittelalterlichen Gemälde hatte ja dem empfänglichen Tieck sein leider allzu früh verstorbener Freund Wackenroder vermittelt. Tiecks „Kunstandacht" verwandelte sich bald unter dem Einfluſs Taulers, Jakob Böhmes und der spanischen Dramatiker in einen verzückten Mysticismus und schwärmerischen Wunderglauben. Dazu kamen Schleiermachers „Reden über die Religion". Die Religion rief ihre „Schwester" Poesie auf gegen den gemeinsamen Feind, den Rationalismus! — Schleiermachers Ruf hallte wieder in dem deutschen Dichterwald. Als Echo ertönten die Stimmen Novalis' und Tiecks.

Novalis und Tieck lernten sich im Sommer 1799 in Jena kennen; sie standen unter dem unmittelbaren Eindruck der „Reden". Schleiermachers Religiosität gewann jedoch bei Novalis sowohl wie bei Tieck katholische Färbung. Novalis schrieb seinen Aufsatz „Die Christenheit oder Europa", eine offenkundige Verherrlichung des mittelalterlichen Katholicismus, und dichtete seine tief empfundenen „Geistlichen Lieder". Tieck dagegen, von den „Reden" „grausam begeistert" und entzückt, in Novalis einen Ersatz für Wackenroder zu finden, siedelte Oktober 1779 definitiv von Halle nach Jena über und vollendete dort seine bereits in Giebichenstein angefangene „Genoveva".

Dorothea Schlegel berichtet damals aus Jena: „Das Christentum ist hier l'ordre du jour. Die Herren sind etwas toll. Tieck treibt die Religion wie Schiller das Schicksal. Hardenberg (Novalis) glaubt, Tieck ist ganz und gar seiner Meinung; ich will aber wetten, was einer will: sie verstehen sich selbst nicht und einander nicht."

Wie recht Dorothea hatte, welche Kluft die gefühlstiefe Religiosität der „Geistlichen Lieder" von dem anempfundenen Wunderglauben der „Genoveva" trennt, werden wir später noch zur Genüge erfahren. — Und doch erzielte Tieck einen weit stärkeren Erfolg! Seine „Genoveva" wurde allgemein als ein Hauptprodukt der Romantik gepriesen und ein Heer von Nachahmern heftete sich an seine Rockschöſse.[1])

---

1) Vergl. für das Folgende: J. v. Eichendorff „Über die ethische und religiöse Bedeutung der neueren romantischen Poesie in Deutschland". Leipzig 1847. — R. Haym „Die romantische Schule". Berlin 1870. — H. Petrich „Drei Kapitel vom romantischen Stil". Leipzig 1878. — R. Köpke

Schon im Titel verrät sich der Unterschied zwischen Tieck und Müller. „Leben und Tod der heiligen Genoveva." Müller hatte die Heilige zum Weibe gemacht und nur ihr Leben, nicht ihren Tod dargestellt.

Die erste Szene spielt in einer schwach erleuchteten Kapelle. Den Prolog spricht der heilige Bonifacius. Er stellt sich selbst dem Zuschauer vor:

„Ich bin der wackre Bonifacius."

Offenherzig verkündet er die ganze Tendenz der Dichtung:

„Jetzt wird ein Spiel euch vor die Augen treten,
O, laſst den harten Sinn sich gern erweichen,
Daſs ihr die Kunde aus der alten Zeit,
Als noch die Tugend galt, die Religion,
Der Eifer für das Höchste, gerne duldet."

Bonifacius berichtet ferner, Graf Siegfried wolle in den Krieg gegen die Mohren ziehen. Die Szene bringt dann ein Gespräch, das eigentlich nur eine Schilderung der Kapelle, der bunten Fenster, der alten Chöre und besonders der Märtyrerbilder enthält. Ein Kaplan segnet Siegfried und sein Gefolge:

„Gott mit euch! Fürchtet nichts auf blut'gen Bahnen,
Euch stärkt das rote Kreuz auf euren Fahnen." —

Diese höchst erbauliche Ouverture ist für den frömmelnden Tieck nicht minder bezeichnend wie für den realistischen Müller der waffenklirrende Aufbruch der Kriegsknechte. Gemeinsam beiden Dichtern ist nur die Auffassung des Mohrenkrieges als eines Kreuzzuges.

Bei Tieck folgt eine Szene, die uns Golos Bekanntschaft vermittelt. „Er ist ein schöner Herr. Er kann alles, er singt, er musiziert, er kann Gemälde machen, er tanzt und ist auch ein Dichter." Auch bei Müller heiſst es von dem Ritter: „Er ist auch Maler und Musikant; hat alle Talente." — Golo hört in dieser Szene zum erstenmal von dem Schäfer Heinrich ein Lied, das offenbar eine Variation ist zu Müllers „mein Grab sei unter Weiden":

„Ludwig Tieck". Leipzig 1855. — J. L. Hoffmann „Ludwig Tieck". Nürnberg 1856. — H. v. Friesen „Ludwig Tieck". Wien 1871. — G. Klee „Tiecks Leben und Werke", I. Leipzig o. J. — K. Solger „Nachgelassene Schriften", I. Leipzig 1826.

> „Dicht von Weiden eingeschlossen,
> Wo die stillen Bächlein gehn,
> Wo die dunklen Weiden sprossen,
> Wünsch' ich bald mein Grab zu sehn.
> Dort im kühlen, abgelegnen Thal
> Such' ich Ruh für meines Herzens Qual."

Die dritte Szene bringt den Abschied des Grafen Siegfried von seiner Gemahlin. Wie bei Müller wünscht Genovefa, Siegfried ins Feld zu begleiten. Bei Müller: „Wenn er verwundet aus der Arbeit der Schlacht kehret, wer soll ihn pflegen?" Bei Tieck: „O nimm mich mit dir in das blut'ge Feld, wer soll dein pflegen, deine Wunden heilen?" Doch betont Tieck bereits Genovefas Frömmigkeit. Düstere Ahnungen quälen ihr und auch Dragos Herz. Tiecks Quelle gemäfs, dem deutschen Volksbuch, wird Genovefa ohnmächtig. Siegfried scheidet, ziemlich kühl. Draufsen ertönt das Lied der abziehenden Kreuzfahrer. Golo bleibt als Hüter des Schlosses zurück. — Die nächste Szene, das Liebespaar Heinrich und Else, er ein Schäfer, sie die Tochter von Golos Amme, ist von Tieck erfunden, ebenso die folgende Lagerszene, in der Siegfried seinen alten Waffengefährten Otho wiedererkennt.

Im Schlofs schweift Golo indessen unruhig umher. Er trifft dabei Benno. Dessen Anspielungen auf Genoveta erinnern etwas an die Worte der Kammerfrau bei Müller. Wie bei Müller erkennt Golo jetzt erst den Ort, an dem er sich befindet.

Bei Müller: „Wo schweif' ich? In Genovevas Vorzimmer? Welch ein Irrgeist treibt mich herum?"

Bei Tieck:

> „Was willst du hier? Weifs ich doch wahrlich nicht,
> Weswegen ich hierher gekommen bin;
> Wie unsichtbare Mächte hält es mich
> Umstrickt und lenkt die Schritte, wenn ich träume,
> Hierher, und wie ein Nachtwandler erwach' ich,
> Und finde mich, wo ich am mindsten dachte."

Doch ist Golo bei Müller sich seiner Liebe bereits bewufst, während seine Unruhe bei Tieck noch ganz unbestimmt ist. Ja, bei Tieck hatte Golo die Pfalzgräfin zuerst nur trösten wollen, ohne Hintergedanken.

An den Monolog Golos schliefst sich dann das Auftreten

des alten Ritters Wolf.[1])   Er nimmt im Schloß eine ähnliche
Stellung ein wie der Schloßhauptmann Adolf bei Müller.   Auch
er ein wackrer alter Herr, der trotz seiner nahen Beziehungen zu
Golo — bei Tieck ist Wolf Golos Pflegevater — stets treu Genovefas Partei hält.

Endlich naht auch Genovefa.   Bei Müller erscheint sie recht
wohlgemut, umgeben von ihren Gesellschaftsdamen.   Bei Tieck
kommt sie gerade von einer Andachtsübung.   Neben dem Kaplan
beteiligt sich daran am eifrigsten Drago.   Ihn, den legendarischen
Koch, hatte ja Müller im Verlauf des Dramas zum Haushofmeister
gemacht.   Auch bei Tieck führt er den Titel Haushofmeister.
Weiter geht jedoch die Ähnlichkeit nicht.   Bei Müller gemahnte
Drago in einzelnen Zügen an Franz im „Götz“.   Bei Tieck ist
er, wie auch im Volksbuch, ein sehr frommer Mann.   Wenn indessen das Volksbuch von seiner „Einfalt“ spricht, so ist davon
bei Tieck wenig zu bemerken.   Im Gegenteil! Genovefa bittet
ihn später, ihr lateinische Redensarten zu erklären, die sie nicht
verstanden.   Der einfältig fromme Mann wird bei Tieck zu einem
unerträglichen Leisetreter und Pfaffenknecht.

Wie bei Müller Genovefa Golo zum Malen auffordert, so
bittet sie ihn bei Tieck, er solle singen.   Golo stimmt an:

„Dicht von Felsen eingeschlossen.“

Thränen stürzen aus seinen Augen.   Schluchzen erstickt seine
Stimme.   Genovefa deutet sein seltsames Betragen auf den fernen
Siegfried.

Tieck läßt also — wie Müller in der Bilderszene — die
Gräfin über den eigentlichen Grund seiner Schwermut im unklaren.

Es folgen weit ausgesponnene Lagerszenen.   Die Christen
siegen.   Der Mohrenkönig Abdorrhaman fällt.   Seine Geliebte
Zulma kämpft, als Krieger verkleidet, unerkannt an seiner Seite
und ersticht sich, da sich der junge, heißblütige Herzog von
Aquitanien, ein Pendant zu Golo, ihrer bemächtigen will.   Zulma
variiert so das Thema der weiblichen Treue, die auch bei

---

1) Der Name stammt natürlich nicht aus der niederländischen Tradition, vielleicht aus einem Ritterdrama.   In Ritterdramen findet er sich
häufig, allerdings nicht für Ritter, wohl aber für besonders treue, alte
Diener, Burgvögte, Leibknappen. (Vergl. Otto Brahm S. 166.)

den Heiden heimisch, aber sich dort wilder und leidenschaftlicher gebärdet.

Ein Unbekannter erscheint dann Karl Martell und verkündet ihm, als Karl bereits allen ehrgeizigen Gelüsten nach der Krone entsagt, die glänzende Zukunft seines Hauses.

Diese Lagerszenen sind von Tieck völlig erfunden.

Wie Mathilde und Genovefa bei Müller, weilen bei Tieck in der folgenden Szene Genovefa und Golos Amme Gertrud auf dem Altan des Schlosses, um die Kühle der Nacht zu genießen, und wie bei Müller bringt auch hier Golo der Gräfin eine Serenade. Golos Schlußmonolog klingt wie der Eingangsmonolog des 2. Aufzuges bei Müller.

Bei Müller: „Wer sie nur einmal recht anfassen, nur ein einzigesmal satt ans Herz drücken dürfte, der wär's! — Aber so wie ich . . . . der Hirsch lechzt nach frischem Trunk, muß sterben; zieh mich weg, und ich bin tot."

Bei Tieck:

> „Dürft' ich sie einmal an den Busen schließen,
> Nur einmal dieses Herz am mein'gen fühlen,
> Ein einzig armes Mal die Lippen küssen,
> So würde sich der Brand im Innern kühlen:
> Doch vergebens.
> Nein, beschlossen
> Ist vom Himmel,
> Von der Holden,
> Ohn' Widerspruch das Ende meines Lebens." —

Indessen ist die Nachricht von der Niederlage der Mohren im Schloß eingetroffen. Unter den Stücken, die der Graf als Beute schickt, befindet sich auch ein kostbarer Mohrensäbel. Der alte Wolf hat seine Freude daran und bedauert nur, nicht mehr selbst die Heiden bekämpfen zu können.

Ähnlich auch Schloßhauptmann Adolf bei Müller. Den Säbel sendet dort nicht Siegfried an Genovefa, sondern Karl an Adolf.

Als sich die Freude im Schloß etwas gelegt, geraten Genovefa und Gertrud in ein Gespräch über Golo. Wie bei Müller wundert sich Genovefa über Golos seltsame Verwandlung. Aus dem fröhlichen Ritter ist ein düsterer Träumer geworden! Die geschwätzige Gertrud erzählt nun Golos Geschichte. Golo sei eigentlich ein Bastard (ebenso bei Müller), aber das Glück begünstige ihn augenscheinlich. — Genovefa nimmt nicht nur

innigen Anteil an seinem Geschick, sie verrät auch deutlich, daſs
der glänzende, allgemein beliebte Ritter tiefen Eindruck auf sie
gemacht.

Von einer solchen geheimen Neigung berichtet weder Müller
noch das Volksbuch!

Gleich Genovefa zieht jetzt auch Golo die Amme in sein
Vertrauen. Er gesteht ihr seine Liebe zu der Pfalzgräfin. Gertrud macht ihm, wie Mathilde, Hoffnung auf Genovefas Gegen-
liebe. Erst nach diesem Zuspruch findet Golo den Mut, Genovefa
vor ihrem Portrait seine Liebe zu erklären; ohne Erfolg. Aber
Gertrud weiſs seinen Mut von neuem zu beleben. Wie Mathilde
verscheucht sie seine Selbstmordgedanken, sie verspricht ihm, er
solle die Geliebte genieſsen. Golo will jedoch nicht wie ein
Dieb zu ihr schleichen. Er hofft insgeheim, Siegfried werde fallen. —
Die Nacht bricht herein. Die Sehnsucht nach der Geliebten
verwandelt sich in verzehrende Sinnlichkeit. Da kommt, wie im
Volksbuch und wie bei Müller, Genovefa hinab in den Garten.
Sie hat dem Ritter seine Leidenschaft verziehen. Als jedoch
Golo, durch diese Nachsicht nur von neuem entflammt, Genovefa
küssen will, entflieht sie.

Darin, daſs Golo in Bilder- und Gartenszene in gleicher
Weise seine Liebe rückhaltlos ausspricht, folgt Tieck dem
Volksbuch.

Nach langer Belagerung (von Tieck in verschiedenen Szenen
geschildert) ist endlich auch Avignon erstürmt worden. Otho
füllt, Siegfried wird verwundet.

Die folgende Szene zeigt uns Genovefa im Gespräch mit
Drago über das Märtyrertum.

> „Die Tugend wird durch Prüfung erst gereinigt,
> Dann wird der Geist mit Gottes Geist vereinigt.“

Die Prüfung beginnt sofort. Golo, durch seine Zurückweisung erbittert und von Gertrud gegen Drago aufgehetzt,
dringt mit seinen Knechten in das Gemach und erhebt gegen
Genovefa und Drago die Beschuldigung der Buhlschaft. Beide
werden sogleich eingekerkert.

Tieck folgt hier im wesentlichen dem Volksbuch. ·Im Volksbuch begiebt sich jedoch Drago erst auf Golos Weisung in
Genovefas Zimmer, weil diese ihm einen Auftrag zu erteilen

habe. Andererseits erzählt dort Golo dem Gesinde nur von der angeblichen Buhlschaft, er macht die Knechte nicht selbst zu Zeugen. Auch geschieht im Volksbuch die Gefangennahme Dragones' und Genovefas nicht sofort im Gemach der Pfalzgräfin, sondern erst nachträglich und an verschiedenen Orten.

Tieck hat also die sehr ungeschickte Darstellung des Volksbuches wenigstens etwas dramatischer gestaltet, immerhin lange nicht so wirksam wie Maler Müller. Bei letzterem mußte die Situation, in der Genovefa mit Dragones aufgefunden wird, Verdacht erwecken. Im Volksbuch dagegen und bei Tieck erscheint der Vorwurf der Buhlschaft gar zu unmotiviert. Auch bleibt Genovefa bei Tieck zu kalt. Sie sagt einfach:

„Du, Golo, weißt, ich brauch' mich nicht zu schämen."

Tiefer und tiefer gleitet jetzt Golo auf der Bahn des Verbrechens herab. Den Fluch des sterbenden Wolf nimmt er mit Achselzucken auf. In der ersten Kerkerszene siegt noch einmal sein besseres Selbst. In der zweiten, leidenschaftlicher gefärbten, läßt er sich sogar das Schmähwort „feiger Bastard" ins Antlitz schleudern, ohne zu weichen. Selbst bei der Kunde von Genovefas Niederkunft bleibt er kalt. Er würde sie ruhig sterben lassen, wenn jetzt nicht die Amme, wie im Volksbuch, ein menschliches Rühren verspürte und der Pfalzgräfin etwas Nahrung verschaffte. — Im Kerker hören wir dann, wie auch bei Müller, Genovefa ein Schlummerlied singen.

Von jetzt an weicht Tieck nur noch in wenigen Fällen vom Volksbuch ab. Wir können uns deshalb kurz fassen.

Benachrichtigung Siegfrieds durch einen Boten. Drago im Kerker vergiftet. Golos Reise nach Straßburg. Blendwerk der Hexe. Siegfried verurteilt Genovefa und ihr Kind zum Tode.

Elsa, die Tochter der Amme — die Amme selbst läßt Tieck wahnsinnig werden — benachrichtigt Genovefa von ihrem nahen Ende und empfängt ihren Reinigungsbrief. Die Gräfin wird von zwei Dienern, von Benno und dem Köhler Grimoald, in den Wald geführt. Sie wirft den Trauring in einen Bach. Ihre Unschuld rührt Grimoalds Herz; der Köhler zwingt auch Benno zum Nachgeben. — Diese unterscheidende Charakteristik der Mörder ist eine Erfindung Tiecks; im Volksbuch werden beide Diener in gleicher Weise, ohne daß der eine den anderen erst dazu zu bestimmen braucht, von Genovefas Bitten ergriffen. — Die Figur des Köhlers war Tieck vielleicht durch Ritterdramen vertraut; dort war der Köhler eine beliebte Gestalt.[1])

Genovefa zieht nun mit ihrem Schmerzenreich hinaus in die Wildnis, sie findet dort, als ihr Kind bereits zu verschmachten droht, eine Hirschkuh.

Indessen kehrt Siegfried in sein Schlofs zurück. Traum von einem Drachen. Auffinden des Reinigungsbriefes. Golo zerstreut jeden Verdacht.

Es herrscht also völlige Übereinstimmung mit dem Volksbuch. Nur in der Charakteristik Golos wahrt Tieck noch einigermaßen seine Unabhängigkeit. Wohl hatte Golo zuerst sich selbst zu täuschen gesucht und dem Schicksal die ganze Schuld aufbürden wollen. Als er jedoch an die Stelle kommt, wo die Mörder angeblich Genovefas Augen, das Wahrzeichen der That, verscharrt haben, da glaubt er in den blauen Blumen, die dort sprossen, der Pfalzgräfin blaue Augensterne wiederzuerkennen. Entsetzt flieht er von dannen; er verläfst schliefslich auch das Schlofs.

Um die Brücke zu schlagen zwischen diesen Ereignissen und den sieben Jahren, die bis zu der Wiederauffindung Genovefas vergehen, dient der heilige Bonifacius. Er berichtet, genau nach dem Volksbuch, dafs Dragos Geist dem Grafen Siegfried erschienen sei. Er erzählt von den vielen Wundern in der Wildnis. — Im Anschlufs daran treten Genovefa und Schmerzenreich auf.

Dann führt uns der Dichter in das Schlofs. Es folgt das Geständnis der Strafsburger Hexe Winfreda.

Inzwischen tritt eine schwere Erkrankung Genovefas ein. Der Tod wird jedoch von zwei Engeln verscheucht.

Endlich folgt eine Szene, die von Tieck frei erfunden ist: Golo irrt unstät im Gebirge umher. Sein Diener Benno, der eine angebliche Mörder, begleitet ihn. Um diesen Zeugen seines Verbrechens los zu werden und auch aus Furcht, Benno könne ihm nach dem Leben trachten (also Verfolgungswahnsinn wie bei Müller!), stürzt ihn der verdüsterte Golo in einen Abgrund. — Ein Pilgrim gesellt sich dem Einsamen zu. Er scheint Golos Vergangenheit genau zu kennen. Wie schon einmal ertönt auch jetzt wieder aus Golos Mund das Schicksalsmotiv:

---

1) Brahm a. a. O. S. 157.

„Die Sterne sind's, die unser Schicksal machen,
Und unsre Tugend, unsre Laster, drum
Ist Sorge, Angst und Reue Thorheit nur."

Aber auch jetzt ist dieser Schicksalsglaube nur eine Selbst-
täuschung. Golo gesteht bald darauf:

„Ich muſs hier fort, Gespenster jagen mich,
Die Menschen fürchten mich, so wie ich sie."

Er kann die Einsamkeit nicht länger ertragen. Deshalb
folgt er einer Einladung Siegfrieds, der nach Winfredas Geständnis an Golos Schuld nicht mehr zweifeln kann und jetzt
Golo in die Falle lockt. Noch vorher lernt dieser Heinrichs und
Elses idyllisches Familienglück flüchtig kennen.

Eine Jagd wird darauf wie im Volksbuch von Siegfried veranstaltet. Golo ahnt bereits sein Geschick.

„Ich zittre vor dem Lärmen und Geschrei,
Mir ist, ich sei das Wild, das wird gejagt."

Bei Müller wird Golo in der That wie ein Wild gehetzt.
Vielleicht also ein Nachklang?

Es folgt die Wiederauffindung Genovefas. Golo sucht wie
im Volksbuch zuerst zu leugnen, nachher fleht er um Barmherzigkeit. Man führt ihn gebunden ab. Genovefas und Schmerzenreichs Heimkehr. Wiederfinden des Ringes. Golo, zum Tode
verurteilt, fleht nochmals um Gnade. Vergeblich, trotz Genovefas Fürbitte. Sie erwirkt nur soviel, daſs Golo nicht ge-
martert, sondern mit Spieſsen niedergestoſsen wird. In seiner
Todesstunde will dem Verurteilten das Lied „Dicht von Felsen
eingeschlossen" nicht aus dem Gedächtnis kommen. Wie bei
Müller sieht er plötzlich Weiden, Bach und Felsen. An dieser
Stelle, die ihm das Lied prophezeit, verschafft dem Toten der
treue Heinrich ein „ehrliches Begräbnis".

Bald darauf erfolgt Genovefas Scheiden und auch das Ende
der Hirschkuh. Noch vor Genovefas Tod stellt sich eine himmlische Vision wie im Volksbuch ein. Die Erscheinung Mariä wird
bei Tieck zu einem Hymnus auf die Heilige Dreieinigkeit.

Den tiefbetrübten Siegfried tröstet wie im Volksbuch eine
neue Wundererscheinung, ein Pilgrim. Bei Tieck ist es derselbe,
der bereits früher Golo im Gebirge begegnete. Jetzt erfahren
wir gar, daſs dieser Pilgrim der gefallene Ritter Otho und gleichzeitig Golos Vater ist!

Wie die erste, spielt auch die letzte Szene in der Schlofs-
kapelle. Siegfried und Schmerzenreich ziehen sich — wie im
Volksbuch — in die Einsamkeit zurück. Siegfrieds Bruder
Matthias übernimmt die Herrschaft. Der heilige Bonifacius beschliefst die ganze Dichtung mit dem Gebet:

„Ora pro nobis, sancta Genoveva!"

Wir haben bei der obigen ausführlichen Inhaltsangabe zahlreiche Anklänge an Maler Müller gefunden, mehr jedenfalls, als
Tieck selbst wahr haben wollte. Eine nähere Untersuchung wird
jedoch unser erstes Ergebnis wesentlich abschwächen. — Bei dem
Abhängigkeitsverhältnis Maler Müllers von Goethe hatten wir ja
auf Shakespeare als vielfach gemeinsame Vorlage hingewiesen;
bei demjenigen Tiecks von Müller müssen wir neben Shakespeare
auch noch Goethe in Betracht ziehen.[1]) — Der Einflufs Shakespeares nimmt uns bei Tieck nicht wunder. Wirklich finden wir
starke Nachwirkungen. Gertruds Rolle deutet wohl weniger auf
Mathilde als auf die Amme in „Romeo und Julia". Aus „Romeo
und Julia" statt aus „Golo und Genoveva" kann auch Tiecks
Balkonszene herübergenommen sein. Man vergleiche ferner den
Monolog Karl Martells mit den Monologen Macbeths; Gertruds
„Die Nacht ist schön, in einer solchen Nacht" mit dem „Kaufmann von Venedig" (V, 1): „Der Mond scheint hell: in solcher
Nacht wie diese"; Wolfs Sterbeszene mit derjenigen Gaunts in
Richard II. (II, 2); Golos „Du hast recht, wir müssen hindurch"
mit Macbeths „Ein Morgen — und ein Morgen — und ein
Morgen" (V, 5); Genovefas „Oft hab' ich dir gesagt, wir müssen
sterben" mit den Worten der Königin im „Hamlet" (I, 2): „Du
weifst, es ist gemein, wir müssen sterben."
    Tiecks Verhältnis zum „Perikles" soll uns noch später be-
schäftigen, desgleichen der Einflufs Calderons. Erwähnt sei noch,
dafs der bei Tieck fort und fort auftauchende „Sternenglaube"
das Vorbild „Wallensteins" verrät.
    Neben Shakespeare hat jedoch kein Dichter Tieck so ge-
fesselt wie der junge Goethe. Von gelegentlichen Anklängen

---

1) Man vergl. zum folgenden die Anmerkungen der Tieckausgabe von
Minor, und Shakespearejahrbuch XXXII, 330 f.

an den „Faust", zumal in der Hexenszene, abgesehen, fällt die
Einwirkung Goethes ganz besonders bei der Charakteristik Golos
auf. Freilich entsteht auch hier die Frage, geschah die Einwirkung unmittelbar oder auf dem Umweg über Müller? Müllers
wie Tiecks Golo ist eine ursprünglich edle Natur. Mag auch bei
Tieck die Rolle Gertruds beschränkter sein als die Mathildens bei
Müller, mag auch Tiecks Golo mehr aus eigener Initiative handeln,
dennoch fehlt ihm die rechte Energie. Tiecks Golo ist ebenso
wie Müllers Held ein Nachschößling des „Werther". — Im
„Werther" finden wir auch das gemeinsame Vorbild für Müllers
„Wer sie nur einmal recht anfassen" und Tiecks „Dürft' ich sie
einmal an den Busen schließen"[1]), im „Werther" lesen wir: „Wenn
du sie nur einmal, nur einmal an dieses Herz drücken könntest.
All diese Lücke würde ausgefüllt sein." Und wie im „Werther",
klingt bei Müller und bei Tieck das Selbstmordmotiv an.

Ähnliche melancholische Stimmungen machen sich jedoch schon
in Tiecks Jugendwerken geltend. — Tieck selbst war frühzeitig ver-
düstert und spielte gern mit der Idee des Fatums, zuweilen sogar
mit Selbstmordgedanken. Sentimentalität und Lebensüberdruß
atmete bereits die kleine Erzählung „Almansur". Im „Abschied"
und im „Karl von Berneck" kam erst leise, dann verstärkt der
Schicksalsglaube zum Ausdruck. Der Gespensterroman „Abdallah"
und der psychologische Roman „William Lovell" enthielten die
Steigerung einer reizbaren Seele bis zum Verbrechen.

Wir werden deshalb auf Grund so subjektiver Beziehungen
gut thun, bei Tieck, wie früher bei Müller, die Selbständigkeit
des Dichters nicht zu unterschätzen und keineswegs alle scheinbaren Übereinstimmungen ohne weiteres auf die Lesung des
„Werther" oder Müllers „Golo und Genoveva" zurückführen. —
Tieck hat ganz sicher viele Züge seines eigenen Gemütslebens
auf Golo übertragen.

Noch inniger als Müller verwebt Tieck das schwermütige
Sterbelied mit Golos Lebensgang. Immer wieder, selbst nach
Szenen, in denen sich Golo grausam zeigt, läßt er den edlen
Kern seines Charakters hervorschimmern. Er, der Genovefa bei
ihrer Niederkunft jeden Beistand verweigert, kauft gleich darauf
den Schäfer Heinrich von der Leibeigenschaft frei und ermög-

---

1) Vergl. S. 77.

licht erst so seine Hochzeit mit Else. Auch Golos Reue sucht
Tieck zu vertiefen. Die wiedergefundene Genovefa ruft bei Golos
Anblick:

> „Ach! güt'ger Gott! Ist dieser da der Golo?
> Wie sieht er wild und tief bekümmert aus."

Und doch erreicht Tieck nicht Müllers einheitliche Wirkung! —
Tieck will seinem Helden durch das Zurückschieben Gertruds
mehr Rückgrat geben. Ihm fehlt indessen die Gabe, Golos Hinab-
gleiten zum Verbrechen genügend psychologisch zu begründen.
Golo handelt bei Tieck wie ein störrischer Junge. Er drückt
einfach die Augen zu, murmelt „sie hat sich nicht um meine
Qual gekümmert" und „beschlossen vom Himmel selber ist ihr
Untergang". — Golos Verbrechen sowohl wie seine Reue ent-
behrt der elementaren Wucht. Störend wirkt außerdem der enge
Anschluß an das Volksbuch. Golos wiederholtes Flehen um
Barmherzigkeit schmälert unsere Sympathie. Bei Müller sagte
Golo:

> „Gern und leicht sterb' ich, weil die noch lebt."

Bei Tieck:

> „Ich glaubt' Euch tot und wäre gern gestorben,
> Ich weiß, Ihr lebt, nun wünsch' ich auch zu leben,
> Um, wie ich kann, die Sünde zu bereun."

Das klingt doch etwas sehr sophistisch. — Im allgemeinen
jedoch tritt der Einfluß des deutschen Volksbuches bei Golos
Charakteristik noch zurück; um so stärker zeigt er sich im Verlauf der eigentlichen Handlung.

So schwierig, ja unmöglich bisher die Abgrenzung der Selbständigkeit Tiecks von Shakespeares, Goethes und Müllers Nachwirkungen war, hier sehen wir völlig klar: Pater Kochems Bearbeitung[1]) ist die eigentliche Grundlage zu Tiecks Drama! —
Die wenigen Abweichungen erklären sich von selbst. Die ein-
geschobenen Hirtenszenen dienen hauptsächlich als Gegensatz zu
den düsteren Vorgängen im Schloß. Sie vervollständigen das
mittelalterliche Zeitbild nach der idyllischen Seite hin wie die
breit ausgeführten Lagerszenen nach der kriegerischen.

Abgesehen von diesen Erfindungen und wenigen anderen,
meist unwesentlichen, Abweichungen, erstreckt sich der Einfluß
des Volksbuches häufig sogar auf den Text.

---

1) Auf die ja das deutsche Volksbuch zurückgeht. Vergl. S. 8.

Die Prosa wird von Tieck oft ohne weiteres versifiziert. Ein Beispiel genüge:

Volksbuch:

„Ihre gräfliche Wohnung hatte sie vertauscht mit einer wilden Einöde, ihr schönes Zimmer mit einer finsteren Kluft, ihre Kammerjungfrauen mit den unvernünftigen Tieren, ihre wohlschmeckenden Speisen mit rohen, wilden Kräutern, ihr schönes Ruhebett mit Laub und harten Reisern, ihre kostbaren Perlen mit heißen, bitteren Zähren."

Bonifacius bei Tieck:

„Die Wüstenei anstatt ihr schönes
    Haus,
Statt ihres Prunkgemachs die finstre
    Kluft,
Statt Diener gingen Tiere ein und aus,
Statt schöner Speisen Kräuter in der
    Gruft,
Statt reicher Betten Ängstigen und
    Graus
Auf dürren Reisern in der kalten Luft,
Der edlen Perlen mußte sie entbehren,
Statt deren dienten ihre heißen
    Zähren."

Zuweilen hat der Dichter eine nur leise Andeutung seiner Vorlage zu einer vertieften poetischen Wirkung gebracht. Wir heben besonders folgende Stelle hervor:

Volksbuch:

„Die Diener ledeckten ihr Angesicht . . . . und befahlen ihr . . . . hinauszugehen. Da ging nun die arme Gräfin wie ein unschuldiges Schäflein zur Schlachtbank . . . ., sie trug ihr armes, unschuldiges Lämmlein auf ihren Armen."

Tieck:

„Mir war es so, als wenn die Jung-
    frau selbst
Erschiene mit dem Knäblein auf dem
    Arm,
So heilig, so unschuldig ging sie hin;
Sie hatten übers Haupt ihr einen
    Schleier
Gehängt, man sah nur ihre großen
    Augen,
So wie die Sonne hinter Wolken
    scheint."

Gewiß sehr poetisch! Dasselbe Citat ist aber auch charakteristisch für die Art und Weise, wie Tieck den kindlichen Ton des Volksbuches verwischt und dafür die mystischen Farben verstärkt. Aus dem unschuldigen Schäflein und Lämmlein macht er Maria mit dem Jesusknaben.

Wie hier, so sucht er in seiner ganzen Dichtung um Genovefas blondes Haupt den flimmernden Glorienschein der katholischen Kirche zu weben.

Desto seltsamer berührt eine andere Erfindung Tiecks: Genovefas heimliche Neigung zu Golo. Siegfried ist älter und rauh, Golo dagegen ein junger, glänzender Ritter. Wohl ahnt Geno-

vefa, wie bei Müller, lange Zeit nichts von seiner Leidenschaft.
Aber auch, als sie dieselbe in der Bilderszene erfahren, bekennt
sie noch in der Gartenszene:

> „Ich kann auf Euch nicht so, wie ich wohl möchte, zürnen.“

Ihre Neigung sich einzugestehen, wagt natürlich die fromme
Frau Pfalzgräfin nicht. Sie kleidet vielmehr ihre irdische Neigung
in ein geistliches Gewand. Im Kloster, noch vor ihrer Ver-
mählung, sei ihr Christus im Traum erschienen und habe sie als
seine Braut bezeichnet. Als sie dann in Siegfrieds Schloſs ein-
zog, ritt ihr ein Jüngling entgegen, von bunter Tracht und
adeligem Wesen.

Genovefa zu Gertrud:

> „Ich schaute an das glänzende Gesicht,
> Die Locken, seine Augen, dieses Lächeln,
> Und — lächle nicht, wie seltsam es auch ist —
> Ich sah in ihm all des Erlösers Mienen,
> Den ich im Traum gesehn, nur irdischer,
> So wahr mir dieser mein Erlöser helfe.“

Psychologisch ist diese Erfindung Tiecks sehr interessant
und an und für sich nicht unwahrscheinlich.[1]) Ihr Leiden ent-
behrte dann nicht einer gewissen tragischen Schuld und auch
unsere Teilnahme würde wachsen, wenn wir Genovefa mit ihrer
verbotenen Liebe ringen sähen. Von einem solchen Seelenkampf
findet sich aber bei Tieck keine Spur. Er betont sonst Genovefas Charakter als einer Heiligen so ausschlieſslich, daſs jenes
irdische Motiv in ihr starres Kirchenbild gar nicht hineinpassen
will und wir nur den Eindruck gewinnen, als ob hier Tiecks an-
geborener Rationalismus seinem anempfundenen Mystizismus einmal ins Handwerk gepfuscht habe.

Um noch den mystischen Eindruck der Dichtung zu erhöhen,
hat Tieck sich nicht darauf beschränkt, die schon vorhandenen
mystischen Farben stärker aufzutragen, er hat sogar zu dem
wunderreichen Stoff noch neue Wunder hinzu erfunden. Genovefas
Aufenthalt im Kloster und ihrer Vision haben wir bereits ge-
dacht. Erfunden ist auch die Erscheinung des „Unbekannten“
vor Karl Martell. Tieck personifiziert ferner den Tod und macht
den geisterhaften Pilgrim zu Golos Vater.

---

1) Auch der Heiland im Fiebertraum von Hauptmanns „Hannele“
trägt ja die Züge des geliebten Lehrers.

Dem Zuschauer ergeht es dabei wie Siegfried:

„Allgüt'ger Gott!
Wie viel erfahr' ich jetzo Wunderwerke!" [1]

Diese mystische Färbung weist hin auf Tiecks engen Zusammenhang mit der Romantik!

Kant hatte gezeigt, daſs der Verstand, die eigentliche Domäne
der Rationalisten, nicht ausreiche, um das „Ding an sich" zu erkennen. Das zerstörte Universum sollte nun — nach Schleiermachers Absicht — in der Religion wieder auferstehen. Unter
dem Eindruck des furchtbaren Blutbades in Frankreich vollzog
sich jedoch der Umschwung vom Kritizismus zum Glauben noch
vor Schleiermachers „Reden über die Religion", und zwar — recht
bezeichnend für das damalige Übergewicht der Ästhetik — zuerst im Bereiche der Kunst, in Wackenroders „Herzensergieſsungen",
Tiecks „Sternbald", Tiecks und Wackenroders „Phantasien über
die Kunst" und A. W. Schlegels „Gemäldesonette".

Wackenroders und Tiecks „Kunstandacht" klingt noch in
der „Genoveva" nach. Auf die Märtyrerbilder und Legenden-
bücher wird besonderes Gewicht gelegt, die Kapelle in allen
Einzelheiten geschildert.

Wie jedoch die Kunstandacht in religiöse Andacht übergeht,
beweist jener „Brief eines jungen deutschen Malers in Rom an
seinen Freund in Nürnberg", ein Brief, den Tieck erfunden und
Wackenroders „Herzensergieſsungen" nachträglich beigefügt hat.
Hier heiſst es: „Kannst Du ein hohes Bild recht verstehen und
mit heiliger Andacht es betrachten, ohne in diesem Momente die
Darstellung zu glauben?" — Die Behauptung ist ebenso kühn

---

1) Derselbe Tieck aber, der hier so in Wundern schwelgt, schreibt in
seinen „Kritischen Schriften", Leipzig 1852, IV, S. 154 über Schillers „Jungfrau von Orleans": „Ist es dem Dichter wohl erlaubt, noch eigentliche
Mirakel, von denen die Geschichte wie die Legende seiner Heldin nichts
erwähnen, zu erdichten? Darf er, ohne irgend psychologisch, oder poetisch,
oder wie es sei, diese Mirakel zu erklären, uns anmuten, sie zu glauben
oder sie für Gegenstände zu erkennen, die der theatralischen Darstellung
fähig sind?" Plötzlich fällt dem Kritiker seine „Genoveva" ein. „Darf
ich mein eigenes Gedicht, die „Genoveva", citieren, die früher erschien, so
konnte ich nie erwarten, daſs sie in dieser Gestalt auf die Bühne kam.
(Iffland?) Und doch scheint mir hier alles weit mehr menschlich (!) erklärt und durch die Leidenschaften gerechtfertigt (?): die Wunder liegen
auſserhalb, werden erzählt (die Erscheinung des Unbekannten? des Todes? etc.),
und sind nicht Mittelpunkt und Bedeutung des Gedichts."

wie unrichtig! Freilich, wenn ich an ein Bild von vornherein
mit „heiliger" Andacht herantrete, werde ich auch dabei eine religiöse Wirkung verspüren. Ganz anders stehen die Dinge, wofern
die Andacht eine rein ästhetische bleibt. — Jedes Kunstwerk erregt Illusion. Niemals darf jedoch die Illusion so weit gehen,
dafs wir das Dargestellte unmittelbar für wahr halten. Geschähe
das, so hätten ja die Puritaner recht. Der Künstler oder der
Dichter dürfte nur noch solche Gegenstände behandeln, an deren
Realität wir ohne Beeinträchtigung unserer Moral glauben können.
Die Venus von Milo müfste schamhaft ihren Platz einräumen
der heiligen Katharina, Barbara oder Ursula und Tiecks „Heilige
Genoveva" würde dann einen Gipfel unserer Litteratur bezeichnen.
Schade nur, dafs obiges Prinzip auf einem Irrtum beruht. Kunst
und Glaube sind getrennte Gebiete. — Natürlich war Tiecks
Kunstlehre wie geschaffen für die späteren Nazarener. Goethe
sagte noch am 22. März 1831 zu Eckermann: „Das Nazarenertum
ist von wenigen Einzelnen ausgegangen. Die Lehre war, der
Künstler brauche vorzüglich Frömmigkeit und Genie, um es den
Besten gleichzuthun; eine solche Lehre war sehr einschmeichelnd
und man ergriff sie mit beiden Händen. Denn um fromm zu
sein, brauchte man nichts zu lernen, und das eigene Genie brachte
jeder schon von seiner Frau Mutter."

Frömmigkeit aber und Genie glaubte auch Tieck genug zu
besitzen. Sein Genie zersprengte in der „Genoveva" jeden Zwang
der Regeln und seine Frömmigkeit drückte diesem zweifelhaften
Kunstwerk den Stempel der Tendenz auf die Stirn.

Den Übergang der Kunstandacht zur religiösen Andacht und
die damit verbundene Tendenz hatte besonders Jakob Böhmes
„Aurora oder die Morgenröte im Aufgang" gefördert. Die Schlufs-
vision der sterbenden Genovefa ist fast eine Paraphrase von
Worten Jakob Böhmes. Auch dessen Lieblingsausdrücke „figu-
rieren" und „korporieren" finden sich bei Tieck wiederholt. —
Hinzu kam noch, wie wir bereits zu Anfang bemerkten, das
Studium Taulers und Schleiermachers, der persönliche Verkehr
mit Novalis und vor allem Tiecks Bewunderung der spanischen
Dramatiker.

Kein Dichter verkündet den Grundgedanken des Christentums,
die Nichtigkeit alles Irdischen, so eindrucksvoll wie Calderon.
Der verzückte Mystizismus der spanischen Kirche verbindet sich

bei ihm mit der Bilderpracht und dem Formenreichtum der spanischen Poesie. Gerade Calderon übte aber auf Tieck aufserordentlichen Einflufs.[1]) Auch Tieck feiert die Verneinung des Lebens.

> „Wer wollte nicht den Leib der Erde bringen,
> Die Seele zum Erlöser aufzuschwingen?"

Auch er liebt, allerdings neben freien Rhythmen und gelegentlicher Prosa, künstliche Versmaßse und lyrische Ergüsse. Aber Tieck verliert dabei die Anforderungen des modernen Theaters völlig aus den Augen. — Er thut es absichtlich, um gröfseren Raum zu gewinnen. Die dramatische Poesie sollte nicht mehr zum Verstande sprechen, sondern die Wirkungen der Lyrik noch überbieten und uns in eine träumerische Stimmung versetzen.

„Das Ganze der Genovefa sollte durch Prolog und Epilog in einem poetischen Rahmen traumähnlich festgehalten und auch wieder verflüchtigt werden, um auf keine andere Wahrheit als die poetische, durch die Phantasie gerechtfertigte Anspruch zu machen."[2]) — Die Mittel zu dieser traumzerflossenen Poesie boten dem Dichter Musik und Malerei.

Schon Wackenroder hatte den Vorrang der Musik vor der Sprache behauptet. Tiecks bekannte Verse „Liebe denkt in süfsen Tönen" werden auch in der „Genoveva" mannigfach variiert. Golo sagt:

> „Wie's musiziert in mir mit tausend wechselnden Klängen!"

> „Dafs alle Pulse zu Klängen werden,
> Dafs alle Gedanken in Tönen irren!"

Was indessen der volltönenden romanischen Poesie natürlich erscheinen mag, die Stanzen, Sonette, Terzinen wirken bei Tieck häufig wie leeres Reimgebimmel. Wir werden an die Unnatur der italienischen Oper erinnert, in der die Diva noch im höchsten Affekt die schwierigsten Koloraturen singt, wenn Genovefa in der Mörderszene ihren mütterlichen Schmerz in ein Sonett aus-

---

1) Wenn Golo in der Kerkerszene plötzlich statt Genovefa ein Totengerippe zu erkennen glaubt, so erinnert das an Calderons „Wunderthätigen Magus". Dort enthüllt Cyprianus die angebliche Justina und erblickt statt der Geliebten einen Leichnam (derselbe Zug auch bei Gryphius' „Cardenio und Celinde"). — Farinelli in „Grillparzer und Lope de Vega" Berlin 1894 S. 8 u. 16 findet, dafs von allen Romantikern nur Tieck wirkliches Verständnis für Calderon besessen habe.

2) Tiecks Schriften I. S. XXX.

strömen läfst! Jeder volkstümliche Ton geht dabei verloren.
Statt „mein Grab sei unter Weiden" heifst es:

> „Wo die dunkeln Weiden sprossen,
> Wünsch' ich bald mein Grab zu sehn."

Wie dieses „wünsch' ich bald" hart und holprig klingt, so
leidet auch sonst der musikalische Wohllaut durch prosaische
Redewendungen[1]) und gesuchte Archaismen.[2])

Das zweite Mittel, Stimmung zu erwecken, war die Malerei.
Der Hang zur träumerischen Betrachtung der Natur lebte unter
der Nachwirkung des „Werther" immer noch fort. „Tieck pinselt
unaufhörlich mit Worten, um uns Feld und Wald, den Duft des
Sommerabends und die Nebel des Herbstes, den Schauplatz des
Krieges und die Triften des Hirten vor das innere Auge zu
bringen."[3])

Verfällt jedoch seine Musik in leeren Klingklang, so geht
seine Malerei in leere Verschwommenheit über. Zu geringe Sinnlichkeit ist ja überhaupt ein Kennzeichen des romantischen Stiles.

Die formale Nachahmung Calderons brachte demnach Tieck
ebensowenig Segen wie die tendenziöse Nachempfindung seines
wundergläubigen Katholizismus.

Tieck begnügte sich aber nicht mit dem Verschmelzen
lyrischer und dramatischer Elemente in einer religiösen Dichtung.
Ihn gelüstete auch nach dem Lorbeer des Epikers. Er hielt sich
dabei an ein Muster, von dem er besseres hätte lernen können,
an Shakespeare. — Auch im „Wintermärchen" finden wir als
Übergang die Zwischenerzählung des Chronos. Tiecks eigent-
liches Vorbild war jedoch der zweifelhafte „Perikles". Wie hier
ein Zeitgenosse Chaucers, Gower, nach dessen Erzählung Shakespeare (?) sein Stück gearbeitet hatte, als Vorredner und Chor
auftritt, so erscheint im „Zerbino" der Jäger als Prolog, Chor und
Epilog; in der „Genoveva" übernimmt dieselbe Rolle der heilige
Bonifacius.

Nicht minder als seine religiöse Tendenz entspricht auch Tiecks

---

1) Ein Muster von Plattheit ist der Chor der Engel:

> „Wir heil'gen Engelein
> Von Gott gesendet sein
> Mit frischem Lebensschein" etc.

2) Ältern, artlich, Armutseligkeit, einsiedlisch, elfen, Gelust, Genovefam etc.   3) Haym S. 473.

Bestreben, die Schranken zwischen den einzelnen Kunstgattungen einzureifsen, einer Forderung der romantischen Schule, der „Ironie". Indem jedoch die subjektive Laune des Dichters Lyrik, Epik und Dramatik verquickte, erschuf sie statt eines geschlossenen Kunstwerks ein unglückseliges Zwitterprodukt, das durch seinen schnellen und regellosen Szenenwechsel nur noch buntscheckiger wurde. — Bei Tieck fehlt wie bei Müller jeder auch nur einigermafsen einheitliche Aufbau. Tieck geht sogar so weit, auf eine Einteilung in Akte überhaupt zu verzichten. In sklavischer Abhängigkeit vom Volksbuch reiht sich eine Szene an die andere. Und was bietet uns Ersatz für diese dramatische Unform? Bei Maler Müller entschädigte uns seine scharfe Charakteristik, seine frische Sprache und seine dramatische Leidenschaft. Von einer solchen Entschädigung kann bei Tieck kaum die Rede sein. Wohl weist die Sprache zuweilen berückende Schönheiten auf, wohl sind die Schilderungen der Sehnsucht und Melancholie glänzend gelungen, im allgemeinen jedoch leiden Sprache und Charaktere an allzugrofser Verschwommenheit.[1]) Der starke Weihrauchdampf, der Tiecks Dichtung durchzieht, trübt jeden festen Umrifs und verwandelt allmählich unsere träumerische Stimmung in ein gesundes Schlafbedürfnis. Es geht uns wie manchen Gläubigen in der Kirche . . . .

Indessen, trotz seiner zahlreichen Vorzüge, war auch Maler Müller bei der Gestaltung der Legende gescheitert, und zwar an dem inneren Gegensatz zwischen Stoff und Ausführung, zwischen Mittelalter und Sturm und Drang. Wie steht es nun bei Tieck? Ist seine „Genoveva" wirklich nur ein mifsglücktes Tendenzstück oder ist es ihm vielleicht doch gelungen, Müllers Hauptfehler zu vermeiden und jene Kluft zu überbrücken?

Golos schwermütiges Lied „Mein Grab sei unter Weiden" hatte, wie Tieck selbst bekennt, auf ihn einen unauslöschlichen Eindruck gemacht. Indem Tieck dieses Lied, wenn auch in etwas

---

1) Tieck selbst hegte später Bedenken. „Mir erscheint jetzt (1817) das Gedicht wie unharmonisch; die Töne, die Anklänge, Rührungen, Ahndung, Wald, Luft u. s. w. geben in Harmonie und Musik auf, — dies Klima, dieser Duft des Sommerabends, der Waldgeruch und spätere Herbstnebel ist mir noch ganz recht: aber was eigentliche Zeichnung, Färbung, Stil betrifft, da bin ich unzufrieden und finde die Disharmonie" (Solger I. S. 501).

veränderter Form, beibehielt und wie ein Leitmotiv bei jeder
Seelenerschütterung Golos leise ertönen ließ, mußte er auch Golos
Charakter in seinem melancholischen Grundzug unangetastet lassen.
Immerhin handelt Golo bei Tieck etwas mehr aus eigener Initiative. Ferner ist zu berücksichtigen, daß sein Charakter bei Tieck
im Vergleich zu Müllers prägnanter Charakteristik etwas ab-
geblaßt erscheint.

Infolgedessen kontrastiert Golos Sentimentalität bei Tieck
nicht so grell mit dem mittelalterlichen Stoff wie bei Müller.

Doch dafür öffnet sich nicht minder jäh eine andere Kluft!

Tieck selbst schreibt an Solger[1]): „Die Religion ist mir der
Ton des Gemäldes, der alles zusammenhält, und diesen möchte
ich nur verteidigen und ihn nicht gerne unwahr, maniert, einen,
der die Lokalfarben stört und auslöscht, nennen lassen.“ Aber
schon Solger hatte bemerkt, daß offenbar die religiöse Sinnesart,
auf der das Stück ruhe, nicht ganz des Dichters wirklicher Zustand, vielmehr dieser Zustand nur eine tiefe Sehnsucht danach
gewesen sei.[2]) — Wie Tieck, so sehnen sich auch Bonifacius und
Genovefa nach der guten alten Zeit, „als noch die Tugend galt,
die Religion“. Der alte Wolf erscheint als ein „Abbild der ver-
flossnen treuen Zeit“ und Genovefa versichert beim Lesen heiliger
Legenden:

> „Drum ist es nicht so Andacht, die mich treibt,
> Wie innige Liebe zu den alten Zeiten,
> Die Rührung, die mich fesselt, daß wir jetzt
> So wenig jenen großen Gläubigen gleichen.“

Genovefas Worte sind aus Tiecks eigener Seele gesprochen! —
„Es ist wohl nicht ohne innere Bedeutung, daß z. B. im „Oktavian“
der Glaube als bloße Allegorie erscheint, und in der „Genoveva“
die Andacht sich hinter berauschende Blumensträuße der künst-
lichsten ausländischen Versmaße flüchtet, welche dem durchaus
volkstümlichen, einfach-rührenden Inhalte völlig fremd sind und
nur dazu dienen, den Mangel an Unmittelbarkeit des Gefühls zu
verhüllen.“[3])

Den Mangel an Unmittelbarkeit des Gefühls suchen aber
neben den romanischen Versmaßen auch die dick aufgetragenen
mystischen Farben vergeblich zu verschleiern. Die Religiosität
in der „Genoveva“ ist nicht der naive Glaube der Karolingerzeit,

---

1) Solger I. S. 502.   2) Solger I. S. 465.   3) Eichendorff S. 114.

sondern ein Ausfluſs romantischer Sentimentalität, ist nicht ein
Erzeugnis des Herzens, sondern der Reflexion! — Eng damit zusammen hängt indessen ein weiterer Fehler.

Die Religion bei Tieck bildet keineswegs den Grundton des
ganzen Gemäldes. Angehäuftes Beiwerk von Wundergeschichten
ersetzt noch nicht die Seele einer Dichtung! Tiecks Religiosität
ist nicht nur sentimental und romantisch, sie durchdringt auch
nicht die Motive, sie bleibt stets nur leere Dekoration.

Um jedoch nicht ungerecht zu werden, müssen wir diesen
scharfen Tadel etwas einschränken, insofern nämlich, als der Inhalt des deutschen Volksbuches nicht so „durchaus volkstümlich
und einfach-rührend" ist, wie Eichendorff meint. Trotz seines
kindlichen Tones schimmern auch noch bei Pater Kochem die
geschmacklosen Barockfarben seiner Vorlage, Cerisiers', deutlich
hervor, deutlicher jedenfalls als z. B. im niederländischen Volksbuch. Aber Kochem hat doch wenigstens den Versuch gemacht,
Cerisiers' zahlreiche Wunder zu mildern. Tieck indessen, statt
in diesem Bestreben fortzufahren, verstärkte nur noch den mystischen Apparat durch neue Wunder, Ahnungen und Visionen. — Der
Weg nach Rom war hier bereits vorgezeichnet.

Tieck selbst blieb freilich Zeit seines Lebens eine viel zu
nüchterne Natur, um wie seine romantischen Freunde oder die
Nazarener zum Katholizismus überzutreten. Mag er auch in einem
Brief an Solger versichern, „es habe wohl Stunden gegeben, wo
er sich in die Abgeschiedenheit eines Klosters wünschte"[1], —
ebensowenig wie sich seine seelische Zerrissenheit zum Verbrechen
steigerte, ebensowenig machte Tieck Ernst mit dem Katholisch-
werden. — Seine Religiosität war im Grunde nur ein Notbehelf
seines Skeptizismus[2], ein Gaukelwerk seiner reizbaren Phantasie
und vor allem ein Mittel, aufgeklärten Philistern einen empfind-
lichen Schlag zu versetzen.

Charakteristisch genug, daſs Tieck Cervantes gleichzeitig mit
Calderon las, daſs er Cervantes übersetzte und Calderon über-
setzen wollte, daſs er fast gleichzeitig den „Zerbino" und die
„Genoveva" schuf.

In der bunten Narrenjacke jedoch wie in dem härenen Buſs-
gewand macht Tiecks tendenziöse Muse stets den gleichen Ein-

---

1) Solger I. S. 540.   2) Shakespearejahrbuch XXXII, 333 f.

druck einer blofsen Komödiantin. Wir lachen über die Wut der
Rationalisten, aber wir werden nie warm, wir glauben der kecken
Schelmin nicht die Aufrichtigkeit ihrer Gefühle.

Anderer Meinung war natürlich Ludwig Tieck. Er bezeichnet die „Genoveva“ als seine „natürlichste Herzensergiefsung“[1]),
als eine „Epoche in seinem Leben“[2]), als ein Produkt „seiner Begeisterung, nicht seiner Verstimmung“.[3]) Und doch konnte er
schon damals an dem protestantisch gefärbten „Aufstand in den
Cevennen“ dichten und doch polemisiert er später gegen jene
Geister, die er, der Meister, selbst heraufbeschworen! Er beruft sich
dabei auf das freie Spiel seiner Phantasie[4]), er entschuldigt sich
mit der allgemeinen antirationalistischen Stimmung.[5]) — Die be-
denkliche Wirkung seiner wundergläubigen „Genoveva“ blieb
bestehen.

Wie grofs die allgemeine Teilnahme für diese Dichtung von
vornherein war, zeigt Ifflands Wunsch einer baldigen Zusendung
des Manuskriptes. Tieck schickte ihm in der That, da die Handschrift unleserlich war, die Druckbogen und erbot sich sogar zu
einer Bühnenbearbeitung. Iffland verzichtete indessen darauf.[6]) —
Kühler verhielt sich Tieck einem anderen Anerbieten gegenüber.
Kotzebue, sonst heftiger Gegner der Romantiker, wollte die „Genoveva“ auf die Bühne bringen. Tieck antwortete, „das Schauspiel
sei gedruckt und mithin könne jeder damit thun, was er wolle.“[7])

---

1) Solger I. S. 301.   2) Solger I. S. 453.   3) Solger I. S. 485.

4) „Der Dichter ist zum Glück frei und braucht sich als solcher um
theologischen und poetischen Widerstreit nicht zu kümmern. Sonderbar
ist es, wenn man ihm anmuten will, dafs seine Phantasie, wie Laune und
Eingebung regiert, nicht den Göttern des Olymps huldigen soll . . . . . .
Dieselbe Beschränktheit ist es, den grofsen Gestalten und glänzenden Er-
scheinungen, die die katholische Form des Christentums in Kultus,
Legende, Wundersage, Poesie und Malerei, Musik und Architektur entfaltet
und erschaffen hat, das Auge verschliefsen oder gar dem Dichter verbieten
zu wollen, sich dieses Reiches zu bemächtigen.“ Schriften XI S. LXVIII f.

5) Denn Unglaube, seichte Aufklärung, Unphilosophie, Hafs alles
Heiligen, Geheimnisvollen und aller Überlieferung galt für Protestantismus,
und kaum der Gelehrte, viel weniger der Laie konnte die völlige Unwahr-
heit der Verneiner einsehen, die sich für vorgeschrittene, höher stehende
Leute ausgaben.“ Schriften XI. S. LXIX.

6) Vergl. Teichmanns „Litterarischen Nachlafs“, herausgegeben von
Dingelstedt, Stuttgart 1863, S. 281 ff.

7) Schriften I. S. XXX.

Zu einer Aufführung ist es jedoch weder damals noch heute gekommen.

Um so stärker wirkte Tiecks „Genoveva" in Buchform. Auf seiten der Rationalisten wahre Wutausbrüche[1]), auf seiten der Romantiker überschwengliche Bewunderung. A. W. Schlegel[2]) und Bernhardi[3]) priesen sie in Vers und Prosa, Fr. Schlegel feierte sie als ein Exempel mystischer Poesie, als eine „göttliche Erscheinung".[4]) Maler und Musiker folgten ihren Spuren.

1806 erschienen von den Brüdern Franz und Johann Riepenhausen 14 Umrißzeichnungen (mit prosaischem Text von Schlosser). Diese Zeichnungen zur „Genoveva" sind insofern wichtig, als sie die Vorboten der späteren Nazarener sind.[5]) Von den Nazarenern selbst gab Josef Führich 15 Radierungen zur „Genoveva" heraus.[6]) Genovefagemälde schufen dann die Düsseldorfer Bosch und Steinbrück und endlich kein Geringerer als Moritz von Schwind. Auch die Musik bemächtigte sich des dankbaren Stoffes. Die Opern von Huth, Scholz, minder allerdings Schumann, schliefsen sich Tiecks Dichtung an. Ambros komponierte eine Ouvertüre zu Tiecks Drama.

Unmittelbarer aber und verhängnisvoller war Tiecks Einfluß auf die jüngere Dichtergeneration, auf Werner („Das Kreuz an der Ostsee", „Kunigunde die Heilige"), Brentano, Arnim, Eichendorff, Öhlenschläger u. s. w. Der Theaterdirektor Heinrich Schmidt schrieb noch am 27. August 1830 an den Dichter: „Besonders merkwürdig ist mir Genovefa. An sie knüpfen sich die lebendigsten und tiefsten Erinnerungen aus meiner Jugend, als ich noch in Jena studierte. — Wie wir da, einige zwanzig Bursche, dieses treffliche Gedicht — das wohl damals gerade erschienen war — in den Mitternachtsstunden zusammen andächtig lasen, welche Freude, welcher Jubel!"[7])

---

1) Nicolai in der „Neuen allgemeinen deutschen Bibliothek" LVIII (1801), S. 352 ff. G. Merkel in den „Briefen an ein Frauenzimmer über die neuesten Produkte der schönen Literatur in Deutschland".

2) Sonett im „Athenäum" III, 2, S. 238.

3) „Archiv der Zeit" 1800. I, S. 457.

4) „Europa" I, 1, S. 57. — Schon vorher, gleich A. W. Schlegel, Sonett an Tieck (Werke X, 20).

5) Vergl. die mit W. K. F. (Goethe?) unterzeichnete Rezension in der „Jenaischen Allg. Literatur-Zeitung". 1806. Nr. 106.

6) Einzelne dieser Radierungen sind auch als Gemälde angeführt.

7) Holtei „Briefe an L. Tieck". Breslau 1864. III. S. 861.

Für Tieck erhielt dieser allgemeine Jubel einen recht bitteren
Beigeschmack. Er ärgert sich über die Berliner Litteraturjuden,
die den Wunderglauben zu ihrem besonderen Sporte machen'),
er spöttelt über die „Wernerschen Thorheiten" und das „Heer jener
katholischen Dichter, die nicht wissen, was sie wollen".²) Er
versichert: „Es ist nicht übertrieben, wenn man behauptet, daſs
viele Protestanten, die Freunde der Poesie zu sein glaubten, zu
einer gewissen Zeit viel katholischer waren als die eifrigen Katho-
liken selbst."³) Dabei denkt der gute Tieck nicht im entferntesten
an sich und an Eichendorffs Worte:

„Eine durchaus katholische Weltanschauung waltet in Tiecks
unstreitig vollendetstem Werke, in der „Genoveva", bis in den
kleinsten Beischmuck herab."⁴)

Das Aufsehen, das Tiecks „Genoveva" bei ihrem Erscheinen
(1800) erregte, die weiten Kreise, die sie in der Poesie, Musik
und Malerei gezogen, berühren uns heute fast unverständlich.
Trotz aller lyrischen Schönheiten, trotz aller Stimmungsmalerei
werden wir das Gefühl der Langenweile nicht mehr los. Wir
ärgern uns nicht wie die Rationalisten und wir schwärmen nicht
wie die Romantiker. Wir stimmen eher unseren Klassikern zu.

Schiller schrieb am 5. Januar und am 27. April 1801 an
Körner:

„Tieck ist eine sehr graziöse, phantasiereiche und zarte Natur;
nur fehlt es ihm an Kraft und an Tiefe, und wird ihm stets
daran fehlen. Leider hat die Schlegelsche Schule schon viel an
ihm verdorben; er wird es nie ganz verwinden. Sein Geschmack
ist noch unreif, er erhält sich nicht gleich in seinen Werken,
und es ist sogar viel Leeres darin." „Genoveva ist als das Werk
eines sich bildenden Genies schätzbar, aber nur als Stufe; denn
es ist nichts Gebildetes und voll Geschwätzes, wie alle seine
Produkte. Es ist schade um dieses Talent, das noch so viel an

---

1) Vergl. Köpke II. S. 173. „Schou bald nachdem ich die „Genoveva"
geschrieben hatte, fing der romantische Wunderglaube an bei manchen
Leuten in Berlin guter Ton zu werden, namentlich bei den jungen geist-
reichen Juden. Ich konnte sicher darauf rechnen, wenn Einer kam und
mir selbst meine „Genoveva" in dieser Weise anpries, so war es ein junger
Jude, der mir dadurch seine Tiefe und Glaubensfähigkeit beweisen wollte."
2) Solger l. S. 501. 3) „Kritische Schriften". Leipzig 1852. IV. S. 215.
4) Eichendorff S. 109.

sich zu thun hätte, und schon so viel gethan glaubt. Ich erwarte nichts Vollendetes mehr von ihm. Denn mir deucht, der Weg zum Vortrefflichen geht nie durch die Leerheit und das Hohle."

Trotzdem war Tieck der Ansicht, gerade Schiller habe sowohl in der „Maria Stuart" wie in der „Jungfrau von Orleans" unter der Einwirkung der „Genoveva" gestanden.[1])

Freundlicher als Schiller urteilte Goethe. Noch 1829 schrieb er an Tieck: „Gar wohl erinnere ich mich, teuerster Mann, der guten Abendstunden, in welchen Sie mir die neu entstandene „Genovefa" vorlasen, die mich so sehr hinriß, daß ich die nahe ertönende Turmglocke überhörte und Mitternacht unvermutet herbeikam."

Goethes Äußerungen beziehen sich auf die Thatsache, daß Tieck an zwei Dezemberabenden 1799 im Jenaer Schloß seine Dichtung Goethe vorlas. Damals sagte Goethe zu seinem neunjährigen Sohn: „Nun, mein Söhnchen, was meinst du denn zu allen den Farben, Blumen, Spiegeln und Zauberkünsten, von denen unser Freund uns vorgelesen hat? Ist das nicht recht wunderbar?"[2])

Wunderbar allerdings. Aber alle die Farben, Blumen, Spiegel und Zauberkünste sind noch lange kein Drama, ja, sie sind nicht einmal originell. Ihre Heimat ist das katholische Spanien.

Und wie urteilte doch später der Kritiker Ludwig Tieck über derartige exotische Treibhausprodukte!

---

1) Tiecks Schriften I. S. XXXII. Tieck denkt dabei wohl an die katholische Färbung der „Maria Stuart" und Mortimers Rolle. — In der „Jungfrau von Orleans" erinnert Johanna an Genovefa. Auch sie hat eine irdische Neigung zu überwinden, ein Zug, den Tieck freilich sofort wieder fallen läßt, während ihn Schiller zur tragischen Schuld erhebt. Wie bei Tieck finden sich auch in Schillers „romantischem Schauspiel" zahlreiche Visionen, Zeichen und Wunder. — Derartige Anklänge mögen zum Teil in dem romantischen Stoff liegen, augenscheinlich jedoch ist der Einfluß Tiecks bei Schillers lyrischen Ergüssen. Man vergleiche z. B. Johannas berühmten Monolog „Lebt wohl ihr Berge, ihr geliebten Triften" mit Grimoalds Stanzen beim Verlassen der Heimat:

„Leb wohl, du Land, das du mich auferzogen,
Ihr Berge, Bäume, denen ich gewogen,
Ihr Linden, hohe Eichen, helle Buchen:
Ich muß mir eine fremde Heimat suchen."

2) „Goethes Gespräche" herausgegeben von W. v. Biedermann. Leipzig 1889. I. S. 206. — Vergl. außerdem Goethes lobendes Urteil in seinen „Tag- und Jahres-Heften" vom Jahre 1799.

„Ist es Recht, alles Nationale, Angewöhnte und Anerzogene, alle Gesinnung und Überzeugung diesem (katholisch-spanischen) Bühnenschmuck zu Gefallen aufzugeben?" „Verwirrt haben uns die Spanier genug, ohne dafs wir von ihnen etwas Tüchtiges und Brauchbares gelernt hätten. Unsere Nachkünstler haben es völlig vergessen oder verlacht, dafs jene in ihren kunstmäfsig gezogenen Kreisen national waren, dafs wir Deutsche, so vielseitig man uns auch rühmen mag, doch auch wohl in Kunst und Sitte, Gesinnung und Charakter, Sprache und Vers eine volkstümliche Grundlage haben dürften."[1])

Drittes Kapitel.

Crenzin und Schuster. Münchener Anonymus. Raupach.

Sahen wir in Maler Müllers „Golo und Genoveva" ein getreues Spiegelbild des Sturms und Drangs, so bot uns Tiecks „Leben und Tod der heiligen Genoveva" ein ebenso genaues Abbild der Romantik. Dafs jedoch das Ritterdrama des Sturms und Drangs mit der Herrschaft des Klassizismus und der Romantik noch lange nicht gebrochen war, sondern in tieferen Sphären lustig weiter vegetierte, beweisen u. a. die Genovefadramen von Crenzin und Schuster.

Über Crenzin finden wir näheres bei Hartmann.[2]) Im Dorfe Rott bei Rosenheim sollen sich danach im Besitz eines dortigen Bürgers mehrere geschriebene Stücke befinden, die in den ersten Jahrzehnten unseres Jahrhunderts von Rotter Einwohnern aufgeführt wurden, darunter:

Genovefa, Pfalzgräfin am Rhein.
Ein Originalschauspiel in 4 Aufzügen
von
Anton Adolf Crenzin (1810?).

Dieser Anton Adolf von Crenzin war nach der „Gallerie von teutschen Schauspielern und Schauspielerinnen" (Wien 1783)

---

1) Kritische Schriften IV. S. 152 u. 156.
2) „Volksschauspiele in Bayern und Österreich-Ungarn." Leipzig 1880. S. 407.

zu München 1753 geboren und debütierte 1774. Handschriftlich erhalten ist aufser der „Genovefa" die „Werbung". 1796 wurde auf dem Wiedener Theater aufgeführt: „Der graue Mann, erster Teil, Schauspiel mit Gesang in 4 Aufzügen."[1] — Leider ist es mir nicht gelungen, Crenzins Genovefahandschrift zu Gesicht zu bekommen.

Wie beliebt Crenzins Schauspiel gewesen sein mufs, zeigt folgende Fortsetzung:

Genovefa, Pfalzgräfin am Rhein.

Ein Schauspiel in vier Aufzügen

(dritter und letzter Teil)

von

Joseph Anton Schuster.[2]

Nach der Angabe von Gödeke („Wien 1809") wäre Crenzins Schauspiel jedenfalls vor 1810 zu setzen. Ob dasselbe in zwei Teile zerfiel, wie man nach dem Titel der Fortsetzung folgern kann, läfst sich nicht nachweisen, da mir nur der sechste Band der „Deutschen Schaubühne" vorliegt, der darüber keinen Aufschlufs erteilt.

Aus Schusters Drama selbst ergeben sich nur wenige Beziehungen zu Crenzin. Wir erfahren z. B. von Schuster, dafs Golo den alten Drago im Kerker hat ermorden lassen und dessen Sohn Johann erdolcht hat, ferner, dafs er im Gottesgericht einen Ritter Hamut von Mehlen niederstreckte. — Dragos Ermordung im Kerker verweist auf die deutsche Überlieferung, die Zuthat aber mit seinem Sohn und dem Gottesgericht ist offenbar Erfindung Crenzins. Der unglückliche Ausgang des Gottesgerichtes gemahnt an Maler Müller!

Nur so viel können wir weiterhin aus Schuster erkennen, dafs Crenzins Schauspiel bis zur Wiederauffindung Genovefas und Golos Einkerkerung reichte.

Schusters Schauspiel beginnt mit Genovefas schwerer Erkrankung (1). Graf Golo und die Zauberin Beate werden vom

---

1) Vergl. R. M. Werner „Der Laufner Don Juan" (Litzmanns „Theatergesch. Forschungen" Bd. IV). 1891. S. 56.

2) „Wien 1809" und „Deutsche Schaubühne; oder dramatische Bibliothek der neuesten Lust-, Schau-, Sing- und Trauerspiele". VI. Augsburg und Leipzig. (Vergl. Gödeke „Grundrifs". V. S. 840.) — Schuster war Schauspieler bei Schikaneder, später im Leopoldstätter Theater.

Reichsgericht zum Tode verurteilt (2). Nachricht, dafs Beate verbrannt und Golo von vier Stieren zerrissen ist. Genovefas Tod. Golos bisherige Kumpane suchen Siegfrieds Schlofs zu überrumpeln. Der Anschlag mifslingt (3). Siegfried entsagt der Herrschaft. Sein Bruder, Graf Roderich, wird Vormund von Siegfrieds unmündigem Sohn. Bestattung Genovefas. Siegfried zieht sich als Klausner in die Einsamkeit zurück (4).

Schusters Schauspiel geht, wie auch wohl dasjenige Crenzins, auf die deutsche Tradition zurück, steht jedoch noch unter dem Einflufs der einst so beliebten Ritterdramen, an die es in der Schilderung des Raubrittertums und des Reichsgerichts erinnert. Bei letzterem werden starke Anklänge an die heilige Feme wahrnehmbar, und sogar die Wiederholung jenes bekannten Effekts, der plötzlich im Stein erglänzenden Flammenschrift (Mozarts „Don Juan") wird nicht verschmäht. Irgendwelchen Wert besitzt dieses Ritterdrama im übrigen nicht.

Ungefähr auf derselben künstlerischen Höhe oder vielmehr Tiefe steht ein anonymes Drama:

„Genovefa oder die Leiden der Unschuld."
Ein Schauspiel in zwei Aufzügen.[1]

Dieses Schauspiel, das die ganze Vorgeschichte übergeht, mit Siegfrieds Heimkehr beginnt und mit Genovefas Wiederfinden endet, ist eine Dramatisierung Christophs von Schmid. Die Reden sind oft wörtlich getreu. Immerhin finden sich auch Abweichungen: Statt der Jagd wird eine Suche nach Genovefas Gebeinen abgehalten; Golo wird in den Wald mitgeschleppt und den Rittern als Richtern ohne Gnade überantwortet. — Der anonyme Verfasser zeigt in diesen Veränderungen einiges dramatisches Geschick.[2]

---

1) München 1812.

2) Nach einem handschriftlichen Vermerk, der sich in einem Katalog der Breslauer Stadtbibliothek findet, soll der Verfasser dieses anonymen Dramas Lindl heifsen. Damit könnte nur der als religiöser Schwärmer einst bekannte Ignaz Lindl (geb. 1774 zu Baindlkirch in Altbayern, gest. 1834 in Barmen) gemeint sein. In der That hat Lindl einen Teil seiner erbaulichen Schriften anonym erscheinen lassen, so dafs jene Notiz viel Wahrscheinlichkeit beanspruchen darf.

Die Wirksamkeit der Schauspiele Crenzins, Schusters und des Münchener Anonymus (Lindl?) blieb wohl auf die unteren Volksschichten beschränkt. Derjenige deutsche Schriftsteller, der zuerst die Pfalzgräfin Genovefa sogar auf gröfseren Bühnen heimisch machte, war der fruchtbare Dramenfabrikant Ernst Raupach, einst Liebling des Berliner Königlichen Schauspielhauses, als solcher aufser seiner „Genoveva" auch noch durch die Dramatisierung der Nibelungensage und der Sage von Robert dem Teufel bekannt und bei einer Unzahl sonstiger Stücke mehr berüchtigt als berühmt durch seine Dramatisierung der Hohenstaufengeschichte.

Genoveva.

Trauerspiel in 5 Aufzügen

von

Ernst Raupach. [1])

Raupach stand von vornherein in schroffer Opposition zu Tieck. Tieck seinerseits sagt von Raupach, er klügle und rechne aus Verstandesbegriffen seine Kompositionen zusammen. [2]) — Nüchterne Verständlichkeit in Technik, Charakteristik wie überhaupt in der Auffassung des ganzen Stoffes läfst thatsächlich Raupachs „Genoveva" als Gegenpol zu Tiecks mystischer und undramatischer Dichtung erscheinen.

Tieck hatte sich in seiner „Genoveva" dem deutschen Volksbuch sklavisch angeschlossen. Raupach dagegen kümmerte sich um das Volksbuch so herzlich wenig, dafs wir die Legende in Raupachs weltlichem Flittergewand kaum wiedererkennen und uns nur wundern, warum denn dies effektvolle Drama gerade „Genoveva" heifse. Personen treten auf, deren Namen wir nie gehört haben und andererseits vernehmen wir Namen, deren Träger mit den legendarischen Gestalten eben nichts als den Namen gemeinsam haben.

Gleich der erste Auftritt vermittelt uns die Bekanntschaft einer unbekannten Dame, Emmas, Golos Schwester. Was ihren Bitten nicht gelingt, bewirkt Genovefas Wunsch: Golo bleibt als

---

1) Ernst Raupachs „Dramatische Werke ernster Gattung", III. Hamburg 1835.
2) Tiecks „Kritische Schriften", IV. S. 216.

Hüter im Schloſs zurück. Drago, ein getaufter Maure (!), Golos
Diener, entbrennt in Liebe zu Emma, während Golos Leidenschaft
seiner schönen Herrin, der Pfalzgräfin, gilt (1).

Genovefa selbst führt nach dem Aufbruch ihres Gemahls
ein sehr freies und ungebundenes Leben. Vor allem giebt sie
sich der Jagdliebhaberei hin. Auf einer Jagd erfolgt auch Golos
Liebesgeständnis und energische Zurückweisung. Drago hat das
Gespräch belauscht und eilt nun mit einem verräterischen
Schreiben Golos zu dem fernen Siegfried (2).

Siegfried sendet den Befehl, Genovefa und ihr Kind zu
töten. Vergeblich legen Emma und die alte Richsa bei Golo
Fürbitte ein. Zwei Diener, Eudo und Reno, schleppen die Pfalzgräfin in den Ardennerwald. Genovefas Flehen rührt jedoch
Eudos Herz.[1] Im finstern Wald mit ihrem Kind zurückgelassen,
wirft sich Genovefa in einer höchst effektvollen Szene „zum
erstenmal mit des Gebetes Drang vor ihres Gottes Antlitz
nieder“ (3).

Nach langer Abwesenheit kehrt endlich der Pfalzgraf in sein
Schloſs zurück. Trotz Richsas heftiger Beschuldigung ist Sieg-
fried noch von Golos Treue überzeugt. Jetzt tritt jedoch Drago
aus seiner bisherigen Zurückhaltung hervor. Er verlangt Emmas
Liebe als Preis seiner Verschwiegenheit. Golo ersticht den
Schurken (4).

Golos seelische Verwirrung erreicht indessen einen bedenk-
lichen Grad. Auch Genovefas Not ist auf das äuſserste gestiegen:
eben erlosch sogar das lange sorgsam gehegte Feuer. Da erfolgt
die Wiederauffindung und alles löst sich am Ende in Wohlgefallen auf (5).

Raupach hatte als erfahrener Bühnenpraktikus der Legende
gegenüber sofort den richtigen Standpunkt erfaſst: entweder tritt
Genovefa in den Hintergrund oder ihr Leiden entbehrt nicht der
tragischen Schuld. Raupach wählte die Schuld. Wie er jedoch
Genovefas Charakteristik durchführt, zeigt die ganze Oberfläch-
lichkeit seiner rein äuſserlichen Mache. — Als tragische Schuld
lag doch am nächsten (man denke nur an Tiecks flüchtigen Ver-

---

1) Sollte hier etwa Tieck eingewirkt haben? Wie Tiecks Grimoald
verzichtet auch Eudo auf Golos Sündenlohn zu Gunsten seines rauheren
Gefährten.

such!) Genovefas irdische Neigung zu Golo. Davor schreckte Raupach zurück; wahrscheinlich, weil ihm jede Gabe psychologischer Vertiefung versagt war, vielleicht auch aus Rücksicht auf einen bestimmten theatralischen Effekt.

Bis zu Golos Liebeserklärung hat es nämlich den Anschein, als ob Genovefa ihre Versicherung „ich aber will kein Klosterleben führen“ [1] sehr ungeniert erfüllen wird. Den alten Hatto, den Siegfried ihr zum Hüter erkoren, verwirft sie, weil er gar zu fromm sei. Sie wählt lieber Golo:

> „Der, selbst noch lebenslustig, nicht die Freude
> Ihr zumifst nach der Strenge falscher Elle.“

Raupach versäumt in den folgenden Szenen nichts, um uns Genovefas weltlichen Sinn drastisch vor Augen zu führen. Lustfahrt und Gastmahl, Jagd und Reiherbeize halten das ganze Schlofs in Atem. Selbst die Nachricht der alten Richsa, Genovefas Söhnlein sei erkrankt [2]), läfst die gnädige Frau ziemlich kalt und hält sie nicht ab von tollkühner Jagdlust. Ebensowenig richten ein paar Bauern aus, deren Dorf abgebrannt ist. Sie werden gar nicht vorgelassen.

Dabei ist Genovefa gegen Golo stets von so bestrickender Liebenswürdigkeit, dafs man sich gewisser Befürchtungen nicht entschlagen kann.

Sobald der Pfalzgraf sie verlassen, wendet sich Genovefa an Golo:

> „Verklungen ist der Braus: wir sind allein.
> Nun mufs ich wohl mit freundlichen Gebärden
> Und Worten mich um deine Gunst bewerben:
> Denn du bist nun mein Herr und mein Gebieter.“

In derselben Szene reicht sie ihm die Hand, die er feurig küfst, und versichert:

> „Es ist nicht viel, doch gröfsern Dankes Pfand.“

Bei der Jagd erscheint sie gar „mit aufgelöstem Haar und mit in Unordnung geratener Kleidung“! Und in diesem Zustand fordert sie Golo auf, bis das Gefolge naht, im Walde neben ihr

---

1) Die Tendenz dieser Worte richtet sich augenscheinlich gegen Tieck.

2) In der Sage fällt Schmerzenreichs Geburt erst in die Kerkerszene, liegt also nicht wie hier vor der eigentlichen Handlung. Vergl. übrigens auch S. 26 Anm. 1.

zu ruhn! — Weiter durfte Raupach bei dem sittsamen Publikum des Berliner Königlichen Schauspielhauses nicht gehen. Die lebenslustige Frau Pfalzgräfin zeigt vielmehr urplötzlich bei Golos Liebeserklärung eine unbegreifliche Naivität, und, sobald Golo noch zudringlicher wird, kehrt sie dem „Knecht" gegenüber ihre ganze Würde hervor als „des Fürsten fürstliche Gemahlin".[1] Die Szene muſs sicher beim Publikum der ersten Ranglogen starken Effekt ausgeübt haben. Erst die immerhin angenehme Aufregung und dann das schroffe, aristokratische Standesbewuſstsein!

Durch diese seichte Auffassung verliert jedoch Genovefas Schuld jede tragische Färbung. Irgendwelche Liebe zu Golo hat ja Genovefa nie empfunden; sie vertrieb sich mit dem „Knecht" nur ein wenig die Zeit. Die innere Läuterung besteht also darin, der Frau Pfalzgräfin klar zu machen, daſs sich eine gute Ehefrau nicht in Abwesenheit ihres Mannes amüsieren soll. Eine anerkennenswerte Sentenz! Aber war es denn nötig, deshalb auf hohem Kothurn herumzustelzen und Sturm, Blitz, Donner, wilde Tiere, kurz, alle Schrecken der Wildnis zu entfesseln?

Wer wird jedoch nach Platens und Immermanns Verhöhnung an Raupach noch einen künstlerischen Maſsstab legen? — Er wollte durch flache Rhetorik, durch ein bischen Rührung und ein bischen Schrecken, durch allerlei pikante Reize und vor allem durch theatralische Effekte (wozu selbstverständlich auch ein solides Feuerwerk gehört [vergl. Akt 3, 6. Szene]) sein Publikum unterhalten, und das ist ihm vollauf gelungen.

Eine Vertiefung der tragischen Schuld lag ihm fern. Auf Psychologie ließ er sich überhaupt nicht ein, weder bei Genovefa noch bei ihrem Gemahl.

Raupachs Siegfried ist eine völlige Null, höchstens ein Sprachrohr anderer Leute. Golo schreibt: „Deine Gemahlin wollte

---

1) Ähnlich übrigens bei Tieck. Dort ruft Genovefa in der Kerkerszene:

> „Fleuch, feiger Bastard, bist du so verwegen,
> Die schnöde Hand an meinen Leib zu legen?
> Wagst du, ein Diener, der Gebieterin
> Zu nahen mit so wild und frechem Sinn?
> So hör' es denn, und dies sei deine Qual,
> Ich bin des Grafen Siegfrieds Gemahl."

mich verführen."[1]) Siegfried denkt an den keuschen Joseph und
antwortet sofort: „Das Weib soll sterben und mit ihr das Kind."
Später erklärt Genovefa ihre Unschuld. Sofort ruft Siegfried:
„Mein schwer gekränktes, jammervolles Weib."

Aller Psychologie bar sind auch Emma, Golos Schwester,
und Richsa, Siegfrieds einstige Amme. Beide Gestalten haben
sich wohl aus Golos Amme im deutschen Volksbuch oder bei
Tieck entwickelt. — Die Amme als Intrigantin wurde jedenfalls
hinfällig, weil Genovefa schon von selbst auf schlüpfriger Bahn
wandelt und weil bei Golo sein Diener Drago die Rolle des
Verführers übernahm. Aus der einen ursprünglichen Kupplerin
entstanden nun zwei kreuzbrave Frauen, die eine jung, aber
fromm, die andere alt und leider mit der Manie behaftet, fortwährend schimpfen oder fluchen zu müssen. Der Rezensent im
„Gesellschafter"[2]) behauptet überdies, Richsa sei zusammengesetzt
aus Shakespeares Margarethe und der Alten in „Maria Stuarts
Gefangenschaft", einem nach Walter Scotts Roman „The Abbot"
bearbeiteten Stück.

So blieben denn von den Hauptpersonen nur noch zwei
übrig: Drago und Golo. Gar nicht wiederzuerkennen ist Drago.
Was hat dieser sinnliche Maure mit dem unschuldigen, frommen
Koch der Legende zu thun? Von seiner legendarischen Bedeutung
als Genovefas angeblicher Buhle keine Spur! Er hetzt Golo in
sein Verbrechen hinein, und weshalb? Um dessen Schwester
Emma zu gewinnen. Nicht Golos Leidenschaft, sondern die Geil-
heit eines Mauren wird das treibende Motiv! — Der Tod dieses
pechrabenschwarzen Theaterteufels ist vollauf verdient. — Seine
Ermordung erfolgt indessen unter ähnlichen Umständen wie Golos
Abweisung. Genovefa verschmähte Golo als „Knecht", als „Wurm".
Golo behandelt Drago als „ehrlosen Sklaven" und ersticht ihn.

Wie Drago sollte (der poetischen Gerechtigkeit zu liebe)
eigentlich auch Golo um die Ecke gebracht werden. Doch mit
gebührender Rücksicht auf das Publikum läfst Raupach diesmal
noch Gnade vor Recht ergehen. — Gar so schlimm ist ja auch

---

1) Nur ganz nebensächlich fügt Drago, der eigentliche Urheber des
Verleumdungsbriefes, eine weitere Beschuldigung hinzu: Genovefa habe
bereits früher ein Verhältnis mit ihrem brabantischen Pagen gehabt.

2) „Der Gesellschafter" (Zeitschrift von Gubitz). Berlin 1829, Nr. 5. —
Die Rezension ist kurz und läfst sich auf Einzelheiten nicht weiter ein.

Golo nicht gewesen. Drago, der ehrlose Sklave, trug entschieden die Hauptschuld. Der menschenfreundliche Golo wollte sich sogar mit dem Einsperren Genovefas in ein Kloster begnügen und Schmerzenreich auch später noch verschont sehen. Als endlich Drago seinen Willen durchgesetzt, wird Golo unruhig. Allerdings äußert sich diese Unruhe weniger in Gewissensbissen als in der Angst, die Geschichte könnte herauskommen. Um ganz sicher zu sein, verfällt Golo auf die wahnwitzige Idee, selbst Emma und Richsa aus dem Wege zu schaffen. „Hinweg mit jedem menschlichen Bedenken!"

Schon macht sich das Publikum auf etwas Unerhörtes gefaßt. Man darf jedoch den Bogen nicht zu straff spannen und dem Publikum nicht gar zu viel Mordthaten vorsetzen, sonst wird es des vielen Abstechens bald satt. Raupach begnügt sich daher mit dem rührsamen Effekt, Golo seine Schuld bekennen und durch Genovefa begnadigen zu lassen. — Der ganze Schluß trieft überhaupt von Sentimentalität.

Ohne ersichtlichen Grund kniet da die einst so stolze Pfalzgräfin vor der alten Richsa nieder und deklamiert de- und wehmutsvoll:

> „Ja gnädiger Gott! So führe, die da fehlen,
> Dein Thränenengel auf den rechten Pfad!
> Im Feld des Unglücks keimt das Heil der Seelen
> Und unter Thränen wächst die Himmelssaat."

Und unter Thränen verließ auch am 10. Dezember 1828 das gerührte Publikum den Zuschauerraum des Berliner Königlichen Schauspielhauses. — Der Erfolg war um so durchschlagender, als die Hauptrollen in vortrefflichen Händen lagen (Mad. Crelinger als Genovefa, Mad. Wolff als Richsa).[1]) — Bald hielt Raupachs Genovefa ihren Siegeszug über alle deutschen Bühnen und auch jetzt taucht sie gelegentlich noch auf. — Grollend zur Seite standen von Anfang an nur die Verehrer Tiecks. Der Theaterdirektor Heinrich Schmidt, dessen Stimme wir schon einmal im Chorus der Tieckgemeinde vernommen haben, schreibt im weiteren Verlauf jenes oben angeführten Briefes[2]): „Wie viel Ehrfurcht hegten wir für die nicht unempfindliche und doch heilige Genoveva! — Und wie trat alles dies mahnend auf mich

---

1) Vergl. den „Gesellschafter". 1829, Nr. 5.   2) Vergl. S. 95.

zu, als ich in Weimar das Skandal erlebte, die Raupachische aufführen zu sehen — eine preufsisch protestantisch leichtfertige!"[1])

Viertes Kapitel.

Hebbel. Ludwig.

In Maler Müllers „Golo und Genoveva" erkannten wir den Sturm und Drang, in Tiecks „Leben und Tod der heiligen Genoveva" die Romantik, in Raupachs „Genoveva" den sich stets gleich bleibenden Berliner Rationalismus, in Hebbels „Genoveva" dagegen tritt uns die seelische Zerrissenheit und der Pessimismus unserer eigenen Zeit entgegen.

Genoveva.

Tragödie in fünf Akten

von

Friedrich Hebbel. [2])

Hebbels Erstlingswerk ist bekanntlich die „Judith". Früher jedoch als die „Judith" tauchte die „Genoveva" in seinem Innern auf: [3]) Sie war sein erster dramatischer Gedanke. Bereits in Wesselburn hatte er damit gespielt.[4])

Bei seinem Aufenthalt in München lernte er dann Müllers Drama kennen. Sein Urteil lautete sehr ungünstig. Er fand darin nur einen einzigen schönen Zug. „Als Siegfried in die Höhle seines verstofsenen Weibes tritt und das rohe Kruzifix, sowie die übrigen frommen Zeichen verborgener Andacht erblickt, wirft er sich weinend auf die Kniee, der kleine Schmerzenreich tritt herzu und sagt: „Der Mann ist so traurig wie meine Mutter, sollte es wohl mein Vater sein?" Dieser rührend-naive Schlufs

---

1) Holtei „Briefe an Tieck", III, S. 362.   2) Hamburg 1843 u. s. w.
3) Vergl. zum folgenden: Friedrich Hebbels Tagebücher, herausgegeben von Felix Bamberg, I, II. Berlin 1885, 1887. — Friedrich Hebbels Briefwechsel mit Freunden und berühmten Zeitgenossen, herausgegeben von Bamberg, I, II. Berlin 1890, 1892. — Emil Kuh „Biographie Friedrich Hebbels", I, II. Wien 1877.   4) Briefwechsel II, S. 50.

des Kindes spiegelt dessen ganze Vergangenheit; wir sehen eine
Blume, die nur den Tau der Thränen getrunken hat." [1])

An die Lektüre Müllers knüpfte Hebbel damals folgende
Reflexionen: „Ich habe oft über diesen Stoff nachgedacht und
finde seinen dramatischen Gehalt nur im Charakter des Golo.
Der dramatische Dichter kann den Golo des alten Volksbuchs
nicht brauchen, nur, wenn es ihm gelingt, diesen flammenden,
heftigen Charakter aus menschlichen Beweggründen teuflisch
handeln zu lassen, erzeugt er eine Tragödie. Golo liebt ein
schönes Weib, das seiner Hut übergeben ward, und er ist kein
Werther. Darin liegt sein Unglück, seine Schuld und seine
Rechtfertigung. Die Liebe selbst, für die er nicht kann, ist
schon Sünde, und je edler sein Gemüt ist, je schmerzlicher wird
er diese ihm angepflogene Sünde empfinden; Hafs des Gegenstandes, der ihn, wenn auch unbewufst, mit sich selbst entzweite, mischt sich von Anfang an in sein süfsestes Gefühl und
ist nicht einmal durchaus ungerecht. Die Harmonie seines
Innern ist einmal gestört, er kann sich selbst nicht mehr
achten; soll jenes umsonst geschehen sein? Er wird auf den
Weg gestofsen, umzukehren steht nicht mehr in seiner Gewalt,
das reizende Ziel schwebt ihm stets vor Augen: ist es ein Wunder, dafs er es zu erreichen strebt? Vielleicht täuscht er sich
selbst eine Zeitlang und fafst Entschlüsse, die er nicht aus-
zuführen vermag; plötzlich übermannt ihn die Stunde, er gesteht seine Leidenschaft — blofs gewollt, oder vollbracht, das
Verbrechen ist gleich grofs, die Schande ist im ersten Fall sogar
gröfser. Er bittet Genovefa um Liebe, das heifst, er verlangt von
ihr, dafs sie in den Ehebruch willigen soll; auch dies ist bedeutend für sie, wie für ihn. Kann und darf sie ihrem Gemahl,
selbst, wenn sie es verspricht, verbergen, welchen Verrat sein
Freund an ihm üben wollte; kann Golo sich sicher fühlen, wenn
sie rein bleibt? Eine Herstellung des Verhältnisses ist nicht
möglich; ein Weib, das ein solches Geheimnis bewahren soll,
steht über einer Mine, sie ist eine Blume mit einer breunenden
Kohle im Schofs, das Geheimnis vernichtet sie, und sie mag es

---

1) Tagebücher I. S. 141 ff. Dieser von Hebbel so gerühmte Zug findet
sich übrigens nicht in Müllers Drama, sondern in jener Szene, die 1776 in
der „Schreibtafel" gedruckt erschien. (Vergl. S. 56.)

verschweigen oder nicht, immer verstößt sie, hier oder dort, gegen
ihre Pflicht, ja offenbar wirkt es vielleicht nicht so fürchterlich,
als unterdrückt und durch einen Zufall unfreiwillig ans Licht gezerrt;
Golo, nachdem er begann, muß vollenden, selbst dann, wenn er
die Glut seines Herzens erstickt, er muß vollenden, um nur das
zu retten, was er längst besaß. Dazu kommt, daß eben der
edelste Verführer am wenigsten an die Heiligkeit des kalten
Weibes glauben kann; warum soll sie höher stehen wie er, und,
wenn sie durch irgend Einen fallen muß, warum nicht durch
ihn? So geht Golo Schritt vor Schritt, wollend und nicht wollend,
weiter, der Preis wächst mit der Mühe, nur ein großer Entschluß kann die tausend Stricke zerreißen, welche Zufall und
Schicksal aus einem einzigen wahnsinnigen Augenblick gesponnen
haben. Aber das erdrückende Bewußtsein der Unwürdigkeit
macht den großen Entschluß für das knirschende, in sich zu-
sammenbrechende Gemüt zu schwer; nur, wer den Himmel verdient, leistet leicht und freudig auf die Erde Verzicht; nur der
wirft das Leben gern weg, der etwas davon wegzuwerfen hat.
Schon das steht einem solchen Entschluß im Wege, daß er
nicht früher, daß er nicht damals gefaßt ward, als er noch alles
gut machen, oder richtiger, noch alles abwenden konnte; auch
die Tugend ist an einen bedingenden Moment geknüpft. Ein
Unverzeihliches, das Golo gegen die Gräfin begeht, erzeugt das
andere; kann er vor dem letzten Schritt zurückbeben, nachdem
nur noch dieser übrig blieb? Der letzte ist nicht so arg, als der
erste, denn er ist notwendig, da dieser freiwillig war, er muß
vergeben werden, wenn dieser vergeben wird; gegen Genovefa
kann Golo nicht so freveln, als er schon gegen seinen Freund
gefrevelt hat, und der Mensch ist verrückt genug, in der großen
Sünde eine Art Freibrief für die kleinere zu sehen. Genovefas
Schicksal muß erfüllt werden, damit Golos Hölle ganz werde;
kann er nicht ganz selig sein, so will er doch ganz verdammt
sein. Er läßt sie ermorden und ist nun als Verbrecher, was er
ehemals als Mensch und Mann war, denn dahin drängt ein ewiges
Gesetz der Natur, nur fallende Engel wurden Teufel, nicht der
fallende Mensch. Dies sind die Hauptmomente: eine ungeheure
Blutthat, die aus einem holden Lächeln, einem falsch ausge-
legten gütigen Blick entspringt; himmlische Schönheit, die durch
sich selbst, durch ihren eigenen Glanz, in Marter und Tod stürzt.

Golo wird sich seiner heimlichen, das Licht scheuenden Liebe
zum erstenmal mit Schrecken bewufst, als Genovefa von ihrem
Gemahl Abschied nimmt und in dieser bangen Stunde, wo Angst
und Furcht des Kommenden sie überwältigt, ihr ganzes, still-
glühendes Herz mit seinem unendlichen Reichtum gegen den
Scheidenden aufschliefst. Des Himmels reinster Blick entzündet die
Hölle. Erschütternd und tragisch in höchster Bedeutung ist dieser
verhängnisvolle Augenblick; erschütternd und tragisch in jedem
Sinne und auf jedem Punkt ist das Schicksal Golos, der nicht
weniger wie Genovefa selbst, durch die Blüte seines Daseins,
durch sein edelstes Gefühl, das durch böse Fügung mifsgeboren
in die Welt tritt, unabwendbarem Verderben als Opfer fällt.
Genovefa kann und darf nicht im Vordergrund stehen; ihr Leiden
ist ein rein äufserliches, und zugleich ein solches, das die tiefsten
Elemente ihres Wesens, die religiösen, befruchtet und entfaltet
und sie als Mutter, da sie, trotz ihrer Verlassenheit, ihre mütter-
liche Pflicht zu erfüllen weifs, hoch über alle anderen Mütter
hinaufstellt; sie ist ein durchaus christlicher Charakter, den der
Scheiterhaufen nicht verzehrt, sondern verklärt; sie mufs (und
dies ist in Bezug auf sie Hauptvorwurf der Darstellung) zu Gott
in dasselbe Verhältnis kommen, worin sie einst zu Siegfried
stand, es mufs veranschaulicht werden, dafs ihre irdische Liebe
von jeher nur eine sich selbst noch nicht erkennende höhere
war. Sie sei im Gedicht der mildernde, linde Mond hinter Sturm-
und Gewitterwolken. Der Schuldigste ist der Pfalzgraf; warum
hat er eine solche Natur, die ihn bis auf den Grund in ihr
klares Auge schauen liefs, nicht erkannt? Es ist ungleich sünd-
licher, das Göttliche in unserer Nähe nicht zu ahnen, es ohne
weitere Untersuchung für sein schwarzes Gegenteil zu halten, als
es in weltmörderischer Raserei zu zerstören, weil wir es nicht
besitzen können. Er allein darf durch die Katastrophe gestraft
werden, und er wird gestraft, denn er findet die beweinte Verstofsene nur wieder, um die zermalmende Überzeugung zu gewinnen, dafs das Band zwischen ihm und ihr für Zeit und Ewig-
keit zerrissen ist. Für Genovefa ist dies Wiedersehen die letzte
Verklärung, auch ihr Bild ist jetzt rein."

Zu einer so klaren Anschauung war Hebbel bereits in
München gelangt. Seinem modernen Empfinden konnte auch
Tiecks Drama, das er später in Hamburg las, nicht zu-

sagen.[1]) — Schwere Seelenkämpfe rückten gerade damals in
Hamburg den alten Stoff dem Dichter wieder nahe. In seinem
Herzen kämpften die Liebe zu einem anmutigen Mädchen
und die Treue, die er der edlen und selbstlosen Elise Lensing
schuldig war.

Jenes Jahr 1840, in dem er die „Judith" abschloſs und die
„Genoveva" begann, war für Hebbel das inhaltvollste seines
bisherigen Lebens. Die Elemente tobten und gärten noch immer
durcheinander, als ob sie gar nicht in eine beschränkende indivi-
duelle Form eingeschlossen wären! Schwer, unendlich schwer sei
es allerdings, das Leben zum Kunstwerk zu adeln, wenn man so
heiſses Blut habe wie er.[2]) — Der Kampf war für Hebbel um
so aufreibender, als er in Elise wohl seinen guten Genius sah,
aber sie zu lieben, mit der ganzen Glut seines flammenden
Herzens, vermochte der Dichter niemals. Und gerade jetzt, jetzt,
da er ein Weib fand, wie er es stets ersehnt, da er in sein
Tagebuch schrieb: „Die Welt drängt sich ins Mädchen zusammen,
ihre glühende Lippe ist der Centralpunkt aller möglichen und
denkbaren Wonne und der Mensch ist ganz Durst"[3]) — gerade
jetzt muſste ihm Elise eine neue Verpflichtung auferlegen: sie
trug ein Kind von ihm unter ihrem Herzen. Hebbel war grausam genug, die stille Dulderin mit dem Geständnis seiner Liebe
zu einem anderen Mädchen zu peinigen. Doch am bittersten
hatte der Dichter selbst unter diesen unglücklichen Verhältnissen
zu leiden. All seine Qualen und Schmerzen spiegeln sich wieder
in dem Werk, das er damals schuf, in seiner Tragödie „Genoveva".

Hebbel hielt sich bei seiner „Genoveva" nur an die groſsen
Umrisse der Legende. Die Form, in der er die Legende zuerst
in Wesselburn kennen lernte, war sicherlich das deutsche Volksbuch. Im Detail stoſsen wir auf vereinzelte Übereinstimmungen
mit Müller, Tieck, sogar Raupach. Möglicherweise liegen indessen
auch diese bereits im Stoff.

Hebbels Drama setzt mit Siegfrieds Abschied ein. Wie bei
Müller und Tieck möchte Genovefa ihren Gemahl ins Feld begleiten:

---

1) Tagebücher I. S. 224, 231.   2) Tagebücher I. S. 222, 223.
3) Tagebücher I. S. 220.

> „Ich denk', dafs es im Krieg viel Wunden giebt,
> Und dafs ich Wunden gut verbinden kann."

Wie bei Tieck quälen Genovefa trübe Ahnungen (1). Im Schlofs ist Golo wider seinen Willen zurückgeblieben. Wie im deutschen Volksbuch erfolgt der Ausbruch seiner Leidenschaft, die er vergeblich im zweiten Akt zu zügeln gesucht, im dritten Akt vor Genovefas Portrait. Auch bei Hebbel schürt, wie bei Müller und Tieck, ein Weib Golos Feuer. Bei ihm ist es die Strafsburger Hexe Margaretha, die ins Schlofs kommt zum Besuch ihrer Schwester Katharina, Golos Amme.[1]) Katharinas schwächlicher Charakter und ihr späterer Ausgang erinert an Tieck. Bei letzterem wird kurz berichtet, Gertrud sei krank und in irrem Wahnsinn. Bei Hebbel wirft sich Katharina dem Rappen des zurückgekehrten Siegfried unter die Hufe und wird zerstampft. Bei Hebbel verblafst ihre Rolle vollends vor Margarethas Einflufs. Margaretha inszeniert auch die Entdeckungsszene in Genovefas Schlafgemach. Dragos Versteck daselbst gemahnt an die entsprechende Szene im Volksbuch „Kaiser Oktavian" oder in Tiecks gleichnamigem Drama.[2]) Golos sophistische Schlufsrede bei Dragos Leichnam:

> „Ein Mord! Was ist ein Mord? Was ist ein Mensch?
> Ein Nichts! So ist denn auch ein Mord ein Nichts!" etc.

könnte ein Nachklang sein von Raupachs:

> „Ein erster Fluch — haha! Was ist ein Fluch?
> Kein Pfeil, kein Dolch, kein Gift, ein leerer Schall" etc.

Zwischen den dritten und vierten Akt fällt Golos erster Besuch im Kerker. Wie bei Müller hat Golo der Pfalzgräfin vorgeschlagen, sich von ihm wie auch von Siegfried zu trennen. Vergeblich! Nach diesen entscheidenden Ereignissen erfolgt dann im Anschlufs an das Volksbuch Golos Reise nach Strafsburg, wohin sich indessen auch Margaretha begeben, und die Hexenszene (4), endlich Golos letzter Besuch im Kerker, Genovefas Rettung, Golos Tod (5) und in einem Nachspiel Genovefas Wiederauffindung.

Hebbel schlofs sich bei der Ausgestaltung des Stoffes im wesentlichen seinen Münchener Reflexionen an.

---

1) Diese Verwandtschaft zwischen Amme und Hexe entspricht ja der Sage, ebenso Tieck.
2) Eine ähnliche Szene bereits früher und auch noch später. (Vergl. S 50 u. S. 162.)

Den eigentlichen dramatischen Gehalt der Legende fand Hebbel im Charakter Golos. Den Bösewicht des Volksbuches hatte er für unbrauchbar erklärt.

Das thaten ja auch Müller und Tieck. Sie machten Golo zu einem sentimentalen Schwärmer. Demgegenüber hebt Hebbel mit besonderem Nachdruck hervor, daſs Golo kein Werther ist.[1]) Er schwelgt nicht in seinem Gefühl, sondern kämpft energisch dagegen an. Als ihn jedoch seine Liebe bis zu einem offenen Geständnis hinreiſst, verfolgt er auch diesen Verrat bis in die äuſsersten Konsequenzen.

Um Hebbels Golo in seiner verzwickten Psychologie zu verstehen, müssen wir auf Hebbels eigenen Charakter zurückblicken.

Wir hatten die Verhältnisse, unter denen die Genovefa entstand, bereits berührt. Es bleibt nur noch der Nachweis übrig, inwieweit sie insbesondere auf Golo eingewirkt haben.

Elise Lensing war für Hebbel eine Heilige. „Du bist mir heilig, aber das Heilige reizt ebenso oft zur Empörung, als es zur Anbetung zwingt."[2]) Seine „Anbetung" war allerdings nicht die heiſse Liebe, wie sie Golo zuerst für Genovefa empfindet. Eine ähnliche Glut loderte jedoch in Hebbels Leidenschaft für Emma Schröder.[3]) Wie Golo konnte Hebbel seine Liebe nur durch Verrat zu stillen hoffen, Golo durch Verrat an Siegfried, Hebbel durch Verrat an Elise. — In Golos Charakter goſs Hebbel seine eigenen Seelenqualen. Derselbe Rechtfertigungstrieb, dasselbe Einsamkeitsgefühl beseelen Hebbel wie Golo. Bereits Emil Kuh hebt hervor, daſs Hebbels Drama unter der allzu groſsen Schwere des Bekenntnisses leide und daſs auf die „Genoveva" Hebbels Satz zutreffe: „Der Mittelpunkt der Hitze ist der

---

1) Nur wenige Anklänge. So heiſst es einmal:

> „Er scheint mir sehr
> In Trübsinn und Melancholie versenkt."

Ein andermal sagt Siegfried:

> „Ihr, Golo? In der Nacht noch? Und so bleich
> Und abgehärmt, als kämt Ihr aus der Gruft?"

2) Tagebücher I. S. 194.

3) Später schwand diese Leidenschaft infolge von Klatschereien. 1843 sah Hebbel Emma wieder, „eine Erscheinung von wunderbarem Liebreiz, dämmernd wie der Sternenhimmel in einer duftigen Nacht". (Tagebücher II. S. 4.)

Frost", oder, wie Otto Ludwig sagt: „Hebbel ist heifs, wie es
Schneewasser ist, von dem die Kinder sagen, es brenne die Haut."

Hitzig genug ist zuerst Golos Leidenschaft. Sie erwacht,
als Genovefa in der Abschiedsstunde die ganze Tiefe ihrer Liebe
dem Gemahl offenbart.

> „Nur, weil die Heil'ge Weib ward, lieb' ich sie,
> Nur, weil ich sah, wie süfs sie küssen kann."

Vorher hatte Golo noch wünschen können, statt im Schlofs
zurück zu bleiben, lieber an Siegfrieds Seite gegen die Mohren
zu kämpfen. Jetzt raubt er der Ohnmächtigen einen Kufs. Golos
Sinnlichkeit bricht in seiner Liebeserklärung vor Genovefas Portrait besonders stark hervor. Doch kann man nicht verkennen,
dafs bereits hier seine stetige Reflexion die elementare Wucht
der Leidenschaft lähmt. Wen Liebesbrunst bewältigt hat, wird
schwerlich lange Reden halten! Nach Golos Zurückweisung verflüchtigt sich dann seine bisherige Glut mehr und mehr.

Hebbel sagte: „Hafs des Gegenstandes, der ihn, wenn auch
unbewufst, mit sich selbst entzweite, mischt sich von Anfang an
in sein süfsestes Gefühl." In der That könnte man als Motto
auf Hebbels Drama die Worte Heinrichs von Kleist setzen:

> „Verwirr' mir meine Gefühle nicht!"

Golo zertrümmerte einst sein Saitenspiel, weil ihm die
mörderisch-tiefen Töne Schauer durch das Mark jagten. Auch
Genovefa gefährdet seinen Seelenfrieden; sie zerstört seine innere
Harmonie. — Golo hatte wiederholt verzweiflungsvoll gegen sich
selbst gekämpft. Er klettert auf einen steilen Turm, um die
dort nistende Dohlenbrut zu vernichten.

> „Du aber, Gott, beschirm' mich nicht!
> Ich fürcht' mich selbst, drum wend' ich mich an dich!
> Brech' ich nicht Hals und Bein zu dieser Stund,
> So leg' ich's aus: ich soll ein Schurke sein." —

Das halsbrecherische Wagnis gelingt. Noch hofft Golo, seine
Liebe zu unterdrücken. Genovefa weiht sein Schwert als Hort
der hartbedrängten Unschuld.

> „Zu schlimm bedrohter Frauen Schutz
> Hast du mein Schwert geweiht; ich will für dich
> Es zücken auf mich selbst, wenn — du's gebeutst."

Sowohl in der Bilderszene, wie auch in der letzten Kerkerszene legt Golo sein Leben in Genovefas Hand. Auch Gott versucht er nochmals. Auf einer Jagd stürzt er sich einem Hirsch ins Geweih. — Als jedoch weder Gott noch Genovefa seinen Tod will, wendet er sich um so entschlossener gegen die Pfalzgräfin.

Hebbel warf in seinen Betrachtungen die Frage auf: „Kann Golo sich sicher fühlen, wenn Genovefa rein bleibt?" und antwortet mit „nein". Indessen dieses Motiv betont weniger Golo als die geriebene Margaretha. Was Golo zunächst vorwärts zieht, spricht er klipp und klar aus:

> „Ich treib' die Sünde bis zum äufsersten,
> Nur um zu sehen, ob's auch Sünde war."

Zeigt es sich, dafs Genovefa nur aus konventioneller Sittlichkeit seine Liebe verschmähte, dann „hatte er ein Recht zur Jagd".

> „Drum vorwärts! Immer vorwärts!
> Und wer weifs!
> Sie ist mit dir aus gleichem Stoff gemacht,
> Der Stoff, du siehst an dir, hält's Feu'r nicht aus."

Bald mufs Golo erkennen, dafs Genovefa aus anderem Stoff gefertigt, dafs sie gar kein Weib, sondern eine Heilige ist!

> „Ich wollte sie
> Erniedrigen. Das war der einz'ge Weg,
> Der mir noch blieb, mich wieder zu erhöh'n.
> Sie aber hat, wie jener edle Stein,
> Für jeden Schlag durch einen Funken sich
> Gerücht, der sie verklärt." —

Von seiner Sünde ist Golo also überzeugt! Es gilt nur, ihre ganze Tiefe zu ermessen und die gestörte Einheit in seiner Psyche auf jeden Fall wiederherzustellen. Erst angesichts der unschuldigen und doch zum Tode hinweggeschleppten Genovefa hätte Golo die Gewifsheit gehabt, dafs sein Verbrechen von vornherein den Mord im Schofse trug. Auf diese Gewifsheit kommt es ihm an, nicht auf die That. Was ist ihm überhaupt Genovefa? Er liebte sie, weil er in der kalten Heiligen ein holdes Weib erblickt. Der Rausch war bald verflogen! Er hafste sie, weil Genovefa sein Gefühl verwirrt. Doch auch der Hafs mufs schwinden, sobald Golo über sich selbst wieder im klaren ist. Weshalb also die Pfalzgräfin ums Leben bringen? Ihr Tod wäre ja eine ganz überflüssige Grausamkeit! Golo kann und will es

daher nicht glauben, daß Balthasar, statt die Gräfin zum Quell
zu führen, wo Golo ihrer als Retter harrt, sie schon vorher er-
mordet hat. Früher hatte Golo gesagt:

> „Doch, Trotz, ich schelt' dich darum nicht! Du hast
> Mich mit mir selbst bekannt gemacht, ich weiß
> Jetzt, wer ich bin, und was auch kommen mag:
> Gott thut mir recht und Gott allein hat recht."

Jetzt ruft er voll Bitterkeit:

> „Du! Du! Ich nehme mein Wort zurück!
> Das ist nicht recht!" —

Golos Verhängnis besteht in dem Zwiespalt seiner eignen
Brust. — Harmonie um jeden Preis! Entweder Gott oder Teufel!
Nur nicht nach Art dieser Dutzendseelen den Tugendriß mit
Selbstverachtung flicken oder vor einem hohen Gerichtshof pater
peccavi stammeln! Da ihm der Himmel verschlossen wird, weiht
er sich der Hölle. Aber das gute Prinzip steckt ihm zu tief in
den Gliedern.

Golo ist kein Renaissanceheld, kein Übermensch, vielmehr
durch und durch modern, zerfressen von Reflexion. Er philo-
sophiert sich in seinen Mord hinein. Er glaubt die Ethik in
seinem Innern ausgelöscht und doch hält steten Schritt mit
seinem Verbrechen — die Reue!

Keine irdische oder himmlische Gewalt kann Golo so auf
die Folter spannen wie er sich selbst. Er ist Verbrecher und
Henker in einer Person! — Seiner Selbstqual gegenüber verblassen sogar die Schrecken des Todes. Ja, der Tod bedeutet
für Golo höchstens eine Erlösung. Hebbel selbst erklärt in
der Vorrede seines Dramas, „daß Golos Selbstverstümmelung am
Schluß, dies einfache Ergebnis seines Charakters und der un-
geheuren Situation, so wenig den tragischen Donner verstärken,
als der poetischen Gerechtigkeit genug thun soll".

Während Golo mit wahrhaft bewundernswerter Psychologie
gezeichnet ist, entbehrt Hebbels Genovefa aller Individualität.
Ihre irdische Liebe war nur ein Wahn. Sie ist und bleibt eine
Heilige, keusch und kühl bis in die Fingerspitzen. Aus ihrer
Unschuld wird bei Hebbel völlige Verständnislosigkeit. Bekommt
es doch Genovefa fertig, Golos Beistand anzurufen, als bereits
Drago unter dem Bett hervorgezogen wird! Auch in der Kerker-

szene verhält sie sich passiv. Nur ihre Mutterliebe flackert ein
wenig auf. Im übrigen fehlt jeder Ausdruck innerer Teilnahme
oder gar des Abscheus. Wie heißt es doch? „Genovefa sei im
Gedicht der lindernde, milde Mond hinter Sturm- und Gewitterwolken.“ Wie der Mond wandelt sie still ihre Bahn, ohne zu
ahnen, daß sie es ist, die unten auf Erden Ebbe und Flut erregt,
jene dunkle Flut, die Golo rettungslos verschlingt . . . .

Zwischen Golo und Genovefa steht Siegfried. Eine undankbare Rolle! Um so mehr muß man anerkennen, was Hebbel daraus
geschaffen. — Er hatte Siegfried als den eigentlichen Schuldigen
bezeichnet. Dieser Gesichtspunkt ist scharf herausgearbeitet.

Siegfried trägt die Schuld, weil er den heißblütigen Jüngling wider dessen Willen im Schloß zurückläßt, vor allem, weil
er Genovefas Treue bezweifeln kann.

Genovefa hofft noch im Kerker auf ihren Gemahl:

> „Es giebt nur einen Mann,
> Der mir vertrauen muß; denn Einen nur
> Ließ ich hinab in meine Seele schau'n.“

Sie bricht erst zusammen, als auch Siegfried an ihre Treulosigkeit glaubt.

> „Er hat mich so geseh'n, wie Gott mich sieht;
> In dieser Stunde fängt mein Elend an.“ —

Graf Siegfried ist gewiß ein tapfrer Ritter und gutherziger
Charakter, aber sein Intellekt scheint weniger entwickelt als sein
Gemüt. Die Frauen sind ihm ein Rätsel. „Was einem Weibe
möglich ist, wer hat's erforscht!“ Die Männer dagegen glaubt
er zu kennen! Die sind sicherlich alle so brav und harmlos wie
er selbst! Deshalb traut er blindlings Golos Vorspiegelungen.

Ein bedauernswerter Mann, dieser kindliche Siegfried! Im
Grunde genommen hat er sich auf seinem Schloß nie behaglich
gefühlt. Genovefa war auch gar zu frostig . . . . . . Seinem stillen
Ideal entspräche vielmehr Maler Müllers Genovefa. Sein Harnisch
müßte stets blitzblank sein, geschäftig müßte das Spinnrad
surren und sein Weib, auf dem glattgescheitelten Haar die Haube
und am Gürtel die klirrenden Schlüssel, müßte aufgehen in der
Sorge für Keller und Küche. — Wie freut sich Siegfried, als er
in Genovefa endlich, endlich das liebende Weib zu erkennen
glaubt! Doch der wahre Kern ihres Charakters bleibt ihm stets
verschlossen. Der psychologische Scharfblick ist dem Bieder-

mann versagt. — Trotz alledem macht Siegfried einen sympa-
thischen Eindruck. Es steckt in ihm ein echtes Stück „Siegfried"-
Natur. Sonnig sein Blick, männlich sein Herz und unschuldig
sein Gemüt. Selbst Golo ist erschüttert von seinem Schmerz und
gerührt von seinem Edelmut. — Sympathisch berührt zunächst
auch Siegfrieds Verhalten bei der Auffindung Genovefas. Der
Pfalzgraf ist natürlich tief bewegt. Er will sogar, wie im Volksbuch, Einsiedler werden. Aber er hat sich bald gefaßt und fragt
ganz naiv:

> „Nicht wahr, an sieben Jahren war's genug?
> Nun fangen andre sieben Jahre an!
> Die sind das wenigste!" —

Offenherziger konnte er seine Verständnislosigkeit wohl kaum
aussprechen!

Dafür, daß er, der Durchschnittsmensch, nach einem Weib
wie Genovefa einst die Hand ausstrecken durfte, erleidet er nun
die herbe Strafe. — „Nur sieben Tage noch!" betet Genovefa.
Länger als sieben Tage würde es die Heilige an ihres Gatten
Seite schwerlich aushalten. Hatte sie doch schon im Kerker
ihrem Peiniger zugerufen:

> „Hier ist mein Hals! Macht schnell! Ich will es nicht
> Erleben, daß mein Herz sich von ihm kehrt,
> Und ach, ich fühl's, daß dies geschehen kann!" —

Der Tod löst hier ein Band, das nicht mehr dauernd zu
verknüpfen war.

Thätig in den Gang der Handlung greift von den übrigen
Personen nur noch die alte Margaretha ein. Drago dagegen,
grundhäßlich, blatternarbig, alt und einfältig, bleibt im Hintergrund. Nur einmal wird er, freilich wider seinen Willen, für
die Handlung bedeutungsvoll: als er sich von Golo überreden
läßt, unter Genovefas Lager zu schleichen und so ihre Treue zu
bewachen. Für diese Thorheit muß er mit seinem Leben büßen;
denn der hitzige Kaspar stößt ihn sofort nieder. — Wie Drago
spielt auch die Amme eine nur unbedeutende Rolle. An Katharinas Stelle tritt ihre Schwester Margaretha. — Hebbel hat das
kupplerische, abgefeimte Weib prächtig charakterisiert. Margaretha durchschaut sofort Golos Liebe, sie macht ihm klar, daß die
Gräfin seinen Verrat nicht verschweigen könne. Sie heckt den
Plan aus, Drago in Genovefas Schlafgemach zu verstecken und

so den Schein der Schuld der Pfalzgräfin aufzubürden. — Bis dahin ist ihre Rolle wohl motiviert. Auf derartige plumpe Gemeinheiten wäre Golo bei seiner steten Selbsttüftelei schwerlich verfallen! — Im vierten Akt jedoch erscheint Margaretha in ganz anderer Beleuchtung. Das Scheusal von Weib verwandelt sich in eine wirkliche Hexe. Mystische Zauberformeln tönen aus ihrem Mund. Sie gerät in die höchste Ekstase. Am Ende taucht sogar Dragos Geist auf und verkündet ihr, daß sie nach sieben Jahren sterben, aber vorher noch das Bild der neuen Heiligen reinigen werde. —

Auch im deutschen Volksbuch und bei Tieck wird Siegfried durch das Blendwerk einer Hexe getäuscht. Das niederländische Volksbuch, Maler Müller und Raupach haben die Szene gestrichen, und dies unbedingt mit Recht. — Der verwundete Siegfried ist ja schon vorher, gleich nach Golos Bericht, von Genovefas Treulosigkeit überzeugt. Es gilt nur, sein Blut genügend zu erhitzen, damit er Golo beauftragt, Genovefa sofort zu töten. Dazu aber bedarf es wohl kaum eines so großen Apparates. Kann Siegfried an Genovefas Buhlschaft mit dem ekligen Drago überhaupt glauben, so würden wir uns auch nicht wundern, wenn er voll Wut das Todesurteil möglichst schnell vollstrecken ließe.

Höher als die, wie uns dünkt, verfehlte Rolle der Hexe, stellen wir die andern Episodenrollen. — Sie variieren zum Teil das Thema der Treue und Entsagung.

Der Ritter Tristan ist ein männliches Seitenstück zu Genovefa und eine Kontrastfigur zu Golo. In seiner Erzählung tritt jedoch stärker als seine Treue die milde Entsagung der Heidin Fatime hervor. Tristan ist ein scharfer Beobachter; seine Erzählung richtet sich wesentlich an Golos Adresse. — Die übrigen Episodenrollen dienen zur Kennzeichnung des Zeitalters. So der alte, verfolgte Jude, so die verschiedenen Diener und Jäger, die fast alle einen Mord oder Diebstahl auf dem Kerbholz haben. — Glänzend geradezu ist die Rolle des tollen Klaus durchgeführt. Wie in der „Judith" ein Hauch aus dem Alten Testament weht, wenn Jehovah in dem bisher blinden und stummen Daniel einen Propheten erweckt, so erwacht auch in uns die wundersame Stimmung des Mittelalters, als Klaus die fromme Pfalzgräfin aus der Hand der Mörder errettet.

Diese glänzende Charakteristik einzelner Gestalten vermag

jedoch nicht über die Hauptgebresten des Dramas hinwegzu-
täuschen.

Wohl ist Hebbel mehr als Müller und Tieck den Anforde-
rungen des Theaters gerecht geworden. Statt einer dramatisierten
Historie oder einer dramatisierten Legende hat er ein Drama er-
schaffen, ein Drama indessen, das durch seine überwuchernde
Monologform episches Gepräge erhält. — Zuerst steckt in Golos
Selbstgesprächen noch soviel Kraft und Bewegung, daſs wir den
Fehler kaum bemerken. Die Exposition ist sogar tadellos.
Störend wirkt der epische Gehalt bereits im dritten Akt und vom
vierten Akt an überwiegt er ausschlieſslich. Hebbel gestand später
selbst, daſs Golo vom vierten Akt an mehr Selbsterkenntnis und
Bewuſstsein hat, als er haben darf.[1]) Was aber noch schlimmer
ist: der vierte Akt ist ja völlig überflüssig. — Die breite Erzählung von Golos und Katharinas Besuchen im Kerker wirkt
nur ermüdend. Unseren Einwand gegen die Hexenszene haben
wir bereits dargelegt. Man mache nun einmal den Versuch, dem
eben von der Reise heimgekehrten Kaspar die Meldung in den
Mund zu legen, er habe den verwundeten Siegfried in Straſsburg
getroffen und dieser habe auf die Meldung von Genovefas Schuld
seine Gemahlin zu sofortigem Tod verurteilt. Als Wahrzeichen
übersende er Ring und Schwert. So erhielte man einen unmittelbaren Übergang zum fünften Akt, ohne daſs im Drama eine
Lücke entstände.

Hebbel hat seinen fünf Akten 1851 noch einen Epilog an-
gefügt.[2]) Holtei riet dem Dichter, er solle einen sechsten Akt
schreiben, „wo die Pfalzgräfin einzieht in ihres Schlosses Hallen
mit Schmerzenreich, und ihren Siegfried umarmt; ja bis zur
Hirschkuh wollt' ich Sie bringen!"[3])

---

1) Tagebücher I. S. 266.
2) Zuerst veröffentlicht in Kühnes „Europa" (Nr. 15. 19. Februar 1852).
3) Emil Kuh II. S. 433. — Vergl. dazu folgende Stelle in Holteis
fast gleichzeitig entstandenem Roman „Die Vagabunden" (1. Aufl. Breslau
1852; 3. Aufl. 1895. S. 595): „Ich kann Ihnen gar nicht sagen, was in
mir vorgeht, wenn ich Hebbels eigentümliche Dichtungen mit den albernen,
treuherzigen Stücken vergleiche, die ich damals . . . . . . aufführen sah.
Bei der Judith muſs ich dem Dichter unserer Tage unbedenklich den Sieg
zuerkennen, aber bei seiner Genovefa, obschon der Golo, wie er ihn schuf,
eine erhabene Produktion ist, fehlt mir etwas . . . . . . ich meine die Versöhnung. Und wenn ich jemals mit Hebbel zusammenträfe, wollte ich ihm

Die romantische Färbung dieses Epilogs sticht seltsam ab von den grellen Schlußszenen des fünften Aktes. Hebbel hat jedoch Genovefa viel zu passiv gehalten, um nachträglich noch an ihrem Schicksal Teilnahme zu erwecken.

In Hebbels Drama konzentriert sich unsere Teilnahme auf Golo.

Mit Golo steht und fällt das ganze Stück. So lange sich Golos Charakter entwickelt, reißt uns der Dichter trotz der vielen Monologe unaufhaltsam mit sich fort. Doch die epische Selbstzerfaserung greift mehr und mehr um sich. Dem dramatischen Leben geht schließlich unter dem eisigen Sturzbad der Reflexion der Atem aus.

Auch unsere Sympathie erlischt.

Ein Held, dessen Leidenschaft so bald verfliegt, der ein edles Weib, eine Heilige sogar, nur quält, um sich selbst noch mehr zu peinigen, ein solcher Held erregt weder Furcht noch Mitleid, höchstens pathologisches Interesse.

Ein solcher Held paßt aber am allerwenigsten zu einem mittelalterlichen Stoff! Das ist ja ein Anachronismus, fast noch ärger als der Müllers und Tiecks![1])

Wie in diesem negativen Ergebnis berührt sich Hebbel mit jenen seinen Vorgängern noch in anderer Hinsicht: in seiner polemischen Richtung. Maler Müller bekämpft die Schranken der Konvention, Tieck den seichten Rationalismus, Hebbel die bestehende Ethik. Hebbel schlägt dabei eine verwandte Saite der mittelalterlichen Litteratur an.

Die geistlichen Dichter hetzten ja mit Vorliebe gegen die sündhafte „Frau Welt".

Vielleicht hat bereits der fromme Dichter der ursprünglichen lateinischen Legende die bittere Anklage gefühlt, die darin liegt, daß eine Heilige vor den Menschen in die Wildnis fliehen muß.

Hebbel wenigstens hat diese Anklage deutlich herausgefühlt.

Als Genovefa im Kerker Golo zu Füßen sinkt, sagt er beiseite:

„Die Welt
Ist umgekehrt. Sie kniet. Sie kniet vor mir!"

---

nicht eher Ruhe gönnen, als bis er mir verspräche, ein Nachspiel hinzuzufügen."

1) Daher denn auch (1851) Scheffels Spott über Hebbels Golo in seiner Schilderung „Aus den rhätischen Alpen" („Reisebilder" 2. Aufl. S. 18).

Welcher Hohn liegt in dieser Situation, überhaupt in der ganzen Kerkerszene des fünften Aktes! Der Schluß klingt wie eine Satire:

Golo (geht auf die Thür zu, mit erhobener Stimme): Auf solche Thaten folgt ein solcher Lohn!

Genovefa: Mensch!

Golo (öffnet die Thür): Ehrenwerte Männer, tretet ein! —

Die „ehrenwerten Männer" sind natürlich die Mörder. Und von ähnlichen Subjekten wimmelt das ganze Drama! Wir lernen hier die Gemeinheit in allen Schattierungen kennen. Da haben wir die charakterlose Schwächlichkeit der Katharina, die naive Spitzbüberei der Dienerschaft, den Fanatismus des Juden und der ihn verfolgenden Menge. Selbst der gutmütige Drago ruft, allerdings aus Zorn über Genovefas Verdächtigung:

> „Nennt mir den Buben, der so niedrig sprach, —
> Ich zeig' noch heut' Euch, daß ich morden kann."

An der Spitze all dieser Schurken und Mörder marschieren Golo und Margaretha. Wunder nimmt uns besonders Margarethas beherrschende Rolle. Mußte denn das böse Prinzip schlechterdings in einer Hexe gipfeln? Wir haben bereits ihre Überflüssigkeit für den weiteren Verlauf der Handlung dargethan, wir haben auch erwähnt, daß zwischen ihrer anfangs so realistischen Charakteristik und der tollen Phantastik der Hexenszene ein Bruch zu liegen scheint. Woher derartige Fehler? Sie erklären sich aus der unbedingten Gegenüberstellung Genovefas und Margarethas. Wie Genovefa beim Beginn des Dramas das liebende, reine Weib, ist Margaretha zunächst die haßerfüllte, gemeine Vettel. Später kommt sie in dasselbe Verhältnis zum Teufel, wie Genovefa zu Gott.

Margaretha haßt die Gräfin „wie die Nacht den Tag". Die Vermittlung aber dieser schroffen Gegensätze, den Übergang vom Licht zum Dunkel, stellt Golo dar.

Durch Golos Hervortreten und Margarethas erhöhte Bedeutung gewinnt indessen das Prinzip des Bösen noch mehr das Übergewicht als sonst schon. Auf der einen Seite eine ganze Galerie von Bösewichtern, auf der anderen?

Der Pfalzgraf mit seinem Zweifel an der Tugend kann doch hier nicht in Betracht kommen. Ritter Tristan spielt nur eine unbedeutende, passive Rolle.

So blieben denn noch: eine Heilige, eine Heidin (!) und — ein Wahnsinniger (!!). Ja, der tolle Klaus muſs erst der irdischen „Gerechtigkeit" in den Arm fallen, um die Heilige zu retten!

Das Schluſsergebnis, zu dem so der moderne Dichter bei Abschätzung von Gut und Böse gelangt, ist nicht minder kläglich als das der mittelalterlichen Dichter oder der Pfaffen. Hebbel bricht den Stab über die ganze Menschheit.

> „Was einer werden kann,
> Das ist er schon, zum wenigsten vor Gott!"

„Diese fürchterliche Wahrheit ist durch das Ausstreichen aus der Genovefa keineswegs abgethan. Derjenige, der einen Mord verübte, und derjenige, der ihn des Mordes wegen zum Tode verdammt, worin sind sie unterschieden, wenn Gott, der mit der wirklichen alle möglichen Welten überschaut, erkennt, daſs jener bei einer anderen Verkettung der Umstände der Richter und dieser der Mörder hätte sein können? Wenn man die Gewalt der Äuſserlichkeiten wohl erwägt, so möchte man an aller Wesenheit der menschlichen und jeder Natur verzweifeln."[1])

Der hier so schroff ausgesprochene Gedanke einer allgemeinen Menschheitsverschuldung kommt in Hebbels Drama wiederholt zum Ausdruck, durch den Juden, Golo, Siegfried.[2])

Ihn verkündet ja auch die Kirche: „Wir sind allzumal Sünder." Sie verheiſst uns jedoch den Beistand der Heiligen und die Gnade Gottes. Und Hebbel?

Auch Hebbel redet in seinem Tagebuch von der „christlichen Idee der Sühnung und Genugthuung durch Heilige"[3]), und wer die sündige Menschheit entsühnen soll, darüber läſst Dragos Geist keinen Zweifel:

> „Die Welt ist um, wo der befleckte Ball
> Der Erde neu entzündigt werden muſs,
> Wenn nicht der Donner aus der Hand des Herrn,
> Die schon sich hob, zermalmend fallen soll.
> Er that im Anbeginn den Gnadenschwur,
> Daſs er das arme, menschliche Geschlecht

---

1) Tagebücher I. S. 291.
2) „Dann ist das Maſs der Zeit erfüllt" etc. S. 106. „Ich wollte, daſs dein Fluch die Welt zersprengte" etc. S. 108. „Sie war das schöne Zifferblatt der Welt" etc. S. 218. — Wir citieren hier nach „Hebbels Werken", Hamburg 1891. I.
3) Tagebücher I. S. 243.

> Nie tilgen will, wenn alle tausend Jahr
> Auch nur ein einziger vor ihm besteht.
> Auf Genovefa schaut sein Auge jetzt
> Herab und sieht die andern alle nicht;
> In sieben langen, langen Jahren wird
> Sie dulden, was ein Mensch nur dulden kann.
> Ich sah's mit Schaudern, und ich sah doch auch
> Von fern die Krone schon, die ihrer harrt.
> Dann endlich ist die Zeit der Prüfung aus,
> Still geht sie ein zur ew'gen Herrlichkeit,
> Und ein Gefühl erneuter Zuversicht
> Durchdringt belebend jede Menschenbrust."

Genovefa ist also nicht eine Heilige schlechtweg, auch nicht (wie bei Tieck) Maria mit dem Jesusknaben, sie ist der wiedererstandene Christus!

Gelang nun Hebbel die Durchführung dieser Christusidee?

Überaus bezeichnend dünkt uns sein Eingeständnis gegen Kühne: „Er (der Epilog) wird Ihnen beweisen, daſs ich thue, was ich kann, um meinen Arbeiten das allzu Schroffe zu nehmen. Wie ich das Stück schrieb, war er zwar gleich anfangs beabsichtigt, aber ich konnte ihn zum Schluſs nicht ausführen, ich war zu sehr vom Wirbel des fünften Aktes umstrickt." [1])

Ich war zu sehr vom Wirbel des fünften Aktes umstrickt! Mit anderen Worten: Das Interesse an Golo hatte mich gar zu sehr gefangen genommen, so sehr, daſs ich ob Judas Ischarioth den Erlöser völlig vergaſs. —

Je länger wir in Golos blasses Antlitz starren, desto mehr gemahnt es uns an Christi einstigen Apostel.

Aus Judas' Mund tönt das furchtbare Wort „Gottesmord". Und nun wiederholt sich alles, alles, was wir einst in Bibel und Legenden gelesen.

Wie Judas vom Heiland sich lossagt, wie ihn die Reue packt, wie er den Herrn vergeblich zu retten sucht, und wie Judas verzweiflungsvoll mit eigener Hand die Strafe an sich vollzieht.

In die Seelenqual dieses Selbstmörders fällt jedoch kein Lichtstrahl von oben, schon deshalb nicht, weil die Idee der Sühne

---

1) Briefwechsel I. S. 439.

bei Hebbel nur auf dem Papier steht, weil sie nicht Fleisch und Blut gewinnt.

Auch Christus mufste erst Mensch werden, um den befleckten Erdball zu entsündigen. Genovefa wird nicht Mensch, sie bleibt eine „Heilige", ein farbloses Symbol, wie ihr erst nachträglich konstruierter[1]) Gegenpol, die „Hexe".

Jene Frage, die Genovefa früher im Hinblick auf Christus geäufsert, drängt sich uns bei ihrem Schicksal noch verstärkt auf die Lippen:

„Viel kann ich fassen, eins doch fafs' ich nicht,
Nicht fafs' ich's, wie das menschliche Geschlecht
Die Sündenschuld, die lastend es bedrückt,
Durch aller Sünden ungeheuerste
Hat tilgen können, durch den Mord an Gott."

Der Gesamteindruck von Hebbels Tragödie ist daher ein tief niederdrückender.

Wohl oder übel müssen wir dem ausgesprochensten Antipoden Hebbels, Emanuel Geibel, recht geben:

„Fels um Fels mit Gewalt auftürmt dein Genius, Hebbel.
Doch kein lebender Quell rauscht aus dem harten Gestein.
Hätt'st du die Sühnung zur Kraft, dicht würde das Volk dich
                                               umjauchzen,
Während du nun einsam ragst wie ein Memnon im Sand." —

Das Volk umjauchzt Hebbel allerdings nicht. Kein Backfisch zählt ihn zu seinen Lieblingen. Nur selten wagt sich eine Bühne an den einsamen Memnon heran. — Als erster plante Dingelstedt eine Aufführung in München (1851). Sie kam nicht zu stande, obwohl Hebbel sein Stück stark kürzte.[2])

Im Wiener Burgtheater gelangte Genovefa unter dem Namen „Magellona" („weil Kirchenheilige wohl auf dem Theater an der Wien, wo Raupachs Genovefa alle Jahre einmal knickst, aber nicht auf dem Burgtheater erscheinen dürfen") zur Darstellung (20. Januar 1854). „Zerfetzt, zerstückt, zerrissen, zerschlissen" errang sie

---

[1]) Die ursprünglichen Gegenpole der Sage sind doch Genovefa und Golo!   [2]) Briefwechsel II. S. 13—46.

zwar Erfolg[1]), wurde jedoch nach nur sechsmaliger Aufführung
wieder abgesetzt.   Laube meinte, „Hebbel besäfse gar keine
plastische Phantasie. Geist, Geist, aber keine Gestalt!" — Im
Sommer 1858 löste auch Dingelstedt sein Versprechen ein.   Er
war inzwischen nach Weimar gegangen. Die dortige Aufführung
brachte dem anwesenden Dichter reiche Ehren.   Das Publikum
bereitete ihm lebhafte Ovationen. Der kunstliebende Grofsherzog
verlieh ihm den Falkenorden.[2]) — Am 4. Januar 1897 entschlofs
sich auch das Berliner Königliche Schauspielhaus zur Darstellung
derselben Genovefa, die einst die Intendanz dem Dichter zurück-
geschickt hatte, weil Herrn Raupachs Genovefa das Repertoire
beherrschte.[3])   Matkowsky spielt jetzt den Golo und Rosa Poppe
die Genovefa.[4])

Ein Kassenstück freilich dürfte Hebbels „Genoveva" nie werden.

Unser Publikum, an einen mehr physiologischen Naturalismus
gewöhnt, fällt bei Golos Selbstverstümmelung natürlich nicht in
Ohnmacht wie einst Emma Schröder[5]), bebt jedoch zurück vor
einem so raffiniert psychologischen Naturalismus.   Die Litteraten
indessen im Foyer raunen sich Heyses tiefsinnige Worte zu:

> „Er hat eine Phantasie,
> Die unterm Eisen brütet."!!

---

1) Briefwechsel II. S. 160. I. S. 413. — Tagebücher II. S. 380.
„Nach jedem Akt wurde ich gerufen und zum Schlufs zweimal. Auch der
Kaiser war anwesend und blieb, was er bei Trauerspielen fast nie thut, bis
zum Schlufs."

2) Briefwechsel II. S. 260 u. 596.   3) Tagebücher I. S. 246.

4) Seltsame Blüten zum Teil zeitigte bei dieser Gelegenheit die Berliner Kritik. Ein angesehener Kritiker sprach von Golos „sadistischen Gelüsten" und führte als Beleg an:

> „Durchs Foltern war sie immer wärmer noch,
> Vielleicht ist sie am wärmsten, wenn sie stirbt."

Schade nur, dafs bei Hebbel statt „warm" immer „schön" steht, und
dafs Hebbel gar nicht von körperlicher, sondern seelischer Schönheit spricht!
Ein derartiges Hineininterpretieren erinnert an den Witz, den sich Rudolf
von Gottschall in seiner „Nationallitteratur" III. S. 495 leistet. Nach
Gottschall trägt die Hauptschuld — Genovefa. „Der materiellen Weltanschauung eines Hebbel müsse Genovefas platonische Entsagung als die
Verkümmerung ungenossener Schönheit erscheinen."

5) Tagebücher I S. 239.

Hebbel hatte den dramatischen Gehalt der Legende nur in Golos Charakter gefunden. Otto Ludwig fand ihn im Charakter Genovefas. Jene Christusidee, die Hebbels Judastragödie versöhnend durchklingen sollte, konnte er, der Realist, dem Shakespeare als unbedingtes Ideal vorschwebte, nicht gebrauchen. Ludwig verzichtet auf ein Salto mortale in metaphysische Regionen.

Genoveva.

Ein Trauerspiel in 5 Aufzügen
(Fragment)
von

Otto Ludwig.

Der Genovefanachlaſs Otto Ludwigs, in dem Goethe-Schiller-Archiv zu Weimar befindlich[1]), besteht aus einem groſsen Planheft und drei kleineren Heften, die den gröſsten Teil des ersten Aktes in drei Fassungen und auſserdem, im zweiten Heft, Szenen des zweiten und dritten Aktes enthalten. Wir bezeichnen die drei Fassungen des ersten Aktes mit A, B, C. Gemeinschaftlich ist ihnen die mittlere (vierte) Szene, Siegfrieds Abschied von seiner Gemahlin und deren Härte gegen Else. Diese mittlere Szene nun, die in allen Fassungen nur ganz unerhebliche Verschiedenheiten aufweist, hat Erich Schmidt herausgegeben.[2]) Voran war ihm Heydrich gegangen.[3]) — Auch Heydrich bringt die mittlere (vierte) Szene und sogar die Schluſsszenen, soweit diese von Ludwig ausgeführt sind. Heydrich folgt dabei A, Erich Schmidt dagegen, wie aus geringfügigen textlichen Abweichungen hervorgeht, C. In der That sind A und C die wichtigsten Fassungen, B ist nur ein Durchgangsstadium. Das zeigt sich schon rein äuſserlich: In B stehen die beiden anderen Fassungen nebeneinander, und zwar links auf jeder Seite eine ausgestrichene Abschrift von A, rechts ein Entwurf zu C.

Zu bedauern ist, daſs Heydrich nicht auch die Eingangsszenen von A ungeschmälert gebracht hat.

Unser Anhang soll diese Lücke ausfüllen. Er umfaſst Szene eins, zwei, drei des ersten Aktes nach A als Vervollständigung

---

1) Auch an dieser Stelle dem Direktorium des Archives meinen Dank!
2) „Dramatische Fragmente" von Otto Ludwig. Leipzig 1891.
3) Otto Ludwig „Skizzen und Fragmente". Leipzig 1874.

Heydrichs und den ganzen ersten Akt statt der bei E. Schmidt
losgelösten vierten Szene nach C. — Schliefslich bringt noch unser
Anhang Szenen des zweiten und dritten Aktes nach B. —

Einen Einblick in den eigentlichen Gang der Handlung ge-
währt das grofse Planheft. Ludwig hat allerdings an seinen
Entwürfen soviel herumgefeilt und auch seine Schrift ist derartig
unleserlich, dafs man sich nur mühsam in der Handlung zurecht-
finden kann.[1]

Wir erfahren aus dem Munde der Diener und Vasallen, dafs
der junge, feurige Golo wider seinen Willen als Hüter des
Schlosses zurückbleiben soll. Siegfried nimmt Abschied von
Genovefa. Die Pfalzgräfin verstöfst gleichzeitig ihre bisherige
Lieblingsdienerin Else. Elses Mutter, Margaretha, brütet Rache.
Sie plant, die beiden jungen Leute, Golo und Genovefa, nach der
Abreise des bereits ältlichen Grafen in Schuld zu verstricken.
Sofort beginnt sie Golos Bearbeitung (soweit unsere Fragmente).
Gleiche Versuche macht sie dann auch bei Genovefa (1).

Die Pfalzgräfin erkennt bei Golos Liebeserklärung ihre
eigene heimliche Neigung, weist jedoch den Stürmischen schroff
von sich. Golo kann jetzt nicht mehr zurück, zumal er die
Nachricht erhält, Siegfried sei im Felde verwundet und auf die
Burg seines Vasallen Otho gebracht worden. Er fürchtet Entdeckung. An die Stelle der zaghaft gewordenen Margaretha tritt
ihre Schwester, die Hexe Walpurgis, die inzwischen (nach
Ludwigs letzten Plänen schon im ersten Akt) in das Schlofs
gelangt ist. Walpurgis rät, Siegfried in ihrer, Othos Burg benachbarten, Behausung durch einen Zauberspiegel zu täuschen.
Darauf Abreise Golos zu Siegfried, ohne dafs Genovefa von
alledem etwas erfährt. Golo erklärt nach seinem Eintreffen
bei Otho, Genovefa sei durch Unwohlsein an Reise und Kranken-
pflege verhindert. Siegfried hat gerade in dieser Nacht leb-
haft geträumt und ist unruhig. Scheinbar unabsichtlich erzählt
Golo von einem Zauberspiegel hier ganz in der Nähe. Sofort
will der Graf hinaus, um seine Gemahlin in diesem Zauberspiegel zu sehen. Fürchtet er doch, dafs Genovefa ungleich
schwerer erkrankt sei, als es Golo zugeben will; sonst würde
sie ganz gewifs zu ihm geeilt sein. Vergeblich erhebt Otho

---

1) Besonders schwankend ist auch die Akteinteilung.

seine warnende Stimme. (Diese Szene auf Othos Burg ist ausgeführt.) Im Zauberspiegel der Hexe erblickt der Graf seine Gemahlin in den Armen eines Mannes. Wütend fährt er auf. Golo
soll schleunigst abreisen. Siegfried wird ihm sogleich folgen (2).

Nun muſs die Sache bewiesen werden, womöglich noch vor
Siegfrieds Ankunft. Golo überredet daher den Junker Winfrid,
Elses Buhlen, sich unter Genovefas Bett zu verstecken (auch diese
Szene ist ausgeführt). Früher als man erwartet, trifft der Pfalz-
graf im Schloſs ein. Hinter einem Fenster beobachtet er, wie
Winfrid in Genovefas Gemach einsteigt. Da er selbst wie gelähmt
ist, übergiebt er Golo sein Schwert. Golo sticht Winfrid nieder.
Genovefa wird zum Tode verurteilt (3).

Golo dingt Benno und Heinz zum Morde. Noch einmal versucht er die eingekerkerte Gräfin und bietet ihr Rettung. Als
sie standhaft bleibt, wird sie den Dienern ausgeliefert. Der Köhler
Heinz rettet jedoch Genovefa, auf Elses Veranlassung. Else nämlich
hat bei ihm im Walde Aufnahme gefunden und erbarmt sich jetzt
ihrer stolzen Herrin. Genovefa aber, schwanger wie Else und wie
Else hinausgetrieben bei Nacht und Nebel in die Wildnis des
Waldes, glaubt im Rauschen der Bäume Elses Fluch zu vernehmen. Die Pfalzgräfin und die Dienerin treffen sich dann und
reichen sich versöhnt die Hand (4).

Siegfried hat inzwischen Golo adoptiert. Auf einer Jagd will Golo
den Grafen ins Grundlos stürzen lassen und so sein Erbe baldigst
antreten. Wieder ist Heinz als Werkzeug gedungen. Darauf
gründet Else den Plan, die Gräfin zu rehabilitieren. Benno berichtet Golo die angebliche Ermordung des Grafen. Siegfried selbst
als Lauscher.[1]) Plötzlich naht Genovefa mit Schmerzenreich.
Golo stürzt sich ins Grundlos. Vereinigung der Gatten (5).

Schon diese Inhaltsangabe und noch mehr eine genauere Durchsicht des Planheftes ergiebt starke Anklänge an Tieck und Hebbel.

Die Tochter Margarethas (bei Tieck Gertruds) heiſst Else.
Genovefas Retter ist ein Köhler. Zwei Diener führen den Namen
Benno und Wendelin. Genovefas Klosterzucht wird wiederholt
hervorgehoben. Margaretha verfällt wie Gertrud in Wahnsinn.
Ludwig hatte sogar die Absicht, eine ländliche Hochzeit als

---

1) Nach einer anderen Lesart dingt nicht Golo, sondern die inzwischen
wahnsinnig gewordene Margaretha den Köhler Heinz zur Tötung des Grafen,
dem der Gedungene alles entdeckt.

idyllisches Gegenbild in die leidenschaftliche Haupthandlung ein-
zuflechten.   Auch der Sturz ins Grundlos könnte auf einer
Reminiscenz an Tieck beruhen. — Nicht minder klar ist die Einwirkung Hebbels: Golos widerwilliges Zurückbleiben im Schlofs,
der Hexe Besuch bei ihrer Schwester und deren allmähliches
Zurücktreten, ein Täubchen als Genovefas Lieblingsvogel (Margaretha stiehlt das Täubchen und Golo holt es vom Turm herunter)[1]),
Winfrids Versteck unter Genovefas Bett, die Adoption Golos. —
Zweifelhafter sind vereinzelte Anklänge an Müller. Otho spielt
eine ähnliche beschwichtigende Rolle wie Ulrich.   Bei Ludwig
sagt der Arzt zu Siegfried:

„Man glaubt, sie (die Träume) steigen aus verschiedenen Quellen.
Die meisten sind blofs Dunst, der von dem Herde
Dringt der Verdauung in das Hirn." [2])

Bei Müller: „Träume rühren gemeiniglich von der Verdauung her."

Im Detail bemerken wir also vielfache Abhängigkeit Otto
Ludwigs von seinen Vorgängern. Neu dagegen ist die Rolle, die
hier Genovefa übernimmt.

Mehr und mehr drängte sich Genovefas Gestalt in den Vordergrund. „Der Charakter und die Entwicklungen Genovefas machen
das Stück; daher ist er hauptsächlich zu bedenken. Sie ist die
Trägerin der Idee."

Golo, der ursprüngliche Hauptheld, mufste demgemäfs zurücktreten. — Er sollte frei bleiben von Sentimentalität und
psychologischem Raffinement.[3]) Hauptmotiv Golos sei die Eifersucht. „Das Verhältnis kehrt sich um, der Liebhaber ist eifersüchtig auf den Gemahl, nicht dieser ist eifersüchtig. Golo kann
es nicht vertragen, dafs der Graf sie wieder besitzen soll, er kann
es kaum ertragen, dafs er sie besessen hat."

Wurde schon Golo so in den Hintergrund geschoben, so geschah das natürlich nicht minder bei Siegfried. — Ludwig lehnte
sich bei seiner Gestaltung an Hebbel und Tieck an. Wie Hebbel
spricht Ludwig von Siegfrieds „Urschuld". Aber diese Urschuld

---

1) Vergl. den „Starmatz und die Dohlen" bei Hebbel.
2) Oder Anklang an die „Räuber"?
3) Davon wollte Ludwig überhaupt nichts wissen. „Die Menschen
sind nicht so innerlich, keine Gefühls-, sondern Leidenschaftsmenschen."
„Kein Reflektieren! Immer grofswortig, nachdrücklich, derb, die rohe Zeit
bezeichnend."

besteht doch nur in dem „dummen Streich", den „jungen Titanen"
im Schloſs zurückzulassen (= Hebbel) und dann allerdings in
dem ungleichen Alter (= Tieck). Was will indessen dieser
bloſse Altersunterschied besagen gegenüber Hebbels seelischer
Kluft zwischen Siegfried und Genovefa? Bei Hebbel war der
Pfalzgraf der Hauptschuldige. Bei Ludwig lastet die eigentliche
Schuld nicht auf Siegfried, sondern auf seiner Gemahlin.

Sobald der Dichter Genovefa in den Mittelpunkt der Handlung stellte, sah er sich zur Annahme einer tragischen Schuld
gezwungen. In welcher Richtung diese für ihn lag, zeigt bereits
das erste Blatt seines Planheftes.

„Der Stoff hat die Erfordernisse eines tragischen, einen
natürlichen, notwendigen Zusammenhang zwischen Schuld und
Leiden. Das Leiden ist ein fortwährend gezwungenes Handeln
derselben Leidenschaft, die die Schuld gewirkt, des Frauenstolzes."

Dagegen dürfte nur einzuwenden sein, daſs jenes Motiv des
Frauenstolzes keineswegs im Stoffe liegt, vielmehr vom Dichter
hineingesehen wird.

Erst eine Folge dieses Frauenstolzes, dessen ganze Schwere
Else erfährt, ist Genovefas zweite Schuld. Hier konnte Tieck
dem Dichter einen Anknüpfungspunkt bieten: Genovefas Neigung
zu Golo. Die tugendstolze Dame glaubt sich natürlich erhaben
ob jeder irdischen Schwäche. „Ihre Sicherheit verblendet sie, sie
sieht keine Gefahr und ergreift deshalb keine Waffe. Sie spielt,
ohne es zu wissen, mit Golo und sich selbst; nun auf einmal (bei
Golos Liebeserklärung) wird ihr die Binde vom Auge genommen;
was wie Mutterliebe und Mitleid aussah, ist Geschlechtsliebe
und eine verbotene; sie, die Stolze, die die Else gestraft ohne
Erbarmen, ist nun eines gröſseren Verbrechens schuldig und muſs
sich gestehen, daſs es nicht ihr Verdienst, wenn sie nicht noch
unendlich tiefer sank, sie sieht, daſs sie mit all ihrem Tugendstolze der tiefsten Verderbnis fähig."[1]

---

1) Ein ähnliches Motiv haben wir ja auch in Grillparzers „Des Meeres und
der Liebe Wellen" (Heros Tugendstolz Janthe gegenüber) und in Goethes „Faust".
(Gretchen: „Wie konnt' ich sonst so tapfer schmälen,
          Wenn thät ein armes Mägdlein fehlen!

. . . .

. . . .

Und segnet' mich und that so groſs,
Und bin nun selbst der Sünde bloſs!)

Da haben wir also bei Otto Ludwig denselben Protest gegen die bestehende Ethik wie bei Hebbel, denselben Pessimismus; Otto Ludwig geht nur noch weiter als Hebbel. Hebbels Pessimismus („wenn man die Gewalt der Äußerlichkeiten wohl erwägt, so möchte man an aller Wesenheit der menschlichen Natur und jeder Natur verzweifeln") hatte wenigstens vor Genovefa Halt gemacht und ihr die Rolle des Erlösers zugeteilt. Otto Ludwig zieht auch die letzte Konsequenz; er verneint, daß Genovefa eine Ausnahme sei. Sie nimmt ebenfalls teil an der allgemeinen Menschheitsverschuldung! Der Schrecken der Wildnis bedarf es, sie innerlich zu läutern. Und wie weit ist diese Läuterung von dem rührsamen Schlußeffekt eines Raupach entfernt! „Das Ende darf die tragische Stimmung nicht durch den Ausgang eines Rettungsstückes vernichten. Alle müssen ihre Schuld empfinden. Die Freude über das Finden muß in Siegfried niedergehalten werden durch Mitleid, Schmerz und Reue. Genovefa hat das Gefühl ihrer Schuld an Golos Ende. Nur das Kind bindet als Zukunft beide ans Leben."

In trübster Resignation würde Otto Ludwigs Drama ausgeklungen sein, mit dem deprimierenden Eingeständnis, daß Tugend und Laster Produkte sozialer Verhältnisse sind, daß in der Heiligen ebensogut eine Dirne, wie in der Dirne eine Heilige steckt. Wer wagt es da noch, den ersten Stein auf den Sünder zu werfen? Und wer wagt es, den Heiligen besondere Verehrung zu zollen? Otto Ludwigs Genovefa[1]) ist ein dramatischer Protest gegen den mittelalterlichen Heiligenkultus!

---

1) In der Reihe der deutschen Dramatiker, die den Genovefastoff behandeln, nennt Seuffert („Legende" S. 79) nach O. Ludwig Lamartine. Der Irrtum geht wohl zurück auf Engels „Deutsche Puppenkomödien", Heft 4, S. 6. Engel nennt dort „Lamartine 'Genovefa'. 2 Bde. Stuttgart und Leipzig 1850." Es handelt sich jedoch dabei, was Engel nicht wußte und Seuffert nicht bemerkte, um zwei deutsche Übersetzungen. — Die Angabe enthält demnach drei Irrtümer: 1. der von Seuffert unter den deutschen Dramatikern aufgeführte Lamartine ist der Franzose Lamartine. 2. Lamartine hat gar kein Drama, sondern eine Erzählung „Genovefa" geschrieben. 3. Die Erzählung bezieht sich auf eine Magd Namens Genovefa, hat also mit der Pfalzgräfin gar nichts zu thun.

Fünftes Kapitel.

Kulemann. Anton. Kayser. Wichmann. Lahmann. —
Dingelstedts Travestie.

Während Hebbels Drama und Ludwigs Fragment durch-
sättigt sind von modernem Geist, sind die folgenden Schriftsteller
nur schwächliche Epigonen. Von irgend einer tiefgreifenden Idee
findet sich keine Spur, ebensowenig von Psychologie. Interesse
können sie nur insofern erregen, als sie zum Teil die Nachwirkung
ihrer grofsen Vorgänger, insbesondere Tiecks und Hebbels, verraten.

Golo.

Eine Tragödie in fünf Akten

von

Rudolf Kulemann.[1]

Rudolf Kulemann (1811—1889), einst als freisinniger Geist-
licher vielfach angefeindet, schrieb unter andern einen „Bauernkrieg", einen „Florian Geyer", einen „Thomas Münzer".[2]

Nach einem sozialen Gehalt sucht man indessen in seinem
„Golo" vergeblich.

Seine Golotragödie ist nichts weiter als eine Kompilation
aus der niederländischen Tradition (wohl Christoph von Schmid)
und Tiecks Dichtung.

Der Beginn dieser Tragödie fällt erst nach Siegfrieds Aufbruch zum Krieg.

Der erste Akt schildert das Treiben der Schlofsbewohner,
die dem Oberburgvogt Golo nicht recht gehorchen wollen. Golo
kümmert sich darum wenig. Seine Gedanken sind nur auf Genovefa gerichtet.

Im zweiten Akt erfahren wir aus einigen Andeutungen, dafs
Genovefas Vertraute, Thorhilde, Golos Mutter sei. Doch verweist
sie im übrigen nicht auf Müllers Mathilde, vielmehr auf Tiecks
Gertrud. Wie bei Tieck erfolgt Golos Liebeserklärung vor Genovefas Bild. Dabei scheinbare Anklänge an Hebbel. Wie bei

---

1) Dresden 1883.
2) Im Druck erschien davon wohl nur der „Bauernkrieg" 1851.

Tieck die Amme Gertrud Golos Argwohn gegen Drago erweckt, so bei Kulemann der Stallmeister Wolf, der mit Tiecks Ritter Wolf nur den Namen gemeinsam hat, gegen den Kaplan Hilarius. Hilarius entspricht hier also Drago, auch darin, dafs er sich wie der Drago der niederländischen Überlieferung an der Absendung eines für Siegfried bestimmten Briefes beteiligt. Wie Drago wird auch Hilarius von dem dazwischen tretenden Golo sofort niedergestochen. Genovefa, der Buhlschaft mit Hilarius bezichtigt, mufs dafür im Turm büfsen.

Die Hexenszene im dritten Akt geht offenbar auf Tieck zurück. Sogar der Name der Hexe (Winfreda) ist der gleiche. Siegfried verurteilt Genovefa und ihren Bastard zum Tode. Die folgende Szene ist der niederländischen Überlieferung entlehnt. Gleich Bertha daselbst empfängt bei Kulemann der Haushofmeister Herbert der eingekerkerten Pfalzgräfin Reinigungsbrief und ihren Perlenschmuck, nachdem er der Herrin ihren nahen Tod verkündet. — Noch einmal sucht Golo Genovefa auf. Genovefa weist ihn zurück.

> Genovefa: „Hinweg, nichtswürdiger Sklav'!"
> Golo: „Sag' Bastard auch!" —

Also wie bei Tieck! Ja, sogar jener von Tieck aus Calderons „Wunderthätigem Magus" entlehnte Zug findet sich bei Kulemann wieder! Golo:

> „O stiere nicht mit deinen Blicken so:
> Medusa du! Ha, deine Locken zischen,
> Und Schlangen kriechen über deinen Busen hin!
> Hinweg!"

Golo befiehlt jetzt, Genovefa und Schmerzenreich zu töten. Wie jedoch bei Tieck Grimoald, rettet hier Ruprecht die Verurteilten, und wie bei Tieck Golo in den blauen Blumen Genovefas Augen wiederzuerkennen glaubt, so ruft hier Golo beim Anblick roter Rosen:

> „Blut! Rotes Blut! Hinweg!" —

Im vierten Akt haben wir zur Abwechslung engsten Anschlufs an die niederländische Überlieferung. Hildebrand ist natürlich der bedächtige treue Wolf. Der heimgekehrte Siegfried sieht die tolle Wirtschaft im Schlofs und erfährt durch Herbert (Bertha) Genovefas Unschuld. Golo wird jedoch nicht wie in der niederländischen Fassung eingekerkert, sondern flieht.

Golo findet im fünften Akt einen Köhler. Wie bei Tieck der Köhler Grimoald hat auch dieser arme Mann seinen einzigen Sohn in dem Mohrenkriege verloren. Im Walde, bei einer Jagd, erfolgt dann Genovefas und Siegfrieds Zusammentreffen. Plötzlich erscheinen auf einer Felsenspitze Golo und sein Genosse Wolf. — Diese Szene stammt offenbar aus Tiecks Dichtung. Wie dort Golo seinen Diener Benno, stößt hier Wolf seinen Herrn in die Tiefe. Traurig steht schließlich am Rande des Abgrunds des Toten einziger Freund, der junge Ritter Theodorich. Schon längst haben wir in ihm und seiner Geliebten Gabriele Tiecks Liebespaar, Heinrich und Else, erkannt. Wie Heinrich spricht auch Theodorich vor Golos Leichnam rührende, versöhnliche Worte.

Bei derartigen unzweideutigen Entlehnungen wundern wir uns gar nicht, wenn auch Siegfried, Genovefa und Golo das Gepräge Tiecks aufweisen.

Siegfried ist wie bei Tieck bedeutend älter als seine Gemahlin. Wie Tiecks erregt auch Kulemanns Genovefa bei ihrer Vertrauten den Verdacht, sie liebe insgeheim Golo, nur daß bei Tieck dieser Argwohn gerechtfertigt war, während Kulemanns Genovefa nicht Liebe, sondern nur Teilnahme ausdrücken wollte. Immerhin muß man gestehen, daß Genovefas Verhalten etwas problematisch erscheint. Sie tritt jedenfalls nie entschieden gegen Golo auf. Nicht einmal ihren Gatten möchte sie, trotz Zureden des Hilarius, von Golos Treubruch benachrichtigen. Sie ist alles in allem eine ganz wesenlose Schablonenfigur, ohne katholisierende Neigungen, aber auch ohne jede psychische Vertiefung. — Mehr als bei Genovefa schloß sich Kulemann bei Golo dem Vorbild Tiecks an. Sein Golo ist ebenfalls Bastard, Dichter (und was für einer!) und last not least Melancholiker. Freilich, diese Art von Melancholie entpreßt dem Leser höchstens Thränen der Heiterkeit, zum Beispiel, wenn Golo spricht:

„Sei ruhig, Herz, du gefräßiges Tier,
du rotgesottener Krebs!" —

Ebenbürtig seiner Psychologie erscheint Kulemanns Stil. Auch hier wandelt der Verfasser sorglos in Tiecks Bahnen. Jambenszenen wechseln mit prosaischen. Langweilen jedoch die ersteren durch ihre völlige Verschwommenheit, so peinigen die letzteren durch unglaubliche Plattheit. Da giebt es zum Beispiel einen Schulmeister, der beständig mit lateinischen Brocken um sich wirft, als ob bereits zu Karl Martells Zeit eine karolingische Renaissance existiert hätte und als ob der Ausdruck „in delphini usum" schon dem Mittelalter bekannt gewesen wäre. —

Weniger anspruchsvoll als Kulemann treten Anton und Kayser auf. Sie begnügten sich damit, Dramenfutter für katholische Familien- und Vereinstheater zu liefern.

Genoveva.

Schauspiel in 6 Aufzügen
nach Christoph von Schmids Erzählung
von
J. Anton.[1])

Schon der Titel nennt Antons Quelle. Schmids Erzählung wird hier einfach dialogisiert[2]):

1. Siegfrieds Aufbruch.
2. Drakos Ermordung.
3. Genovefa und Bertha.
4. Genovefas Rettung.
5. Heimkehr des Pfalzgrafen.
6. Wiederauffindung.

Die heilige Genovefa.

Volks-Schauspiel in 8 Abtheilungen
von
Wilhelm Kayser.[3])

Kayser steht seinem Stoff viel freier gegenüber als Anton. Er folgt keiner Quelle ausschliefslich. Thatsache aber ist, dafs

---

1) Paderborn 1888.

2) Wie das Drama des Münchener Anonymus und Antons Drama beruht auf Christoph von Schmid auch völlig das neuerdings sogar in Berlin, allerdings im Parodietheater, aufgeführte Ritterschauspiel „Genovefa, Pfalzgräfin am Rhein oder Ein schwer geprüftes Frauenherz" des Herrn Lumpe, k. k. Schauspieldirektors aus Dobern bei Bensen in Böhmen.

3) Paderborn 1888.

er (neben vereinzelten Anklängen an Hebbel und Raupach) die ursprüngliche lateinische Tradition gekannt hat.

1. Heftiger Streit des Hofgesindes. Nachricht vom Sarazenenkrieg.

2. Siegfrieds Abschied. Die ohnmächtige Genovefa sinkt in Golos Arm (Hebbel!). [1]

3. Golos wiederholte Liebeserklärungen und seine erdichtete Botschaft, Siegfrieds Schiff sei untergegangen (lateinische Tradition!). [2] Dragos und Genovefas Einkerkerung. Der treue Kaspar streckt Golo mit einem Stockschlag nieder.

4. Golos Reise nach Straßburg. Urteil: Genovefa und ihr Knäblein sollen ertränkt werden (lateinische Tradition!). Nach Golos Aufbruch Eintreffen Kaspars. Siegfried völlig verwirrt.

5. Nochmalige Zurückweisung Golos im Kerker.

6. Rettung Genovefas.

7. Siegfrieds Heimkehr.

8. Plötzliches Erlöschen von Genovefas bisherigem Feuer (Raupach!). Jagd. Genovefas Erkennung an Narbe und Ring (lateinische Tradition!). Golo wird fortgeschleppt zur Burg.

Irgendwelche Bedeutung besitzen sonst weder Anton noch Kayser.

Wie Kulemann zu Tieck verhält sich Wichmann zu Hebbel und wie Kulemann außerdem noch die niederländische, hat Wichmann die deutsche Tradition [3] benutzt, wobei wir jedoch dahingestellt lassen, ob Wichmanns Kenntnis der deutschen Überlieferung auf das Volksbuch zurückgeht oder auf dessen Versifizierung bei Tieck.

---

1) Dafs Hebbel eingewirkt hat, geht auch aus Golos Bemerkung (IV, 6) hervor: „Wollte Gott, Ihr hättet damals mein Flehen erhört, hättet mich mitziehen lassen ins Feld der Schlachten." —

2) An Cerisiers oder Staudacher, die ja auch die falsche Todesnachricht kennen, ist bei den sonstigen unmittelbaren Übereinstimmungen mit der lateinischen Tradition nicht zu denken.

3) Hebbel folgte ja auch der deutschen Überlieferung, aber viele Züge Wichmanns deuten über Hebbel hinaus auf direkte Kenntnis des Volksbuches oder Tiecks.

Genoveva.
Dramatisches Gedicht in vier Akten
von
Franz Wichmann. [1])

Franz Wichmann, geboren, 1859, seit 1895 in Überlingen, schrieb Novellen, Romane, Gedichte und Dramen. Sein erstes dramatisches Gedicht ist „Genoveva".

Wichmann hätte aber besser gethan, den Ausdruck „Libretto" zu wählen. Sein Gedicht scheint mehr auf eine Opern- als auf eine Schauspielbühne zugeschnitten. In dem Wort Libretto würde auch eine Art Entschuldigung enthalten sein für das breite Hervortreten der Chöre und für den Mangel an Psychologie. Legen wir indessen an ein Libretto den Maßstab Wagnerscher Textbücher, dann können wir Wichmanns „Genoveva" nicht einmal das Lob eines erträglichen Textbuches zugestehen.

Während die Chöre der Ritter und Mönche aus der Kapelle schallen, kämpft der einsame Golo mit seiner Liebe. Um sich nicht noch tiefer zu verstricken, will er mit Siegfried ins Feld ziehen (Hebbel!). Aber der Pfalzgraf hat gerade ihn zum Hüter auserkoren. — Inzwischen betet Genovefa in der Kapelle, Golo beobachtet sie heimlich (Hebbel!). Da naht Bertalda, Golos Gattin! Ehrgeizig knüpft sie an das Bleiben ihres Gemahls die ausschweifendsten Hoffnungen. Im Geist sieht sie schon Siegfried gefallen und Genovefa aus Schreck im Wochenbett gestorben. Genovefa tot? Davon will Golo nichts wissen. Er verrät seine sündhafte Liebe, und Bertalda — verspricht ihm ihren Beistand. Es folgt nun Siegfrieds Abschied von Genovefa. Genovefa sucht durch Lösen der Waffen die Trennung zu verzögern (Hebbel!). Wie bei Müller, Tieck, Hebbel möchte sie ihren Gemahl begleiten. Sie erinnert ihn an das Liebespfand unter ihrem Herzen; in den Blumen, die ihr Siegfried reicht, sieht sie Totenkränze (Hebbel!). Siegfried reißt sich endlich los. Golo raubt der Ohnmächtigen einen Kuß und Genovefa erwacht in seinem Arm (Hebbel!).

Im zweiten Akt gelangt die Nachricht von einem großen Sieg der Christen über die Heiden in das Schloß. Genovefa ist

---

1) Leipzig 1890.

beunruhigt ob Siegfrieds Geschick. Ihre Vertraute Bertalda erzählt (wie Müllers Mathilde und Tiecks Gertrud) von Golos Trübsinn. Konrad meldet, Siegfried sei im Felde verwundet. Genovefa zieht sich, traurig gestimmt, zurück. Bertalda spornt jetzt (wie Mathilde und Gertrud) Golo zum Handeln an. Als Genovefa (wie im deutschen Volksbuch, bei Müller und Tieck) sich abends in den Garten begiebt, gesteht ihr Golo seine Liebe. Golo begeht dabei die Gemeinheit, nicht nur seinen Herrn zu verraten, sondern gleichzeitig auch einen deutschen Dichter zu bestehlen.

Hebbel:

„O Genovefa, halte mich! Du siehst
Ich habe nichts als dich! O einmal nur,
Nur einmal gieb mir, was du geben
kannst,
Nur einmal lafs mich ruh'n an deiner
Brust!"

Wichmann:

„O Genovefa, nichts hab' ich als
dich! —
Erhöre mich, ein Kufs macht mich
gesunden,
Still' meines Herzens überheifse Glut,
In deinen Armen heilen meine
Wunden,
Ein Augenblick nur — dann ist
alles gut!"

„Ich bin ein Schurk. Nun hab' ich
Schurkenrecht!
Denn auch ein Schurk hat Recht. Er
kann nicht mehr
Zurück, drum mufs er vorwärts. Wie
es sich
Vergessen läfst, dafs man ein Räuber
war?
Man wird ein Mörder. Vatermörder
dann,
Weltmörder! Gottesmörder!"'

„Nun bin ich Teufel ganz, will dich
umkrallen,
Vom Himmel reifs ich dich, sollst
mit mir fallen."

Genovefa (erfafst ein Kruzifix):
Allmächt'ger Gott, tritt zwischen mich
und ihn!
Golo: Nun bist du mein!
(Er tritt ihr nah, sie hält ihm das
Kruzifix entgegen, er entreifst es ihr
und schleudert es fort.)
Und ob der Heiland selbst
Sich stellen wollte zwischen dich
und mich:

Genovefa: Allmächt'ger Gott,
tritt zwischen mich und ihn!
(Hält Golo ein an ihrer Halskette
hängendes Kruzifix entgegen.)
Golo: Nichts hindert meines
Willens Ungestüm,
Und wenn der Heiland leibhaft dich
bewachte,
Zu seinen sieben Wunden gäb' ich ihm
Um dich die achte!

Hebbel:

Zu seinen sieben Wunden gäb' ich
                          ihm
Die achte — du erstarrst, das thu'
                          ich auch,
Und doch, ich thät's, und wär's ein
                          Stich zum Tod.
Weifst du, was Liebe ist? Und wenn
                          du's weifst —
Von deinem Siegfried hast du's nicht
                          gelernt.

— — — — — — — — — — — —

— — — — — — — — — — — —

Genovefa: Aus Asche schufst du
                 mir den armen Leib,
Zu Asche wandle, Ewiger, ihn schnell.
Dafs dieser, wenn ich still vor deinem
                 Hauch
Zerstäube, mit der Asche, die ihn
                 jetzt
So frech empört, sein Haupt bestreuen
                 kann.

— — — — — — — — — — — .

— — — — — — — — — — — —

Gott wird dir zeigen, dafs ich sterben
                          kann.

Wichmann:

Genovefa (läfst die Hand mit
dem Kruzifix sinken):
Weh' mir, nun bin ich verloren!
Aus Asche ward ich geboren,
Zu Asche wandle mich wieder,
Ewiger, zu Staub meine Glieder,
Dafs er sein sündhaft Haupt bedecke
Und ihn zurück vor dem Ärgsten
                          schrecke!
Golo: Du liebtest nie; denn Lieb'
                 ist Tod und Leben,
Gemischt in eins. [1] Siegfried lehrt
                 es dich nie,
Nun lern' von mir die wilde (!)
                 Harmonie.
Genovefa: Gott lafs mich sterben.
          etc. etc.

———————

Zu des Lesers aufrichtiger Genugthuung weist Genovefa den
Verräter und Plagiator zurück. Golo schnaubt natürlich Rache,
umsomehr, da ihm Genovefa (wie bei Tieck in der Kerkerszene)
das Wort „Bastard" entgegenschleudert.

Man denke sich die packende Wirkung ihrer Worte:

        „Zum Opfer fall' ich eines Teufels Wahn,
        Ein Bastard hat Gewalt mir angethan!"

Auf ihren Hilferuf kommt Bertalda mit dem Hofgesinde
dazwischen. Man kann hier zweifelhaft sein: Hat Maler Müller
(Bertalda == Mathilde) oder Hebbel eingewirkt? (Bei letzterem
erscheint nach Golos Zurückweisung Katharina, doch ohne das

———————

[1] Bei Hebbel heifst es früher einmal von der Liebe:
        „Du bist nicht Leben, du bist Tod, ja Tod."

Gesinde.) — Bertalda erhebt gegen Genovefa die Beschuldigung
der Buhlschaft. Ihr Gatte sei Joseph, und Genovefa die Frau
Potiphars oder, wie Wichmann etwas ungenau angiebt, Potiphar
selbst.

> „Wie einst um Joseph Potiphar
> Hat sie gebuhlt mit argen Sinnen,
> Doch stets mein Gatte treu mir war,
> Nie rifs ihn Leidenschaft von hinnen."

Bertalda erreicht immerhin ihren Zweck. Genovefa wandert
in den Turm, Golo reist zu Siegfried. Nur die Mädchen und
Frauen glauben noch an Genovefas Unschuld.

> „Sie glich des Lichtes stiller Flamme,
> Und was dein (Golos) gift'ger Mund auch spricht,
> Du kannst das reine Feuer löschen,
> Doch seinen Glanz beflecken nicht." —

Merkwürdigerweise war Hebbel so unbescheiden, auch diesen
Vers bereits Herrn Wichmann vorwegzunehmen.[1])

Zwischen dem zweiten und dritten Akt liegen neun Jahre. —
Wichmann versetzt uns sofort auf das Schlofs des gealterten, von
Reue und bösen Träumen gepeinigten Siegfried. Um ihn zu be-
ruhigen, reicht ihm Bertalda einen Becher, einen Becher mit Gift!
Statt Siegfried leert ihn jedoch der verstörte und halb wahnsinnige Golo, der eben die totgewähnte Genovefa im Walde erblickt hat. Der Edelknecht Konrad berichtet Genovefas Rettung.
Sofort stöfst ihn Bertalda nieder. Kaum ist Konrad verröchelt,
bricht auch Golo zusammen. Die „Teuflin" Bertalda wirft sich
über seine Leiche und gesteht nun alles. Siegfried will hinaus
in den Wald, zu Genovefa.

Im vierten Akt belauschen wir ein Gespräch Genovefas mit
Schmerzenreich (Volksbuch oder Tieck), unterbrochen wird es
von der geflüchteten und wahnsinnig gewordenen Bertalda. Genovefa eilt in die Höhle, Bertalda kauert davor. Siegfried naht
und hält Bertalda, die ihm den Rücken kehrt, für Genovefa. Er
erkennt seinen Irrtum. Bertalda flieht, Schmerzenreich durch-

---

1) „Sie ist jedwedem wie ein Licht.
   Man kann es löschen, doch beflecken nicht."

bohrt sie mit seinem Pfeil! Endlich können sich die Gatten umarmen, Genovefa aber stirbt (Volksbuch oder Tieck).

Wenn Dilettanten Dramen schreiben, fassen sie den Stoff
meist zu episch oder lyrisch und langweilen daher (Kulemann)
oder sie pfropfen einen Theatereffekt auf den andern (Wichmann);
in beiden Fällen suchen sie ihre etwaigen Vorbilder möglichst
zu übertrumpfen.

Bei Wichmann kommt noch ein Stil hinzu, der dem Leser
oft die Frage nahe rückt, ob hier nicht etwa Reminiscenzen an
Wilhelm Busch vorliegen. — Wäre Wichmann auch der gröfste
Psychologe, derartige Verse müfsten seine Personen lächerlich
machen. — Der Gefahr jedoch, dafs seine Verse die Psychologie
vernichten, ist Wichmann glücklich entronnen: Psychologie giebt
es bei ihm überhaupt nicht.

Genovefa ist eine standhafte, treue Frau, die, man weifs
nicht recht warum, am Schlufs stirbt.   Siegfried ein braver Ritter,
der seine Gemahlin voreilig zum Tode verurteilt hat.   Bei Golo
schwankt man nur: ist er ein Dummkopf oder ein Cyniker? Die
Art, wie er Bertalda seine ehebrecherische Liebe zu Genovefa
verrät, wirkt widerwärtig.

Bei Müller, Tieck und Hebbel ruft Golo: „Wer sie nur einmal satt ans Herz drücken dürfte" oder „Dürft' ich sie einmal an
den Busen schliefsen" oder „Nur einmal lafs mich ruh'n an deiner
Brust" — es ist der wilde Aufschrei der Leidenschaft, die einmal
wenigstens gestillt sein will, einmal nur, weil sie ihre sündige
Natur kennt.

Bei Wichmann sagt Golo, gerade, als ob er blofs etwas Abwechslung haben wolle:

> „Bertalda, ewig bleib' ich dein,
> Gar bald versprüht die kurze Glut.
> Ich weifs, dafs sie für immer ruht,
> War sie nur mein, nur einmal mein."

Müller, Tieck und Hebbel haben Golo psychologisch vertieft.   Seine Seelenqual adelt sein Verbrechen.   Bei Wichmann
ist er ein lüsterner, phrasendreschender Lump.

Aber Wichmann mochte doch wohl fühlen, dafs die Psychologie schliefslich ihre Rechte geltend machen würde.   Wie wird
sich Golo nach Siegfrieds Todesurteil verhalten? Wird er Genovefa kalt lächelnd ermorden lassen? Wann wird die Reue er-

wachen? Wichmann fand dafür einen genialen Ausweg: er hat
die Geschichte einfach nicht dargestellt.

Wir lernen Golo erst neun Jahre später kennen. Nun
könnte man wohl nach Golos so wenig entwickeltem Seelenleben
vermuten, daſs er sich die ganze unangenehme Sache längst aus dem
Kopf geschlagen. Aber nein! Dann wäre sein erstes Wiederauftreten
weniger effektvoll. Golo entsetzt, wie im halben Wahnsinn, das
muſs doch Eindruck machen! Der Grund für diese Verstörtheit
ist zwar keineswegs ein rein psychologischer, er beruht vielmehr
auf dem plötzlichen Anblick Genovefas, der Effekt jedoch wird
hier unleugbar erreicht.

Und mit Effekten gespickt ist auch die Rolle Bertaldas!

Offenbar geht Bertalda zurück auf die Amme der deutschen
Tradition. Dem Verfasser scheint bei ihrer Verwandlung in Golos
Gattin Richard Wagners Ortrud vorgeschwebt zu haben. — Man
muſs gestehen, daſs Bertaldas Rolle die Handlung wesentlich ver-
einfacht; Drago wird ganz überflüssig. Wer kann denken, daſs
Golos eigene Gattin seine verbrecherische Liebe begünstigt hat?
Golos Vergleich mit dem keuschen Joseph wirkt aus Bertaldas
Mund weit überzeugender als aus Golos eigenem Mund bei
Raupach.

Aber wie motiviert Wichmann diese verblüffende Handlungs-
weise der „Teuflin"? Sehr einfach! Wie Golo neben seinem
Cynismus auch noch eine gute Portion Dummheit besaſs, so ist
auch Bertalda dumm und ehrgeizig zugleich. — Golos Geständnis
ließ doch an Offenheit wahrlich nichts zu wünschen übrig, trotzdem erklärt Bertalda gleichmütig:

> „Noch kann ich nicht sehen
> Das End' seines Werbens."

Als ihr dann kein Zweifel mehr bleibt, treibt sie der Ehrgeiz vorwärts:

> „Pfalzgräfin ich — das Ziel ist schön,
> Wert, daſs drei Leben untergeh'n." —

Man kann Wichmanns dramatisches Gedicht beim besten
Willen nicht ernsthaft nehmen und höchstens als unfreiwillige
Parodie gelten lassen.

Selbständiger und auch künstlerisch auf höherer Stufe als Kulemann und Wichmann steht Lahmann.

Genovefa.

Ein Schauspiel in fünf Akten

von

Johann Friedrich Lahmann. [1])

Lahmann, 1858 in Bremen geboren, Jurist, jetzt Litterat, schrieb vor seiner „Genovefa" ein Drama „Auf den Tod Kaiser Friedrichs" und „Gesänge und Balladen".

Sein Drama „Genovefa" zeichnet sich durch bemerkenswerte Selbständigkeit aus.

1. Mitten in den Trubel glänzender Hoffeste, die der junge Pfalzgraf bis tief in die Nacht veranstaltet, dringt die Kunde von einem Einfall der Mohren. Genovefa, durch ein Traumgesicht erschreckt, bittet (wie bei Müller, Tieck, Hebbel etc.), ihren Gatten begleiten zu dürfen. Sie sinkt (wie im Volksbuch) in Ohnmacht. Der scheidende Siegfried legt sie in Golos Arm (Hebbel?). Golo bleibt als Hüter des Schlosses zurück. Klothilde, die Gattin des gleichfalls in den Krieg ziehenden Grafen Reinhart, ist Golos Geliebte. Insgeheim glüht jedoch Golo für Genovefa.

2. Genovefa und Klothilde sitzen im Schlofsgarten. Klothilde ahnt Golos verborgene Liebe zur Herrin. Eine Siegesbotschaft gelangt ins Schlofs. Golo gesteht (wie im Volksbuch, bei Müller, Tieck etc.) der Pfalzgräfin im Schlofsgarten seine Leidenschaft. Als sie ihn zurückweist, dringt er nachts in ihr Gemach. Genovefa entreifst ihm das Schwert und verwundet ihn. Beim Verlassen des Zimmers trifft Golo den jungen, wachsamen Edmund, der die Pfalzgräfin schwärmerisch liebt. Edmund schlägt Lärm. Die Schlofsbewohner strömen zusammen. Kurz entschlossen beschuldigt Golo Genovefa und Edmund der Buhlschaft. Klothilde mufs die Anklage bestätigen. Genovefa und Edmund werden eingekerkert, Edmund legt Hand an sich.

3. Golo fängt einen Brief auf, den Genovefa (wie in der Sage) an ihren Gemahl gerichtet hat. Nochmals wird Golo von der Pfalzgräfin zurückgewiesen. Vergeblich legt jetzt Klothilde

---

1) Bremen 1893.

Fürbitte für sie und ihr (der Sage gemäfs) im Gefängnis geborenes Kind ein. Golo sendet zuerst einen Boten an Siegfried, reist dann jedoch sofort nach. Trotz Reinharts Mahnungen verurteilt Siegfried seine Gemahlin und sein Kind zum Tode.

4. Zwei Mörder schleppen die Verurteilten in den Ardennerwald. Genovefas Bitte rührt das Herz des einen Mörders; der andere giebt nur widerstrebend nach (Tieck oder Raupach). Genovefa schenkt ihnen ihren Ehering (Nachklang der Sage). Im Walde überrascht Genovefa ein Gewitter (Raupach?). Sie findet jedoch Unterkunft bei einem Köhler (Nachwirkung Tiecks hinsichtlich des Köhlers?). Der heimgekehrte Siegfried fühlt sich inzwischen von den Gastereien, die Golo zu seiner Aufheiterung veranstaltet, abgestofsen. Das Edelfräulein Elina, des toten Edmund Gespielin, und auch der alte Haushofmeister zeihen Golo der Schuld, doch ohne hinreichenden Beweis. Immerhin weist ihn Siegfried aus dem Schlofs.

5. Bei einer Jagd, zu der auch Golo (wie im Volksbuch und bei Tieck) eingeladen wird, findet Golo Genovefa. Siegfried kommt dazwischen. Golo ersticht sich. Wiedervereinigung der Gatten. —

Unter den Gestalten dieses Dramas fällt zunächst Klothilde, Reinharts Gattin und Golos Geliebte, in die Augen. Sie verweist auf die Amme der Sage. Ihr allmähliches Zurücktreten, ihre Fürbitte und ihr schliefslicher Selbstmord (sie stürzt sich aus dem Fenster) gemahnt entschieden an Hebbels Katharina.

Edmund entspricht natürlich dem legendarischen Dragones. Lahmann hat jedoch aus dem Koch einen schwärmerischen Edelknaben gemacht. — Benutzen wir Edmunds Identität mit Dragones, so gewinnt die von Lahmann geschickt herbeigeführte Beschuldigungsszene Ähnlichkeit mit der entsprechenden Szene bei Maler Müller. In beiden Fällen entwickelt sich die Szene wie von selbst. Golo will Genovefa nachts bewältigen. Dragones-Edmund ertappt den Verbrecher. Bei Müller erhebt nun freilich Mathilde den Vorwurf der Buhlschaft, nicht wie bei Lahmann Golo. Dafür jedoch mufs bei Lahmann Klothilde Golos Anklage bestätigen. — Die Ähnlichkeit ist also vorhanden, vielleicht ergab sie sich ohne Einflufs Müllers. — Noch unsicherer dürfte sein, ob etwa der bedächtige Graf Reinhart auf Müllers Ulrich zurückgeht oder ob Elinas Rolle von irgend einer der zahlreichen Frauengestalten früherer Dramen angeregt wurde.

Bei Lahmanns sonstiger Unabhängigkeit thun wir jedenfalls
gut, derartigen Anklängen etwas skeptisch gegenüberzustehen.

Leider hält jedoch mit Lahmanns anerkennenswerter Ausgestaltung des Stoffes seine Psychologie nicht gleichen Schritt.

Der einzige, der eine Entwickelung durchmacht, ist Siegfried.
Gleich im ersten Akt sehen wir das lustige Leben und Treiben
an seinem Hof. Unter seinen Kriegskameraden renommiert er mit
Genovefas Bild. Er wütet bei Golos Beschuldigung; jetzt werden
die Leute über ihn lachen und ihn verhöhnen. Aber er kommt
später zur Erkenntnis seiner Übereilung, verschmäht die rauschenden
Feste, ergiebt sich der Sorge für seine Unterthanen und reicht so
als ein Geläuterter die Hand seiner wiedergefundenen Gemahlin.

Genovefa dagegen zeigt wenig psychologische Tiefe. Sie ist
fast zu rationalistisch gezeichnet. Nicht genug, daſs sie Golo
um Gold für allerlei Firlefanz bittet, wir erfahren eigentlich auch
gar nichts von ihren Leiden im Kerker. Es ist bezeichnend,
daſs Lahmann nicht von Schmerzenreich redet, sondern von ihrem
„kleinen Sohn“. Das Zwiegespräch Golos und Genovefas verläuft
ohne jede dramatische Bewegung. Später, im Ardennerwald,
läſst sie Lahmann Unterschlupf finden bei einem Köhler. Die
legendarische Färbung verblaſst also völlig. Beinahe komisch
wirkt hier das Hineinziehen der Hinde. [1]) (Der Köhler findet
Genovefa bei der Suche nach seinem getreuen Haustier.)

Durchaus oberflächlich ist auch die Charakteristik Golos. Er
hält Genovefa für seinesgleichen. Er hofft, sie werde sich ebensowenig um den fernen Siegfried kümmern, wie er um Klothilde.
Wider seinen Willen stöſst ihn der wachsame Edmund auf eine
immer abschüssigere Bahn. Von wirklicher Reue vernehmen wir
nichts, nur davon, daſs sich Golo miſsachtet glaubt. Sein Selbstmord erscheint rein äuſserlich.

Lahmanns ganzes Jambenschauspiel verrät eine nicht ungeschickte Mache, erregt jedoch nicht die geringste innere Teilnahme. Im Grunde genommen auch nur nüchterne, langweilige
Epigonenpoesie wie all die anderen kläglichen Machwerke seit
Hebbel und Ludwig.

---

1) Noch komischer allerdings eine frühere Reminiscenz an Hebbel.
Dort vernichtet Golo die Dohlenbrut, deren Gekrächz Genovefas Ruhe stört.
Bei Lahmann wird aus den Dohlen — ein alter Hofhund.

Dingelstedts Travestie.

Als Ergänzung mag sich der langen Reihe dieser deutschen Genovefadramen ein Hinweis anschließen auf die Travestie, die Franz Dingelstedt in der Zeit des jungen Deutschlands, 1845, gegen Tieck gerichtet hat.

Die Travestie war betitelt:

Genoveva.

Großes romantisches Ritterschauspiel mit Gesang und Tanz
in 5 Aufzügen.

Für das Burg-Theater[1]) geschrieben und daselbst als Fastnachts-spiel zum erstenmal vollständig aufgeführt am . . . . . 1845.

Der Prolog — nur diesen hat Rodenberg veröffentlicht[2]) — nimmt Bezug auf die dramatischen Experimente Tiecks am preußischen Hof.

Der Ton, den hier Dingelstedt gegen den „letzten Führer der Romantik", einen „schon betagten, geistesschwachen Greis", anzuschlagen beliebt, ist mehr grob als witzig.

Später, als Dingelstedt längst den Beruf des „Nachtwächters" mit der einträglicheren Stelle eines Intendanten vertauscht hatte, sollte er selber ähnliche dramatische Experimente anstellen wie einst der von ihm travestierte Tieck.

---

1) Scherzweise Bezeichnung für das Haustheater des Kronprinzen von Württemberg.

2) „Deutsche Rundschau". 1889/90. II, 473 ff.

III.

Kompositionen.

Bereits in den Jesuitendramen spielte die Musik eine wesentliche Rolle, besonders in den Kölner, Aachener, Jülicher Dramen und in dem Prager Musikdrama. Um die Wende des 17. und 18. Jahrhunderts erlebte in München eine unseren Stoff behandelnde Oper sogar einen gründlichen Durchfall.

In den Gesichtskreis der modernen Musik tritt die Genovefa fast zu derselben Zeit wie in denjenigen des modernen Dramas.

Kein geringerer als Joseph Haydn steht mit der Komposition eines 1777 in Esterhaz aufgeführten Puppenspiels an der Spitze dieses Abschnittes. [1]

1790 erschien dann ein Melodrama von C. L. Junker: „Genoveva im Thurm". Zurückgehen dürfte es wohl auf Müllers gleichnamige Ballade. [2]

1830 schrieb Anselm Hüttenbrenner (1794—1868), der Freund Beethovens und Schuberts, eine Ouverture zur „Genovefa" (Tiecks?).

Im Juni 1841 gelangte im Berliner Königlichen Opernhaus zu zweimaliger Aufführung:

Golo und Genoveva.
Romantische Oper in 3 Akten mit Tanz.
Nach L. Tiecks Genoveva für die Bühne bearbeitet
von C. A. Görner. Musik von Huth. [3]

Dafs gerade damals Tiecks romantische Dichtung die Bühne betrat, war eine Berechnung auf Friedrich Wilhelms IV. romantischen Geschmack. Tieck selbst stand dem Machwerk fern.

---

1) Vergl. S. 159 und für das Folgende: „Neue Zeitschrift für Musik". 1875. Nr. 41.

2) Ein Exemplar war nicht aufzutreiben, weder in Berlin, noch in München, noch in Dresden etc.

3) Ein Exemplar in der Bibliothek des Königlichen Opernhauses in

Der einstige Schauspieler und Lustspieldichter Görner (1806—1884) war der Verfasser des Textes. Tiecks Dichtung wird hier in drei Akte zusammengezogen. Das stimmungsvolle Lied „Dicht von Felsen eingeschlossen" behält Görner (wie später auch Bernhard Scholz) bei. Die Hexenszene fehlt. Golos Tod erfolgt vor Genovefas Wiederauffindung. Genovefas Ende wird nicht mehr dargestellt.

Eine Ouverture zu Tiecks Dichtung komponierte 1847 der berühmte Musikschriftsteller A. W. Ambros (1816—1876). Er vernichtete jedoch später sein Werk, um nicht Rivale Schumanns zu sein.

Genoveva.

Oper in 4 Akten nach Tieck und Hebbel

von

Robert Schumann.

Der romantische Stoff mußte ja einem Neuromantiker wie Schumann besonders zusagen. Während Wagner Elsa von Brabant besang, wollte Schumann Genovefa von Brabant mit dem Zauber seiner Töne umweben.[1])

Schon lange hatte Schumann die Komposition einer Oper beabsichtigt. Briefe vom 7., 10., 15. Mai 1840 zeigen, wie eifrig ihn damals der Plan beschäftigte, ein von Becker verfertigtes Libretto (nach E. T. A. Hoffmanns Novelle „Doge und Dogaresse") zu komponieren. Doch der Text mißfiel ihm bald. Es fehlte ihm „ein deutsches, tiefes Element" darin. „Wissen Sie mein morgend- und abendliches Künstlergebet?" schreibt er 1842, „deutsche Oper heißt es."

Nach langem vergeblichen Suchen glaubte er endlich einen passenden Stoff gefunden zu haben. Hebbels „Genoveva" machte auf ihn einen derartigen Eindruck, daß er den Dresdener Malerdichter Robert Reinick um ein Textbuch ersuchte, dessen eigent-

---

Berlin. Die Königl. Intendanz war so entgegenkommend, die Durchsicht dieses Textbuches Herrn stud. litter. Kurt Jahn zu gestatten.

1) Vergl. für das Folgende: Wasiliewski „R. Schumann". 3. Aufl. 1880. — Batka „Schumann" (Reklam Nr. 2882). — Hanslick „Die moderne Oper". 2. Aufl. Berlin 1875. — Robert Schumanns Jugendbriefe und Briefe neue Folge (herausgegeben von F. G. Jansen), Leipzig 1886.

liche Grundlage Hebbels Drama bilden sollte, allerdings mit
gleichzeitiger Benutzung Tiecks. Reinick übernahm wirklich die
undankbare Aufgabe. Schumann war jedoch nichts weniger als
zufrieden. Reinick sei „schrecklich sentimental!" — Schon nach
Vollendung der beiden ersten Akte wandte sich deshalb Schumann
unmittelbar an Hebbel und bat ihn um seinen Beistand (14. Mai
1847). Hebbel versprach darauf eine Überarbeitung des Librettos,
sobald es fertig vorläge (26. Mai). Die so schnell angeknüpften
Beziehungen lösten sich aber seit Schumanns und Hebbels per-
sönlichem Zusammentreffen in Leipzig (Ende Juli 1847). Hebbel
erzählt:[1] „Ich saß nach kurzer, fast stummer Begrüßung eine Viertel-
stunde bei ihm. Er sprach nicht und gaffte mich nur an. Auch
ich schwieg, um zu erproben, wie lange das dauern sollte. Er
that den Mund nicht auf. Da sprang ich wie verzweifelt empor.
Auch Schumann langte nach seinem Hut und begleitete mich
eine halbe Stunde weit aus der Reitbahnstraße zu meinem Hotel.
Er ging stumm neben mir her. Ich that, grimmig geworden,
desgleichen. Beim Hotel angelangt, empfahl ich mich rasch,
ohne ihn einzuladen, auf mein Zimmer zu kommen."

Inzwischen hatte Reinick sein Textbuch beendet. Auch ohne
Hebbels Beistand entschloß sich jetzt Schumann zu einer durch-
greifenden Überarbeitung. Er besorgte das so gründlich, daß
Reinick, von einer längeren Reise nach Dresden zurückgekehrt,
auf seine Autorschaft gänzlich verzichtete. Aus diesem Grunde
schrieb Schumann ohne Reinicks Namen auf sein Textbuch „nach
Tieck und Hebbel".

Richtiger würde es wohl heißen „nach Hebbel und Tieck".
Der Einfluß Hebbels überwiegt bei weitem.

1. Der Bischof Hidulfus verkündet den Kampf gegen Ab-
dorrhamann. Der Chor variiert Tiecks Kreuzfahrerlied (Nr. 1).
Recitativ und Arie (Nr. 2), Golos Melancholie und das Duett
zwischen Siegfried und Genovefa (Nr. 3) zeigen Anklänge an
Tieck. Recitativ (Nr. 4), Chor (Nr. 5), Recitativ und Szene
(Nr. 6) verweisen auf Hebbel: Siegfrieds Abschied, Genovefas
Ohnmacht, Golos Kuß. Das Finale (Nr. 7) besteht in einem
Duett Golos und Margaretas. Die letztere ist offenbar eine Ver-

---

1) L. A. Frankl „Zur Biographie Fr. Hebbels". 1884.

schmelzung von Tiecks Gertrud[1]) und dem bösen Geschwister-
paar bei Hebbel.[2])

2. Szene, Chor, Recitativ (Nr. 8) beginnt mit Genovefas
„O weh des Scheidens, das er that!"[3]) und endet mit ihrer Auf-
forderung, Golo solle ein Lied anstimmen. Bei Tieck sang Golo
„Dicht von Felsen eingeschlossen", bei Schumann das Volkslied
„Wenn ich ein Vöglein wär'." Das Duett (Nr. 9), Golos Liebes-
erklärung, folgt teils der Bilderszene[4]), teils der Gartenszene[5])
Tiecks und am Schluß bringt es noch Genovefas Ausruf in
Tiecks Kerkerszene „Bastard"! Im Duett (Nr. 10) überredet
Golo, wie bei Hebbel, den alten Drago, in Genovefas Gemach
zu schleichen. Nach einer Arie Genovefas (Nr. 11) wird im
Finale (Nr. 12), genau wie bei Hebbel, Drago aufgefunden und
niedergestochen, Genovefa zum Turm geschleppt.

3. Margareta ist inzwischen, wie bei Hebbel, nach Straßburg
gereist. Ihr Duett mit Siegfried (Nr. 13) ist erfunden, ebenso
Recitativ und Lied Siegfrieds, während das zu Nr. 14 noch ge-
hörige Duett zwischen Siegfried und Golo und nicht minder das
Finale (Nr. 15), die Hexenszene, auf Hebbel verweisen. Insofern
jedoch findet sich eine Abweichung, als Dragos Geist der Hexe
sofortige Enthüllung ihres Blendwerks befiehlt, nicht erst, wie
bei Hebbel, nach sieben Jahren.

4. Die beiden Mörder schleppen Genovefa in den Wald. Das
eingelegte „Gaunerlied" stammt aus Heines „Neuen Gedichten".
Genovefas Gebet vor dem Muttergottesbild ist ganz im Sinne
Tiecks gehalten. Golos und Genovefas Zusammentreffen (Nr. 17)
und das folgende Recitativ sind entnommen der ersten, dritten
und sechsten Szene des fünften Aktes bei Hebbel. Der Schluß

---

1) Auf Gertrud geht zum Beispiel folgender Vers zurück:
   „Wär' ein junger Herr ich
   Mit Augen wie Ihr, ich hielt'
   An meiner Hoffnung fest und wär'
   Ich in die Königin verliebt."

2) Der Einfluß der Hebbelschen Margareta überwiegt jedoch den
Gertruds und Katharinas.

3) Reminiscenz an Heinrichs von Morungen:
   „Owê des scheidens des er tete"?

4) Von „Ihr seid wohl krank?" bis „Worte finden, Töne".

5) Von „Es fällt ihn Wahnsinn an" bis „Da brechen aus den Knospen
alle Wonnen".

von Nr. 18 schildert Genovefas Rettung durch rechtzeitige Ankunft Siegfrieds. Das Duett (Nr. 19) lehnt sich an Tieck an.
Ein Doppelchor (Nr. 20) und das Finale (Nr. 21) führen uns
den allgemeinen Volksjubel und Genovefas festliche Heimkehr
vor Augen.

Auch der eifrigste Schumannverehrer muſs eingestehen, daſs
dieses Textbuch völlig miſsglückt ist. Ein unbefangener Leser
wird bei Hebbel überhaupt nicht auf den Gedanken kommen,
hieraus könne eine Oper geformt werden, wohl aber bei Tieck.
Bezeichnend für Schumann ist nun, mit welcher Absichtlichkeit
er den mannigfachen, teilweise zur Komposition geradezu heraus-
fordernden Schönheiten Tiecks, zum Beispiel seinem stimmungs-
vollen Leitmotiv, aus dem Wege ging. Er wollte vor allem
„Kraft"! Der gewöhnliche Operntextstil sei ihm nun einmal zu-
wider, er wisse zu solchen Tiraden keine Musik zu machen. So
diente ihm denn Tieck höchstens als Lückenbüſser. In allem
andern folgte er Hebbel. Hebbel in Musik! Golos Reflexionen
mit Orchesterbegleitung! Ist das nicht ein Unding, etwa von der
Art, wie wenn in unsern Tagen Richard Strauſs Nietzsche komponiert? Schumann indessen blieb vor dem zweifelhaften Lob,
Dialektik in Musik umgesetzt zu haben, verschont. Er drang
weder in die Tiefe der Hebbelschen Psychologie noch in die
Tiefe seines Grundgedankens ein. „Ohne Hebbels scharfe psycho-
logische Motivierung wird hier Golo zum gewöhnlichen Theater-
schuft, Genovefa zur langweiligsten Dulderin, Graf Siegfried zum
Schwachkopf."[1]) Schumann übersah auſserdem, daſs Hebbels
Naturalismus nicht Selbstzweck sein sollte. Bekam es doch
Schumann fertig, trotz Reinicks Protest, Genovefas Leiden in der
Wildnis völlig zu streichen und ihrem Gang zum Tode sofort
Rettung und Heimkehr folgen zu lassen. Der ganze Sinn der
Legende geht dabei verloren, von dem welterlösenden Christus-
gedanken Hebbels ganz zu schweigen. Was sich schlieſslich am
Boden ablagerte, war ein trübes Residuum abstoſsender, ihres
tieferen Sinnes (eben der Weltverschuldung und Erlösung) be-
raubter Szenen. Vergeblich hatte Wagner auf Milderung dieses
peinigenden Naturalismus gedrungen.[2]) Schumann lieſs sich durch

---

1) Hanslick S. 257.

2) Vergl. zum folgenden: Richard Wagner „Ges. Schriften und Dichtungen". X. S. 222.

keine Vorstellungen davon abbringen, den unglücklich albernen dritten Akt (Hexenszenen) nach seiner Fassung beizubehalten, er wurde böse und war jedenfalls der Meinung, Wagner wolle ihm durch sein Abraten die allergröfsten Effekte verderben. Denn auf Effekt sah er es ab: alles „deutsch, keusch und rein", aber doch mit pikanten Scheinunkeuschheiten untermischt, zu welchen dann die unmenschlichsten Roheiten und Gemeinheiten des zweiten Finales (Szenen im Schlafgemach) recht ergreifend sich ausnehmen sollten. Nach Wagners Urteil erscheint die bereits so widerwärtige und beleidigende Szene, mit welcher der auf ähnliche Motive ·begründete dritte Akt des Auberschen „Maskenballs" endigt, wie ein witziges Bonmot gegen diese wahrhaft herzzerdreschende Brutalität des keuschen deutschen Effektkomponisten und Textdichters.

Zu diesem mifslungenen Textbuch schrieb nun Schumann eine Musik, die, trotz allen Strebens nach musikalischer Deklamation, „an dem einen unheilbaren Übel krankt, undramatisch zu sein".[1]

Das zeigte sich schon bei der Leipziger Premiere (25. Juni 1850). Die Spannung auf Schumanns erste (und einzige) Oper war damals allgemein. Berühmte Komponisten wie Liszt, Spohr, Meyerbeer, Hiller wohnten der Aufführung bei. Schumann dirigierte die Oper selbst. Der Erfolg aber blieb mäfsig. Nach zweimaliger Wiederholung verschwand das Werk vom Spielplan.

Nicht viel ermutigender fiel ein Versuch in Weimar aus. Hier stand Liszt am Dirigentenpult. Er urteilte: „Geneviève est musicalement la sœur de Fidelio, mais le pistolet de Leonore lui manque."[2] Das soll wohl heifsen: sie ist nicht dramatisch genug. — Erst zwei Jahrzehnte später wagten wieder deutsche Bühnen eine Aufführung, so in Karlsruhe, München, Wien, Leipzig, Wiesbaden etc.

Auf dem Spielplan hat sich jedoch Schumanns „Genoveva" nirgends behauptet, obwohl der Komponist behauptete, in seiner Oper sei „jeder Akt durch und durch dramatisch".

Auch der bekannte Komponist Bernhard Scholz schrieb eine Oper „Genoveva", die 1874 zum erstenmal in Nürnberg aufgeführt ward.

1) Hanslick S. 258.
2) Franz Liszts Briefe (herausgegeben von La Mara). Leipzig 1893. II. S. 222.

Golo.
Romantische Oper in einem Vorspiel und 3 Aufzügen
nach Ludwig Tieck
von
Bernhard Scholz. [1])

Scholz folgt, wie bereits der Titel angiebt, im wesentlichen Tieck, in einzelnen Szenen auch Hebbel. Das Finale des ersten Aktes erinnert sogar an die entsprechende Szene bei Müller. Selbständig verführt Scholz bei der Verstärkung von Gertruds intriganter Rolle und ihrem Tod durch Golos Hand, dann in seinem Beseitigen des Tieckschen Wunderapparats und Heiligenkultus, schliefslich bei Golos Selbstmord. — Diese Umformung und starke Verkürzung der Dichtung Tiecks zu einem Textbuch kann man als recht gelungen bezeichnen. Das Textbuch schliefst mit Genovefas Heimkehr.

1) Hamburg o. J.

IV.

Volksschauspiele und Puppenspiele.

Erstes Kapitel.

Volksschauspiele.

Die Grenzen zwischen Drama und Volksdrama lassen sich schwer ziehen, da viele Dramen, die längst außer Mode geraten sind, wie etwa die einstigen Ritterdramen, als Volksschauspiel wieder aufleben (zum Beispiel Crenzin). — Wir verstehen hier unter Volksschauspiel jedenfalls nicht die sogenannten Volksstücke unserer städtischen Bühnen oder die zweifelhaften Erzeugnisse städtischer Liebhabertheater, also nicht Stücke wie die des Münchener Anonymus, Antons, Kaysers, wir verstehen vielmehr darunter jene schlichten, anspruchslosen Dramen, die noch jetzt in Dörfern und kleinen Landstädten auftauchen, von Dilettanten dargestellt, oft ohne Kulissen, unter freiem Himmel. —

Auch als Volksschauspiel erfreut sich gerade der Genovefastoff einer weiten Verbreitung.

Das Genovefaspiel gehört neben den Weihnachtskrippel- oder Dreikönigsspielen zu den beliebtesten der volkstümlichen dramatischen Aufführungen in Steiermark sowohl als in den angrenzenden Ländern und im Gebiete der bayrisch-österreichischen Alpenländer. [1]

Bis in die Mitte des vorigen Jahrhunderts läßt sich das Vorkommen des Genovefaspieles in Steiermark verfolgen, wobei es allerdings fraglich erscheint, ob es sich dabei stets um den von Schlossar überlieferten Text handelt.

---

1) Schlossar „Deutsche Volksschauspiele". In Steiermark gesammelt. Halle 1891.

Schlossars Text[1]) liegt zu Grunde eine Handschrift aus Mittersdorf im Mürzthale. Der ursprüngliche Titel lautet:

„Vorstellung oder Komötig von den Leiden und Leben der heilige Pfalz-Gräfin und Einsitlerin und aus Brabant gebürtige Herzogin S. Genovefa."

Am Ende des Heftes steht die Bemerkung:

„Verfertiget den 14. Jänner 1828 von Jacob Schlagbauer Tinsboth beim . . . . . nerlbauern zu Keuchendorf geschrieben wurden. Alles zur Ehre Gottes und der heiligen Genovefa. MDCCCXXVIII."

Das Volksschauspiel zerfiel in der Originalhandschrift in zehn Auftritte, jeder Auftritt in verschiedene Szenen. Da diese Einteilung jedoch ungleichmäfsig war, hat Schlossar das Ganze in 67 Auftritte zerlegt.

Das steiermärkische Volksschauspiel ist eine, meist wortgetreue Dramatisierung des deutschen Volksbuches. Neu ist nur die Rolle des Hanswurst. Er steht jedoch mit der eigentlichen Handlung in fast gar keinem Zusammenhang, er übernimmt hier nur die Rolle eines Zwischenspielers.

Bestimmte Nachrichten über steiermärkische Genovefaaufführungen haben wir aus Fürstenfeld (1767) und aus Trofaiach. Auch in andern Orten Obersteiermarks kommt das Genovefaspiel ab und zu bis in die letzten Jahrzehnte unseres Jahrhunderts auf Dorfbühnen vor.

Für Kärnten sind Genovefaaufführungen ebenfalls bezeugt.

Noch in diesem Jahrhundert spielte man in Delach eine „Genovefa", ebenso in Liesing im Lesachthal[2]) und 1876 in St. Jakob im gleichen Thal.[3])

Zahlreiche Zeugnisse haben wir ferner aus Tirol.

Immermann[4]) berichtet 1833, damals sei im Dorfe Pradl bei Innsbruck den ganzen Sommer hindurch alle Sonntage ein Stück von der „heiligen Genovefa" abwechselnd mit einem anderen Stück von einem Herzoge Lupoldus aufgeführt worden.

August 1856 ward zur Feier einer Hochzeit in der Nähe

---

1) Schlossar I. S. 243—308.

2) Weinhold „Weihnachtspiele und Lieder aus Süddeutschland und Schlesien". Graz 1870. S. 374.   3) Seuffert „Legende". S. 79.

4) Werke (Hempel). X. S. 240.

von Bozen ein dreiaktiges Mysterium „Genovefa von Brabant" gegeben, verfafst von Franz Herlich. [1])

Zu Brixlegg, einem Dorfe am Inn bei Rattenberg, zwischen Kufstein und Schwaz gelegen, hat ein einfacher Holzknecht und Kohlenbrenner Namens Georg Schmalz († 1845) unter anderm eine „Genovefa" verfafst. Schmalz selbst spielte den Golo. [2])

Zu Voldöpp bei Kramsach am Inn, Rattenberg gegenüber, führte man unter anderm auf eine „Genovefa". [3])

Auf dem Dorftheater in Buch (bei Schwaz) wurde 1851 dargestellt eine „Genovefa", deren Verfasser Martin Obinger war, in St. Margarethen, dem Pfarrorte von Buch. [4])

Im Landl, einem zur Gemeinde Thiersee gehörigen Dorfe, ward zwischen 1830 und 1837 ebenfalls eine „Genovefa" aufgeführt. [5])

Nicht minder als in Tirol war die Genovefa im benachbarten Oberbayern verbreitet.

Zu dem Spielvorrat der oberbayrischen Volksbühne gehören die Geschichten Genovefas, der Herzogin Hirlanda, der Gräfin Itha von Toggenburg[6]), der frommen Dulderin Griseldis, des armen Heinrichs, des edlen Möringers und ähnlicher Helden mittelalterlicher Poesie. Ihnen zur Seite standen die Sagen von Kaiser Oktavian, von Dr. Faust und dergleichen; ebenso die älteren, schlichteren Schauspiele aus der heiligen Legende, wie das vom heiligen Georg, der heiligen Katharina, Barbara und dergleichen. [7])

In Oberaudorf existierte ein handschriftliches Drama „Genovefa" 1838. [8])

Die Bauern in Schlehdorf am Kochelsee spielten zahlreiche religiöse Stücke, unter andern „Genovefa". [9])

J. A. Seethaler, 1789—1814 Landrichter in Laufen, einer

---

1) Seuffert „Legende". S. 79.

2) Hartmann „Volksschauspiele". In Bayern und Österreich-Ungarn gesammelt. Leipzig 1880. — S. 319.

3) Hartmann S. 321.   4) Hartmann S. 340.   5) Hartmann S. 353.

6) Brenner „Altbairische Possenspiele", München 1898, führt eine „Heilige Itta" auf, die (wie die Münchener Oper, vergl. S. 44) betitelt ist: „Die Getrukht aber nit Undertrukhte Unschuld".

7) Bavaria I. S. 418 (5. Abschnitt „Volkssitte" von Felix Dahn).

8) Hartmann S. 380.   9) Hartmann S. 430.

Stadt vier Stunden nördlich von Salzburg, berichtet, daſs die Laufner Schiffleute alte und neue Sing-, Lust- und Trauerspiele, Legenden und Farcen in der reinen Manier des 17. Jahrhunderts gäben, zum Beispiel „Die heilige Genoveva".[1]

In der Schweiz finden sich sichere Spuren von Genovefaaufführungen nur im Kanton Luzern.

Als überhaupt älteste Dramatisierung des Stoffes haben wir bereits die in Willisau 1597 beabsichtigte Aufführung von „Herzog Sigfried und Genoveva" erwähnt.[2]

In Hergiswyl bei Willisau gelangte 1810 eine „Genovefa" zur Darstellung, 18 .. in Schüpfheim „Genovefa, Pfalzgräfin am Rhein".[3]

Herr Professor Bächtold glaubte sich auſserdem zu erinnern, daſs im Nachlaſs des verstorbenen Dr. Schild aus Greuchen (Kanton Solothurn) eine „Genovefa" aus dem Anfang dieses Jahrhunderts sich befand, ein in Grenchen dargestelltes Volksschauspiel.[4]

Endlich erwähnen wir noch, indem wir von der Schweiz einen tüchtigen Sprung nach Nordosten, bis Schlesien, machen, folgenden drastischen Bericht Holteis an Hebbel[5], eine Schilderung, die Holtei auch in seinen Roman „Die Vagabunden" verwoben hat.[6]

Vor grauen Jahren habe er in Grafenort (Kreis Habelschwerdt) Genovefa von einer Zigeunerbande mehr mimisch als rhetorisch darstellen sehen. „Schmerzenreich war ein Lümmel in meiner Gröſse und die Hirschkuh ein Dachsschliefer kleinster Gattung, dem sie zwei kleine Rehbockshörner auf den Schädel gepickt hatten. Die kleine Amme verleugnete jedoch das männliche Genus nicht und that es, an eine Waldkulisse gewendet, vor

---

1) R. M. Werner „Der Laufner Don Juan" a. a. O. S. 39.
2) Vergl. S. 10.
3) „Der Geschichtsfreund" XVII. 1861. — S. 127.
4) Der Nachlaſs des Dr. Schild ist wahrscheinlich mit seinen Erben nach Amerika gewandert. (Mitteilung der Stadtbibliothek Solothurn.)
5) Emil Kuh „Friedrich Hebbel". II. S. 433.
6) Vergl. zum folgenden die ausführliche Schilderung im achten Kapitel der „Vagabunden". — Im 63. Kapitel wird auch ein Marionettenstück „Genoveva, Pfalzgräfin von Trier", allerdings nur flüchtig, erwähnt.

Ablauf des Dramas höchst unanständig kund — was vielleicht, da alle Mitspielenden Thränenopfer brachten, Rührung bedeuten sollte?"

Zweites Kapitel.

Puppenspiele.

Auch als Puppenspiel erfreute sich der Genovefastoff außerordentlicher Beliebtheit. Scheible klagt[1]): „Es ist wirklich schade, daß die Marionettentheater, von denen 1810 noch eins in Berlin bestand, und später noch einige auf den Messen großer Städte, zu Frankfurt und Leipzig, ihren Verkehr hatten, mit ihrem „Verlorenen Sohn", mit ihrer „Genovefa" etc. jetzt so ganz und gar außer Mode gekommen sind."

So ganz und gar außer Mode sind jedoch die Puppenspiele nie gekommen. Nicht nur vor, sondern auch nach 1810 fanden Genovefaaufführungen statt.

Joseph Karl von Pauersbach, Sekretär am n. ö. Landrecht in Wien, schrieb für das Marionettentheater des Fürsten Esterhazy in Esterhaz unter anderm: „Genovefens ersten, zweiten, dritten und vierten Teil". Den letzten Teil dieses Puppenspiels hat Joseph Haydn komponiert (1777).[2])

In neuerer Zeit ward im Jagdhaus bei Tabarz (Thüringen) ein Puppenspiel „Genovefa" aufgeführt, von dem ein Szenarium erhalten ist.[3])

Sein Inhalt ist folgender:

1. Abschied des Landgrafen Siegfried, Golos Bewerbung und Zurückweisung, die Verleumdung der Genovefa und die Vergiftung des Mundkoches.

2. Blendwerk der Hexe, Siegfrieds Todesbefehl.

---

1) „Das Kloster" V. S. 719.

2) C. F. Pohl „Joseph Haydn", Berlin, Leipzig, 1875, 1882. II. S. 9 und 10. — Die Angabe in Gödekes Grundriß V. S. 315 beruht auf einem Irrtum. Bei Gödeke heißt es: „Probe der Liebe Genovefens in vier Teilen". Zu lesen ist nach Pohl: „Die Probe der Liebe", „Genovefens erster, zweiter, dritter und vierter Teil." Also zwei Stücke!

3) Seuffert „Legende" S. 79, 80.

3. Mörderszene, Traumbild Siegfrieds und dessen Reue, eine Szene vor der Höhle im Walde, dann die Jagd, die Auffindung und Golos Katastrophe.

Schlußtableau: Genovefa auf dem Paradebett.

Dieses Tabarzer Puppenspiel geht zurück auf das deutsche Volksbuch. Bemerkenswert dabei ist das Fehlen des Hanswurst. Darin könnte ein alter Zug stecken. Das uns bereits bekannte steiermärkische Volksschauspiel würde dann die nächste Stufe bezeichnen: Auftreten des Hanswurst, aber nur als Zwischenspielers.[1]) Als angeblicher Verfasser dieses Puppenspiels wird Schikaneder genannt.

Schikaneder als Autor nennt auch ein Breslauer Theaterzettel aus dem Anfang dieses Jahrhunderts (Stadtbibliothek). Der Zettel kündigt an:

Genovefa oder deutsche Frauenwürde.

Ritterschauspiel aus dem Jahre 1018, in 4 Abteilungen,

von

Schikaneder.

Das Personenverzeichnis enthält aus der deutschen Tradition wohl die Namen Schmerzenreich und Dragon, aber nicht die Rollen der Amme und der Hexe. Statt des Hanswurst findet sich bereits Kasperle.

Kasperle spielt auch eine große Rolle, und zwar als Akteur, nicht als bloßer Zwischenspieler, in einem Puppenstück, das zwischen 1862 und 1866 zu Kastellaun (Regierungsbezirk Koblenz) gegeben wurde.[2])

Das Kastellauner Puppenspiel hielt sich wie das Tabarzer an das deutsche Volksbuch. Statt Karl Martell wird jedoch König Dagobert genannt; die Amme steht auf Genovefas Seite; der Geist des Dragones erscheint Golo statt Siegfried. Kasperle spricht den Epilog zum Schlußtableau.

Außer dem Breslauer Theaterzettel und dem Tabarzer und Kastellauner Szenarien sind noch zwei Puppenspiele erhalten: ein niederösterreichisches und ein niederländisch-deutsches.

---

1) Vergl. die Abhandlung R. M. Werners im „Anzeiger für deutsches Altertum". XIII. S. 55—69.

2) Das Szenarium in Seufferts „Legende". S. 80.

Das niederösterreichische Puppenspiel ist betitelt:

Pfalzgraf Siegfried
oder
Pfalzgräfin Genovefa. [1]

Dasselbe gehörte neben acht anderen Stücken zu dem Repertoire eines fahrenden Puppenspielers aus Niederösterreich, dessen vortreffliche Leistungen die Sammler Kralik und Winter in den Sommermonaten der Jahre 1883 und 1884 an verschiedenen Orten der Umgebung von Wien kennen lernten. Da der Spieler angab, keine Handschrift zu besitzen, haben die Herausgeber alle Stücke stenographisch aufgenommen. [2]

1. Golo will für Siegfried ins Feld gegen die Sarazenen ziehen (Hebbel?), bleibt jedoch als Hüter des Schlosses zurück. Genovefa erwählt zum Kämmerling den Mundkoch Dragan. Während noch Siegfried in der Burg weilt (!), gesteht bereits Golo der Pfalzgräfin seine Liebe. Dem Zurückgewiesenen raunt ein Teufel ins Ohr, er solle der Gräfin und Dragan Schlafpulver verabreichen und dann den Kämmerling an Genovefas Seite aufs Lager legen. Golo gewinnt Kasperl als Helfershelfer. Die Gräfin, todmüde, zieht sich in ihr Schlafgemach zurück, statt sich an Siegfrieds Abschiedsjagd zu beteiligen.

2. Der von der Jagd heimkehrende Siegfried findet Genovefa und Dragan im Bett. Genovefa beteuert ihre Unschuld, verschweigt jedoch merkwürdigerweise Golos Antrag. Kasperl soll Genovefa einsperren. Er läfst die Schlüssel im Turm stecken und stellt sich betrunken. Golos Zorn. Inzwischen Abreise Siegfrieds und Dragans Vergiftung.

3. Kasperl besucht die eingekerkerte Gräfin und verspricht, ihr und ihrem neugeborenen Kind Nahrung zu verschaffen. Golo wird nochmals zurückgewiesen; er überantwortet nun Genovefa und ihr Kind, Siegfrieds Befehl gemäfs, dem Scharfrichter. Dieser verschont jedoch, auf Kasperls Veranlassung, die Verurteilten. Genovefa zieht in die Wildnis.

---

1) „Deutsche Puppenspiele". Herausgegeben von Kralik und Winter. Wien 1885. S. 1—42.

2) Für das Folgende vergl. den bereits citierten Aufsatz R. M. Werners im „A. f. d. A.". XIII.

4. Nach beendigtem Feldzug ist Siegfried, leicht verwundet, heimgekehrt. Golo verfällt in eine schwere Krankheit. Dragans Geist erscheint und erbietet sich, Golo zu heilen, wofern dieser alles gesteht. Golos Bekenntnis und Gesundung. Er wird verurteilt, am heiligen Dreikönigstag von vier Ochsen zerrissen zu werden. Dragan fordert Siegfried zu einer Jagd auf.

5. Wiederauffindung Genovefas und Schmerzenreichs durch Siegfried und Kasperl.

R. M. Werner bezeichnet dieses Puppenspiel mit Recht als eine unsinnige Verballhornung des deutschen Volksbuches. Wie im Kastellauner und Breslauer Puppenstück spielt auch hier Kasperl eine hervorragende Rolle und wie im Breslauer fehlen Amme und Hexe. Dafür jedoch übernimmt Kasperl zum Teil die Rolle der Amme. Wir wissen von früher, daß im deutschen Volksbuch neben Golo nur noch die Amme Zutritt zum Kerker hat. Sie wird zwar sonst als nichtswürdiges Weib geschildert, nach Schmerzenreichs Geburt indessen legt sie doch bei Golo Fürsprache ein. Das Kastellauner Puppenstück hatte an letzteren Punkt angeknüpft und die Amme völlig auf Genovefas Seite stehen lassen. In dem niederösterreichischen Puppenspiel tritt Kaspar an die Stelle der Amme: auch er besucht Genovefa im Kerker, auch er ergreift ihre Partei. Höchst eigentümlich sind außerdem noch zwei Züge: Genovefa erwählt Dragan zu ihrem Kämmerling und Dragan wird in Genovefas Bett gebracht. Hier scheinen offenbar Bezüge vorzuliegen zu dem niederländischen Drama des A. F. Wouthers, das wir in der Gothaer Übersetzung und in der Inhaltsangabe eines Breslauer Theaterzettels kennen lernten. [1])

Wir wagen jedoch nicht, eine wirkliche Einwirkung von Wouthers anzunehmen und begnügen uns, die unglaublich verballhornte, überdies mit Witzen Raimunds und Nestroys aufgeputzte Form des niederösterreichischen Puppenspiels nochmals zu betonen.

Eine ganz besondere Stellung unter den Puppenspielen nimmt das niederländisch-deutsche Puppenspiel ein. [2])

---

1) Vergl. S. 50.
2) Vergl. zum folgenden: Seuffert „Legende" S. 59 und R. M. Werners Aufsatz a. a. O.

Wir verstehen darunter jenes von Engel mitgeteilte Puppenspiel[1]), eine Vermischung der niederländischen und deutschen Tradition. Betitelt ist es:

Genoveva
Schauspiel in fünf Akten.

1. Neben Siegfried ziehen auch Genovefas Vater und Bruder in den Mohrenkrieg (niederl. Tr.). Golos Liebeserklärung. Genovefa beauftragt Drago, ihren Gemahl von dem Vorgefallenen zu benachrichtigen; Golo kommt dazwischen und ersticht Drago (niederl. Tr.). Hanswurst als Bote an Siegfried.

2. Dem Pfalzgrafen zur Seite steht der bedächtige Wolf (niederl. Tr.). Der Zauberspiegel der Strafsburger Sibylle bestätigt Genovefas angebliche Buhlschaft (deutsche Tr.). Todesurteil.

3. Hanswurst besucht (statt der Amme) Genovefa, die indessen Schmerzenreich geboren, im Kerker (vergl. das niederösterreichische Puppenspiel). Bertha, des Turmwächters Tochter, benachrichtigt Genovefa von ihrem nahen Ende und empfängt ihren Reinigungsbrief (niederl. Tr.). Genovefa weist Golo nochmals zurück. Hanswurst überredet den Henker, sie und ihr Kind am Leben zu lassen (vergl. das niederösterr. Puppenspiel).

4. Genovefas schwere Erkrankung. Ihre und Schmerzenreichs Wiederauffindung bei einer Jagd. Auch Golo nimmt daran teil (deutsche Tr.); er wird zu lebenslänglicher Kerkerstrafe verurteilt (niederl. Tr.). Heimkehr ins Schlofs.

5. Nach Genovefas baldigem Tod wollen sich Siegfried und Schmerzenreich in die Einsamkeit zurückziehen (deutsche Tr.). Genovefas Paradebett. (Vergl. das Tabarzer und das Kastellauner Puppenspiel.)

Die innere Einheit dieses Puppenspiels hat durch die Vermischung der niederländischen und der deutschen Tradition nicht gelitten. Die Rolle des Hanswurst gemahnt hier an die Rolle Kasperls im niederösterreichischen Puppenspiel oder richtiger wohl umgekehrt, der niederösterreichische Kasperl verweist auf die Rolle, die hier Hanswurst spielt.

Wie Karl von Holtei die Aufführung eines Volksschauspiels in seinen Roman „Die Vagabunden" verwob, hat Theodor Storm

---

1) C. Engel „Deutsche Puppenkomödien". IV. Oldenburg 1876. S. 1 bis 38.

in seiner Novelle „Pole Poppenspäler" die Darstellung eines Puppenspiels ganz reizend geschildert. In Husum, der „grauen Stadt am Meer", machte der Stadtausrufer bekannt: „Der Mechanikus und Puppenspieler Herr Joseph Tendler aus der Residenzstadt München ist gestern hier angekommen und wird heute abend im Schützenhofsaale seine erste Vorstellung geben. Vorgestellt wird: „Pfalzgraf Siegfried und die heilige Genovefa". Puppenspiel mit Gesang in 4 Aufzügen."

Kasperl spielte hier eine große Rolle und zieht sogar den Helden der Novelle in Mitleidenschaft.[1]

Bis in die unmittelbarste Gegenwart hinein lassen sich solche Puppenspiele verfolgen. So hatte auch der Puppenspieler Linde in Berlin die „Genovefa" in seinem Repertoire.[2]

In München existiert noch heute das vom Dichter Graf Pocci[3] herrührende Schmittsche Marionettentheater, auf dem „Faust", „Rotkäppchen", „Genovefa" etc. jeden Winter gespielt werden.

Endlich sei in diesem Zusammenhang noch erwähnt ein Kinderschauspiel:

Genovefa.

Schauspiel in fünf Akten.

Für Kindertheater neu bearbeitet von

Ernst Siewert.[4]

Der Verfasser folgte dem deutschen Volksbuch. Die Rücksicht auf sein kleines Publikum veranlaßte ihn, Golos Liebe zu Genovefa gänzlich zu streichen und ihn als herrschsüchtigen Bösewicht darzustellen. Die Art seiner gegen Genovefa gerichteten Beschuldigung ist allerdings selbst für ein Kindertheater zu naiv: Golo zeiht Genovefa — der Brandstiftung! Ganz unbeteiligt an der Katastrophe bleibt Siegfried.

---

1) Storms „Ges. Schriften" IX, vergl. besonders S. 21—24.

2) Seuffert „Legende" S. 80.

3) Vergl. über ihn und seine Thätigkeit H. Holland „Franz Graf Pocci als Dichter und Künstler". München 1877.

4) Schreibers Kindertheater. 28. Heft.

V.

Gedichte.

Wie bei den Genovefadramen kann man auch bei den Geno
vefagedichten eine volkstümliche und eine kunstgemäfse Richtung
unterscheiden. Beide sind weniger stark vertreten als beim Drama.

Ein Beispiel der volkstümlichen Überlieferung giebt
bereits Seuffert.[1]

„Eine erschröckliche Geschicht, Welche sich hat zugetragen
mit einen Grafen Welcher in das Feld gezogen, und seine liebe
Frau dem Hofmeister anbefohlen. Da nun der Hofmeister aber
unter während der Zeit die Frau Gräfin zu aller Unzucht angereizet,
da sie aber nicht seines Willens worden, schriebe er einen Brief
von unterschiedlichen Lügen an den Grafen, bis endlich der Graf
anbefohlen, sie aus dem Weeg zu raumen: und was der Hofmeister erschröckliches, und entsetzliches mit ihr hat angefangen,
wird weiter dieses Gesang zeigen. In einer bekannten Aria zu
singen. Gedruckt in diesem Jahr." — Die vier Blätter stammen
aus dem Anfang dieses Jahrhunderts. In 46 vierzeiligen Strophen
von rauhen Knittelversen wird hier die Geschichte, dem deutschen
Volksbuch gemäfs, erzählt.

Die Reihe der Kunstdichtungen eröffnet wie die der
Kunstdramen Maler Müller. Seine Gedichte, das Berliner
Balladenfragment, die Ballade „Die keusche Genovefa im Thurm",
eine Serenade und die Ballade „Anna von Trauteneck bey Ritter
Golos Grab" lernten wir indessen bereits kennen.[2]

Von einem Genovefagedicht des Herzogs August von
Gotha-Altenburg († 1822), Verfasser eines Romans „Ein Jahr
in Arkadien" und einer kleinen Übersetzung aus dem Französischen,
haben wir nur unbestimmte Nachricht. Eine Notiz in einem

---

1) „Legende" S. 76, 77.   2) Vergl. S. 56—57.

älteren Bande des Stuttgarter „Morgenblattes" besagt, daſs der
Herzog August ein Bruchstück seines Gedichtes „Genovefa" einst
dem Dichter Mahlmann bei seiner Anwesenheit in Gotha gezeigt
habe, daſs dasselbe von diesem aber abfällig beurteilt worden sei.[1]

Ebensowenig erhalten ist eine Ballade Platens.

Platen schreibt in seinem Tagebuch (3. Oktober 1814):

„Je traduis quelques morceaux du „Pastor fido" et quelques
autres des „Reliques de Percy". J'ai aussi commencé à traduire
une héroïde d'Ovide „Dido Aeneae". Une ballade „Geneviève" est
aussi une production de ces jours."[2] Da im gleichen Abschnitt
Percys Balladen erwähnt sind, darf man wohl auf einen volkstümlichen Ton dieser verloren gegangenen Ballade schlieſsen.

Ein Erzeugnis von höchst fragwürdigem Wert liegt uns vor
in der

Historia der alten Genovefa.

In Knittelversen bearbeitet

von

Franz Freiherrn von Hallberg zu Broich.[3]

Der einst als Sonderling und durch seine Abenteuer bekannte
Freiherr von Hallberg-Broich (1768—1862) folgt in seiner Historia
dem deutschen Volksbuch. Er tadelt zwar an letzterem, es sei
„allzu deutsch" geschrieben, daſs, wär' er dem Volksbuch ganz
getreu geblieben, die „holden, lieben Mädchen" ihn in den „Ver-
schiſs" erklärt haben würden, aber seine eigenen, geradezu
schauderhaften Knittelverse stapfen knietief im Schmutz. Einige
Beispiele: Das öftere Zusammensein Genovefas mit dem Koch
findet Hallberg verdächtig. Von Schmerzenreich vermutet er,
er werde sich, ohne Windeln und Bad, im Kerker „recht besudelt
haben". Der Geist des Droganes legt sich zu Siegfried ins Bett
und der Pfalzgraf „kriegt vor Ängsten das Laxieren".

Da Hallberg sein Gedicht „zum Besten der Armen" herausgab, darf man wohl annehmen, er habe mit derartigen Scherzen
den bösen Reichen den Appetit verderben wollen.

Johann Baptist Rousseau (1802—1867), der Freund
Heines, dichtete eine Romanze „Die Pfalzgräfin Genovefa".[4] Das

---

1) Obige Mitteilungen verdanke ich der Güte von Herrn Hofrat Pertsch
und Herrn Seminarlehrer Berbig in Gotha.

2) Die Tagebücher des Grafen August von Platen. Stuttgart 1896. I. S. 150.

3) Crefeld 1833. (52 Seiten).   4) „Legenden". Hamm 1835. S. 8 u. 9.

Fortwerfen des Ringes und sein Wiederfinden im Magen eines
Fisches bildet den eigentlichen Inhalt der Romanze.

Der Schlufs lautet:

> „Schaut, Herr, im Magen des Fisches war
> Verwachsen dies Ringlein hold und klar." —
>
> „Mein Trauring! O Himmel, ich kenn' ihn genau!
> Empfang' ihn wieder, du heilige Frau!"
>
> „Der Herr, der im Leid dich beseelt und gestählt,
> Hat durch ein Wunder aufs neu uns vermählt."

Der Herausgeber der deutschen Volksbücher, Karl Simrock,
schrieb zwei zusammenhängende Gedichte (14 Verse), betitelt:

Siegfried und Genovefa.[1]

In dem ersten Gedicht träumt Siegfried wie im Volksbuch
von einem Drachen, den Golo auf Drago deutet, und später von
einer weifsen Hinde. Im zweiten Gedicht findet Siegfried auf
einer Jagd wirklich die Hinde und bald auch Genovefa mit
Schmerzenreich.

> „Frau und Knabe sind die Seinen,
> Die der Hinde Milch genährt:
> Simmern wird vor Freude weinen,
> Wenn er mit den Lieben kehrt.
> Jauchzend hörten alle Gäste
> Welch ein Wunder Gott erlaubt,
> Und vom hohen Thor der Veste
> Blickte Golos blut'ges Haupt." —

Ein umfangreiches Epos lieferte der katholische Pfarrer,
spätere Dechant und Ehrendomherr Johannes Weifsbrodt (1830
bis 1893).

Genovefa.
Gedicht von J. Weifsbrodt.[2]

Die wesentliche Grundlage dieses Gedichts bildet die niederländische Überlieferung (wohl Christoph von Schmid). Einerseits
erweitert Weifsbrodt diese seine Vorlage, andererseits zieht er sie
mehr zusammen. Aus dem Küchenmeister Drago macht er einen
Knappen Roland; die Rolle des treuen Wolf verblafst völlig;
Golo entrinnt dem Kerker und ertränkt sich.

---

1) Gedichte. Neue Auswahl. Stuttgart 1863. S. 171—175. — Das
Gedicht ist jedoch schon vor 1863 gedichtet und gedruckt worden.

2) Münster 1859.

Neben der niederländischen hat aber Weifsbrodt auch die
lateinische Überlieferung benutzt: Siegfrieds Schlofs liegt im Maien-
gau (in pago Meynfeldensi); Siegfried bestellt Golo nach dem
Rat seiner Vasallen zum Hüter des Schlosses; seine Gemahlin
empfiehlt er dem Schutze Mariä; Golo hinterbringt seiner Herrin
die falsche Todesnachricht; Maria tröstet darauf im Traum die
Pfalzgräfin; Genovefas Verleumdung geschieht auf Rat eines alten
Weibes; Mutter und Kind sollen im See ertränkt werden. —
Das Gedicht von Weifsbrodt ist demnach eine Verschmelzung
der niederländischen und der ursprünglichen lateinischen Tradition,
und zwar in der Art, dafs der fromme katholische Charakter
entschieden überwiegt. Weifsbrodts Gedicht gemahnt an die
1849 erschienene und von allen Muckern und Duckern hoch-
gepriesene „Amaranth" von Oscar v. Redwitz.

Wie die Redwitz-, hat auch die Scheffel-Wolff-Baumbach-
Epidemie den Genovefastoff heimgesucht.

Ginevra.
Ein erzählendes Gedicht
von
Adolf Volger.[1])

Volger, als Buchhändler und nebenbei als Verfasser zahl-
reicher romantischer Dichtungen, Soldatendramen etc. etc. in
Landsberg an der Warthe lebend, verlegt die völlig freigestaltete
Handlung in die Zeit der Staufer.

Das pfalzgräfliche Paar feiert soeben die Taufe seines Erst-
gebornen. Im Herrensaal wie in der Küche geht es hoch her.
Bald darauf zieht Graf Siegfried zum Kreuzzug nach Palästina.
Lange Jahre vergehen, ohne dafs ein Lebenszeichen von ihm in
die Heimat gelangt. Da wagt es Golo, den einst des Grafen
Vater bei einem Römerzug Barbarossas unter Schutt und Trüm-
mern als hilflos Kind aufgefunden, der schönen Ginevra seine
Liebe zu gestehen. Golos Unglück will nun, dafs fast gleichzeitig Siegfrieds nahe Rückkehr kund wird. Golo fürchtet Entdeckung. Zum Mord zu feig, setzt er Ginevra (ohne ihr Kind)
schutzlos im Dickicht des Waldes aus. Den heimgekehrten
Pfalzgrafen täuscht er mit der Kunde, Ritter Walter, ein

---

1).Altenburg o. J.

Jugendfreund Siegfrieds, habe Ginevra entführt. Heinrich, der
pfalzgräfliche Sprofs, verirrt sich inzwischen im Walde. Bei der
Suche findet Golo das Kind in den Armen — Ginevras. Gerade
bedroht ein Wolf ihr Leben. Golo rettet sie. Selbst jedoch
tödlich verwundet, gesteht er noch vor seinem Ende dem herbei-
eilenden Pfalzgrafen Ginevras Unschuld und sein eigenes Verbrechen.

Auf das Gedicht näher einzugehen, lohnt sich nicht. Gehört
doch Volger zu dem sattsam bekannten Trofs der sinnigen,
minnigen Butzenscheibenpoeten.

Schlufs.

Rückblick.

Die Geschichte eines Dramenstoffes [1]) ist insofern oft unerquicklich, als sie den Litterarhistoriker zwingt, in Tiefen herabzusteigen, die er sonst verschmäht, in die Tiefen des Dilettantismus. Interessant aber wird sie, wofern der Dramenstoff ein buntbewegtes Bild von dem Werdegang unserer Bühne, von dem Wechsel der Zeiten und Weltanschauungen entrollt. Und das ist vor allem bei der Genovefa der Fall. Wir lernen hier das Schuldrama, das Drama der Wanderbühne, das Alexandrinerdrama, das Drama des Sturms und Drangs, der Romantik, der Neuzeit in zum Teil typischen Formen kennen. Hinzu kommen noch Operntexte, Volksstücke, Puppenspiele.

Aufser der Faust- und vielleicht auch der Don Juan-Sage giebt es wohl kaum einen ebenso weit verbreiteten Stoff.

Es ist bezeichnend, dafs im Spielplan der Puppenspieler am ersten Abend oft Genovefa, am zweiten Faust (oder umgekehrt) angekündigt wird. Eins jedoch unterscheidet die Genovefa von vornherein vom Faust: Keiner der vielen Dramatiker, die den Genovefastoff behandeln, hat daraus ein für alle Zeiten gültiges, klassisches Meisterwerk geformt wie etwa Goethe im Faust. Ist das nun ein Zeugnis für das Unvermögen der betreffenden Dichter? Wir glauben, der Grund liegt tiefer: Der Genovefastoff ist weit weniger zur Dramatisierung geeignet als der Fauststoff. Im Faust haben wir ein im höchsten Mafse dramatisches Problem: das Anstürmen des Individuums gegen die Schranken der Erkenntnis. In der Genovefa bietet sich uns ein mehr epischer Stoff: die Frauentreue. Im Faust war die tragische Schuld, eben der Hochmut des Erkenntnistriebes, in der Sage gegeben. In der

---

1) Und das ist doch der Genovefastoff hauptsächlich! Was wollen die paar Gedichte im Verhältnis zu Zahl und Bedeutung der Dramen besagen?

Genovefa mußte eine ähnliche Schuld, der Hochmut der Frauenwürde, von einem Dichter wie Otto Ludwig erst in den Stoff
hineininterpretiert werden. Aber mit dieser tragischen Schuld,
die allerdings in die Statue der kühlen Dulderin heißes Leben
gießt, geht doch der zarte Duft der Legende verloren, erhält die
Sage ein so verändertes Gepräge, daß wir die altvertrauten Gestalten kaum noch wiedererkennen.

Oder beruht unser herbes Urteil weder im etwaigen Unvermögen der Dichter noch in dem allzu epischen Gehalt des Stoffes,
sondern in subjektiven Stimmungen?

Wer möchte sich hier solcher Stimmungen erwehren? Wie
im Faust beim Klang der Osterglocken die Erinnerung erwacht
an die goldene Jugend, so gedenken auch wir längst verschollener
Zeiten, wenn „aus des Mittelalters dicht verwachsenem Hain vom
fernen, grauen Berg herab das kleine Glöckchen zum Trost des
Wanderers läutet".[1]) Wir sehen uns wieder als Kind in einer
Ecke kauern und beim blassen Dämmerschein mit verhaltenem
Atem der holden Sage lauschen von der treuen Frau Pfalzgräfin
und dem lieben, kleinen Schmerzenreich. Es dünkt uns fast, als
ob es den stolzen Kunstdramen der schlichten Sage gegenüber,
wie sie das deutsche oder gar das niederländische Volksbuch
überliefern, ähnlich ergeht, wie jenen hochnäsigen Prinzessinnen,
die die arme Magd aus dem Volke frühmorgens beim Krähen
der Hähne hinaustreiben zum Hüten der Gänse auf nebliger
Weide und die sich schließlich demütig beugen müssen vor dem
verschlissenen Gewand der verachteten Bettlerin. — Unser Geschmack ist vielleicht etwas altfränkisch. Wir können uns jedoch
dabei auf Heinrich Heines Urteil über Tiecks Genovefa berufen,
indem wir nur bitten, der Tieckschen Genovefa das Drama Maler
Müllers und (wie schwer es uns auch fällt) selbst die Dramen
Hebbels und Ludwigs anzureihen.

Heine spricht von Tiecks Dramatisierungen der Volksbücher
„Oktavian", „Genovefa", „Fortunat". Dann fährt er fort: „Diese
alten Sagen, die das deutsche Volksbuch noch immer bewahrt,
hat hier der Dichter in neue, kostbare Gewande gekleidet. Aber,
ehrlich gestanden, ich liebe sie mehr in der alten naiven, treu-

---

1) Daher wohl auch die Vorliebe, die ein Stimmungsdichter wie
Maeterlinck für den Namen Geneviève hat (Sept Princesses, Pelèase et
Melisan, L'Intruse etc.).

herzigen Form. So schön auch die Tiecksche Genovefa ist, so
habe ich doch weit lieber das alte, zu Köln am Rhein sehr
schlecht gedruckte Volksbuch mit seinen schlechten Holzschnitten,
worauf aber gar rührend zu schauen ist, wie die arme, nackte
Pfalzgräfin nur ihre langen Haare zur keuschen Bedeckung hat,
und ihren kleinen Schmerzenreich an den Zitzen einer mitleidigen
Hirschkuh saugen läſst."[1]

---

1) Heine in der „Romantischen Schule" (1833).

Anhang.

Die Genovefafragmente Otto Ludwigs.

„Genoveva", ein Trauerspiel.

Erster Aufzug. (Fassung A.)
Schlofshof der Burg Hohensimmern.

Erste Szene.
(Benno aus der Burg, Heinz von aufsen, begegnen einander.)

Benno. Heda! He!

Heinz. Was giebt's?

Benno. Die Pferde und die Mannen sollen vor dem Thor warten. Gleich kommt der Graf; er nimmt nur noch von der Gräfin Abschied.

Heinz. Die Pferde und die Mannen sollen vor dem Thor warten! Was sich der Bursch ein Ansehn giebt! Müfste er mit gegen die Unchristen ziehn — nun er meint, er hilft das Christentum retten wie ein andrer, wenn er gegen das Echo im Burghof zu Felde zieht mit seinem Geschrei.

Benno. Könnte ich mich nur bei dir aufhalten; aber der Graf eilt. Seit gestern sind die Boten dagewesen. Die Christenheit ist in äufserster Gefahr. Ein verruchter Kerl, der Abderhaman oder wie er heifst! Kommt da von Afrika herüber mit seinen maurischen Teufeln, erobert Spanien, macht sich ein Königreich daraus zurecht und nun sticht ihn sein Glück, dafs er das ganze Frankenreich dazu erobern will.

Heinz. Ja, und komplimentiert ihn der Karl, den sie den Streithammer nennen, nicht hinaus — denn er ist schon mitten darin und streckt seine Hand schon nach Tours und Poitiers aus — so müssen wir das Kreuzmachen verlernen oder er macht halbe Monde aus uns. — Wie ist's mit der Else, Kamerad?

Benno. Wenn ich Zeit hätte, mit dir zu plaudern. — Die Pferde und die Mannen —

Heinz. Ei, Narr, sie stehen schon draufsen und erwarten den Grafen. Drum sag —

Benno. Da kommen einige von unseres Herrn Vasallen. Schmucke Vögel! aber ich denke, sie bringen nicht alle ihre bunten Federn ungerupft aus dem Felde zurück.

Zweite Szene.
(Kunz, Wendelin und einige andere Vasallen.)

Kunz. Gleich kommt der Graf uns nach. Wer sah den Golo?
Wendelin. Ob ihn der Graf noch mitziehn läfst!
Kunz.   Wohl schwerlich.
    Er baut auf seine Treu —
Wendelin.   Und wie ich weifs,
    Hat er ein wohlerworben Recht dazu.
Kunz. Einst hört' ich, doch ich sag's nur Euerm Ohr;
    Denn nur Vermutung war's, doch kam's von einem,
    Der näher unserm Herren stand als wir
    Und manchen Grund besafs, sie zu belegen,
    Wenn auch er wünschte, dafs sie stets dem Munde
    Der Welt fremd bleiben möchte, der verstärkend
    Aus Möglichkeit Vermutung, aus Vermutung
    Gewifsheit prägt, und so mit falscher Münze
    Ihr eigen Ohr betrügt —
Wendelin.   Seid ohne Sorge.
    Ich weifs Metall zu bergen vor dem Münzer.
Kunz. Nun denn; er meinte, dafs, wenn auch unwissend
    Des Umstands, Golo näher steh' dem Grafen,
    Als dieser selbst für rätlich hält zu sagen.[1]
    Und wirklich, dafs er so des Jünglings Bitten,
    Die glüh'nder Durst nach Ruhm und Thaten eingiebt,
    Unbeugbar widersteht, scheint zu bestätigen,
    Dafs die Vermutung Wahrheit sei.

---

1) Der Graf, heifst es im Planheft, habe in seiner Jugend mit eines seiner Leute Weib ein Verhältnis gehabt, der Sprofs sei Golo. — Ob das nicht ein vorübergehender Einfall des Dichters war, lassen wir dahingestellt.

Wendelin.   Er nahm
Den Knaben, den er eine Waise nennt,
Von edlen Eltern abgestammt, fürwahr
Fast väterlich in seinen Arm. Der Knab'
Erwuchs, geübt in allem edlen Werk,
Zum Anschein eines echten Grafensohns.
Und wär' auch die Vermutung unbegründet,
Von der Ihr spracht; so viel hat an dem Knaben
Der Graf gethan, dafs er von dessen Danke
Erwarten darf die Treu, auf die er rechnet,
Dafs er ihm Haus vertrauen darf und Weib
Und Land, sie zu beschützen und zu wahren,
Bis dafs er selber wiederkehrt vom Kriege,
Wohin der Majordomus Karl ihn ruft.

Kunz.   Und doch scheint mir der einz'ge Grund dies nicht,
Warum der Graf dem Jüngling nicht gewührt,
Ihm in den Krieg zu folgen. Nun, Ihr saht ihn —
Den Golo meine ich — gestern, als wir kamen —

Wendelin.   Und ich vergefs' es nicht, wie ich ihn sah.
'Ne steile Klipp' hinan, die man zu Fufs
Empor zu klimmen gern enthoben ist,
Trieb er sein Rofs. Es strauchelt am Gestein
Und wollt' hinab; er rifs es in die Höh',
Von neuem trieb er's aufwärts. Höher klomm
Es diesmal; doch ein tückischer Stein betrog
Mit Schein von Festigkeit
Den mühevollen Huf; die schwere Wucht
Von Rofs und Mann rifs ihn vom Felsen los
Und wieder trümmert er und schlug die Rippen
Der Mutterklippe tanzend, wie sie ihn
Anzog und abstiefs. Flug mehr war's als Fall,
Ihm nach die Doppellast von Rofs und Reiter —
Tod schien der dritte in dem Knäuel, doch rettend,
Wenn auch mit rauher Hand, griff Dorngestrüppe
Den Fallenden und hielt ihn schwindelnd hoch
Hinaus, als zeigt' dem nähern Himmel er
Das Waglingspaar, das zwanzig Klafter tief
Im Rhein sich spiegeln konnte; der rauscht zornig
Erstaunt ob solchen freveln Wagens auf . . .

Ihr rieft dem Golo von der Bergstraſs' zu:
Nun, hoff' ich, Junker, laſst Ihr, was unmöglich.
Er hatte sich empor gerafft und riſs
Das Roſs sich nach herüber auf den Steig.
Unmöglich? lacht er; das ist noch die Frage;
Noch weiſs ich nicht, ob es unmöglich ist! —
O solchen Waghals trägt die Erd' nicht mehr!

Kunz. Nun seht Ihr, eben das hält wohl den Grafen,
Wenn auch nicht das allein, vom Ja zurück,
Das jener ihm durch Bitten will entreiſsen;
Er fürchtet, dieser ungestüme Drang,
Der nimmer um sich, stets nur vorwärts schaut,
Werd' seinen Herrn dem Untergang verraten.

Wendelin. Und doch ist Krieg allein das Element,
In dem solch Dasein sich zu Blüt' und Frucht
Würdig entfalten kann. Denn solcher Kraft
Inwohnt ein Trieb, noch mächtiger als sie selbst,
Der, um den würd'gen Gegenstand betrogen,
Sich in sich selbst verzehrt, wenn nicht
Unwürd'gen Gegenstand ergreift und so,
Von ihm vergiftet und herabgezogen,
Sich tiefer eingräbt in des Lasters Schlamm
Als ihn, am hohen Ziel sich selbst erhebend,
Der Schwingen Kraft emporgetragen hätte.
Da kommt er selbst.

Dritte Szene.
(Golo kommt.)

Kunz. Nun, Junker, seid Ihr ganz noch?
Golo. Wieso?
Wendelin. Er zielt auf Euern Felsenritt
Von gestern.
Golo. Geht! Nichts weiter?
Kunz. Nun, ich mein'
Es war genug, wenn nicht zu viel. — Wir sahn
Das Ende nicht von Euerem Versuch.
Golo. Herr, sprecht von Wichtigerm. Das Treiben ist
Nicht des Erwähnens wert. Was macht der Krieg?

Sagt mir, wer that bis jetzt das Beste dort?
So will ich's übertreffen — in Gedanken.
Wifst Ihr, das ist so Art und Weis' der Tapfern
Hinter dem Ofen. Kann ich andre nicht,
So will ich diese Helden übertreffen,
Mufs ich denn einer sein der edlen Schar.
Nicht Abderhaman selbst, der Mauernheld,
Wenn Löwe Krieg mit grimmem Schweif die Seiten
Sich selber peitscht, um wilder sich zu reizen,
Weil Heldenkraft sein Kind, den Sieg, ihm raubt
Mit kühnem Arm, — dann fern in sicherer Stube —
So in die Brust sich werfen, soviel Wein
Hinuntergiefsen und den leeren Becher
Mit solcher Macht aufstampfen auf den Tisch
Soll keiner. Was? Nicht mehr als tausend Mauren
Geblieben in der Schlacht? Pfui, Stümperarbeit.
Wär' ich dabei gewesen! Und den Bart
Nun wischend — Nein; ich weifs zu gut, der Scherz
Geziemt nur Helden — und doch — glaubt mir, Herrn,
Dürft' ich dabei sein, nicht der Schlechtste wär' ich.

Kunz. Gewifs nicht. Doch was Euern Ritt betrifft
Von gestern, ja, da weicht Ihr aus. Gesteht,
Ihr nahmt zu viel Euch vor; es war unmöglich.

Golo. Es war.

Kunz.   Seht Ihr; ich hatte recht.

Golo.   Ich auch.

Kunz. Wieso?

Golo. Nun, alles ist so lang unmöglich,
Als einer es nicht möglich macht. Wie Ihr's
So nanntet, war's noch.

Wendelin.   Wie? wär's Euch doch
          Gelungen?

Golo.   Ja, nun mufs ich schwören, mich
Verfluchen, wenn's nicht wahr — o Herrn, erlafst mir
Dies Ofenheldentum; ich bitt' euch drum.
Euch wird bald echt're Ursach', euch zu kitzeln
Und euern Stolz, als heut' an meiner Schmach.

Kunz. Und müfst Ihr wirklich bleiben? Dürft nicht mit?
Und habt gebeten —

Golo. Herr, erinnert mich
    Nicht d'ran, daſs ich es that, wie oft ich's that.
    O wahrlich! Zehnmal öfter als mein Herz
    Ertragen wollte hier, das stolzer ist,
    Als es zu sein ein Recht hat. Und ich glaube,
    So sehr sich's wehrt, ich zwing's ihm dennoch ab.
Wendelin. Der Graf. Wär' er ein junger Mann, auf Ehre —
    Sechs Monden erst besitzt er dieses Weib,
    Das einen Greis zum Jüngling machen könnte —
    Dies Scheiden würd' ihm fast zu schwer.
        (Graf, Gräfin, Otho, Ritter, Frauen.) [1]

Erster Aufzug. (Fassung C.)

Erste Szene.

Aufserer Schloſshof der Burg Hohensimmern.
(Benno kommt von innen, Heinz von aufsen.)

Benno. Wendelin! Wendelin! Zum Teufel
    Wendelin!
Heinz. Was in aller Welt ist bei euch los, Junge?
Benno. Ihr habt Ruh' hinter Euern Meilern, Ihr Waldbär;
wir auf der Burg hier — Wendelin! Ihr habt gut machen. .
        (Wendelin kommt von aufsen.)
Wendelin. Brich die Mauern entzwei mit meinem Namen;
besser als mit meinem Kopf.
Benno. Und doch ist dein Kopf zu nichts nütze, als Mauern
damit zu zerbrechen. —
Heinz. Aber sagt doch nur —
Wendelin. Ist wieder ein Bote gekommen vom Karl
Martell?
Heinz. Vom Karl Martell?
Benno. Der weiſs auch noch gar nichts. Mensch, wenn's
noch schlimmer kommt, muſst du dein Kreuzmachen verlernen,
oder die Ungläubigen schnitzen lauter halbe Monde aus dir.
Wendelin. Er meint, in seinen Wald kommen sie nicht.

---

1) Vergl. für den weiteren Verlauf von Fassung A: Heydrich „Otto
Ludwig, Skizzen und Fragmente". Leipzig 1874. S. 371—383.

Heinz. Ei was Ungläubige! Wer mir zu nahe kommt, der soll d'ran glauben, sag' ich euch.

Benno. Sie sind schon bei Tours und Poitiers. Seit zwei Tagen kam Bote auf Boten; heut' war auch noch ein fremder Ritter da, unsern Grafen ins Feld zu holen. Dort kommen sie schon, und da bringt ihr mich erst noch ins Schwatzen. Die Rosse und Mannen sollen unten in der Ebene sich aufstellen; der Graf nimmt nur erst noch den letzten Abschied von seiner Gemahlin. Wär' er so jung als sie; es wär' ein bittrer. Nun, warum gehst du nicht, Bursch?

Wendelin. Weil's nicht nötig ist. Denselben Befehl bracht' ich schon vor einer halben Stunde hinaus. Da kommen welche von unseres Grafen Vasallen.

Heinz. Schöne Vögel; wenn die Ungläubigen sie nicht rupfen.

Wendelin. Aber wie steht's mit der armen Else?

Benno. Schlecht; sie muß fort.

Wendelin. Da kommt sie schon mit ihrem alten Teufel von Mutter.

Benno. Still; die Herrschaft hält viel auf ihre Beschließerin.

Heinz. Was ist's mit der Dirne?

Wendelin. Sie wird noch einmal vorbitten wollen.

Benno. Und es wird ihr noch einmal nichts helfen. Aber nun fort. Drinnen giebt's zu thun.

Wendelin. Kommt, Waldbär! Kommt!

Zweite Szene.

(Wendelin, Benno, Heinz hinein. Es treten auf Balduin, Heinrich und
andere Vasallen; Else, Margaretha im Gespräch.)

Balduin. Und der Graf blieb dabei, den jungen Golo als seinen Stellvertreter, als den Schützer seines Hauses, Weibes und Landes zurückzulassen?

Heinrich. Ja; aber er hat dem Jüngling den alten Ritter Otho auf der benachbarten Burg als Rat beigegeben und so der dunkellockigen Thatkraft die weißbärtige Erfahrung zugesellt.

(Kunz kommt.)

Kunz. Wo ist der junge Golo, der Pflegesohn des Grafen?

12*

Balduin. Wir sah'n ihn nicht.

(Kunz ab.)

Heinrich. Ist er das nicht?

Balduin. Ja, hier kommt er, und Mifslaune schüttelt sich in seinen Locken.

Heinrich. Kein Wunder. — Nun, Herr Golo —

(Golo kommt.)

Golo. Meintet Ihr mich? Was sagtet Ihr, Herr?

Balduin. Wir bedauerten Euch.

Golo. Ihr hörtet es schon? Ich soll daheim bleiben und Strümpfe stricken, derweil Ihr Euch Ruhm erwerbt im Felde.

Heinrich. Nicht doch; Ihr sollt daheim bleiben mit mehr Ehre, als wir im Felde uns holen können.

Balduin. Ja, Euch wird mehr geschenkt, als wir Vermögen haben zu kaufen.

Golo. Geschenkte Ehre ist keine Ehre. Geschenkte Ehre ehrt nur den Schenker, nicht den Beschenkten. Ehre ohne Lohn ehrt sich selbst, aber Lohn ohne That erscheint ein Makel. Doch stille — käm' ich so aus dem Kriege zurück, in den ich nicht mitziehen darf, wie ich denke, dafs ich gekommen wäre; dann ziemte mir, so zu reden; nun mufs ich schweigen, sonst erscheine ich als Prahler.

Heinrich. Ei, Jugend mufs Stolz zeigen. Stolz ist der Stoff zu Thaten; und Thaten erst geben uns das Recht bescheiden zu sein.

Golo. Nun seht; Ihr wollt mich liebkosen und streichelt mich auf der wunden Stelle.

Balduin. Ihr beneidet uns die Gefahr, aber wahrlich! wir lassen Euch in gröfserer zurück als uns erwartet. Ich für meinen Teil möchte lieber einen Tag lang dem wilden Schwert des Maurensultans selbst ausgesetzt sein, als eine Stunde lang den sanften Augen der Gräfin in der gefährlichen Einsamkeit dieser Burg. Ei, nehmt Euch in acht! nehmt Euch in acht, Junker Golo!

(Kunz kommt wieder.)

Kunz. Find' ich Euch endlich, Junker Golo? Der Graf verlangt dringend nach Euch.

Golo. So mufs ich gehen. Aber um Euern Scherz mit Scherz zu erwidern, Ritter Balduin, ich fürchte, Euer eigenes Ge-

wissen macht Eure Warnung so dringlich, und Ihr habt Grund,
froh zu sein, dafs der Krieg Euch aus der gefährlichen Nähe ruft.
(Geht ab.)

Dritte Szene.

Balduin. Ein Prachtgewächs dieser Golo, schön, stark und
feurig, wie der junge Kriegsgott selbst.

Heinrich. Eine von den Naturen, deren Lebenselement
nur der Krieg ist. Solche Übergewalt des Triebes sahen wir
schon öfter sich verzehren in aufgezwungener Ruhe, oder um das
bessere Ziel betrogen ein schlimmeres ergreifen und an diesem
erkrankend so tief in den Schlamm der Schmach sich wühlen,
als, wohl angewandt, dieselbe Kraft ihn emporgetragen hätte.

Balduin. Ein Grund mehr für den Grafen, ihn mitzulassen,
anstatt daheim zu behalten. Den bei meiner jungen Frau zu
lassen, hätte mir geheifsen, Feuer zum Wächter von Stroh zu
setzen. Aber der Graf war schon als Jüngling kühl im Punkte
der Frauen und fürchtet von andern nicht, was er an sich selbst
nie zu fürchten hatte.

Heinrich. Er rechnet auf die Natur der Gräfin, die noch
kühler zu sein scheint als seine eigne.

Balduin. Wie lange ist sie sein Weib?

Heinrich. Nicht ganz drei Monde.

Balduin. Es giebt solche Weiber, bei denen die Natur
vergafs, dafs sie Weiber bilden wollte. Aber weder Gestalt, noch
Blick, noch Stimme bezeichnet die Gräfin als eine solche. Nur
konnte der Graf ihr nicht einhauchen, was er selber nicht besafs.
Der Mann, der dies süfse, stolze Geschöpf lehrt, dafs sie ein Weib
ist, braucht sich der Sünde nicht zu fürchten; er hält den Himmel
in seinen Armen.

Heinrich. Stille nun.

(Graf Siegfried, Genovefa, Otho, Golo, Vasallen, Frauen kommen;
Else entfernt sich.) [1]

---

1) Für die folgende vierte Szene, die bereits in Fassung A fast un-
verändert ausgeführt ist, vergl. „Dramatische Fragmente von Otto Ludwig.
Leipzig 1891". (Herausgegeben von E. Schmidt.) S. 269—278.

Vierte Szene.

Graf. Und Rofs und Mannen harren vor dem Walde,
Wie ich befahl? — So mufs es sein, mein Weib.
Was sagt Ihr?

Genovefa.   Dafs mein Flehen Euch begleitet
Und wie ein Heer von Engeln Euch umschreitet.

Graf. Mehr nicht?

Genovefa.   Und doch; mit Herz und Seel' und Leib
Bleib' ich, wenn fern auch, Eu'r gehorsam Weib.

Margaretha (tritt vor). Jetzt seid Ihr weich, Ihr müfst es sein,
da Euer
Gemahl und Herr den letzten Grufs Euch sagt.
Die Else — Gott erbarme sich — das Ding,
Mein armes Kind hiefs diese Stund' mich nützen;
„Wenn sie vergeben kann, so thut sie's jetzt,
Die gute Gräfin" — seht, so sagte sie.

Graf. Was wollt Ihr, Frau? Ihr wählt die Zeit nicht gut.
Habt Ihr zu bitten etwas bei der Gräfin,
Lafst's, bis ich fort bin.

Genovefa. Lafst's auch später noch,
Euch quält Ihr, gute Frau, und mich vergebens.

Graf. Was ist's?

Genovefa. Herr, eine Dienerin entliefs ich,
Die Tochter dieser Frau.

Margaretha. Ja, Herr, mein Kind,
Die braune Else; nun, Ihr kanntet sie.

Graf. Ist's nicht das Mädchen, das Ihr so geliebt?

Genovefa. Ja, Herr, geliebt, so dafs ich meinen Rang
Vergafs und sie wie eine Schwester hielt,
Die Stunde halb nur lebte, die allein
Und ohne sie ich lebte; Herr, ich schlofs
Mein Herz in ihre Brust —

Graf. Und lafst sie nun?

Margaretha. Mehr, Herr! Nicht aus dem Dienst nur soll
sie, soll
Auch fort, soll diese Stunde noch die Burg
Verlassen.

Genovefa. Atmen will ich nicht die Luft
Mit dieser!

Margaretha. Ach, gewifs! Sie wird's nicht tragen.
Graf. Doch was so Schlimmes that das Mädchen Euch,
Dafs Euch, die Ihr die Milde selber seid —
Denn fand an Euch der Tadel selbst zu tadeln,
Und wahrlich! schwer genug dann wurd' es ihm,
So war's um Übermilde nur, und darum,
Da Ihr gewifs zu wenig Härte zeigt,
Verging das Mädchen sich so schwer an Euch,
Als dafs Gerechtigkeit nicht noch die Last
Der Strafe wehren müfste, die Ihr auflegt.
Was that sie? Nutzte sie den Aufenthalt
In Euerm Zimmer, Eu'r Vertraun, das nichts
Vor ihr verschlofs, zu eines Kleinods Diebstahl?
Margaretha. Nein, solches Herr, that nie mein ehrlich Kind.
Genovefa. Und wär's nur das, ersetzbar war der Raub,
Und ich vergafs ihn über den Ersatz,
Ja, schenkt ihn ihr vielleicht und überging
Den Fehler schweigend.
Graf. War es mehr als das?
Bei meinem Eide, dann entgeh' sie nicht
Der schwersten Züchtigung. So nutzte sie
Den Glauben andrer, der erwuchs daraus,
Dafs Eu'r Vertraun sie hatte, zur Verleumdung
Von Eurer Ehr' und meiner? Tod! ist's das?
Margaretha. Nein, Herr, nie log mein wahrhaft Kind auf Euch.
Genovefa. Und das auch hätt' ich ihr vielleicht verziehn.
Ein Wort dann war es nur, und das glitt ab
Vom reinen Spiegel meiner Ehr' und Eurer.
Graf. Bei meinem Eid! Was dann war ihre Schuld?
Genovefa. Mufs ich's noch nennen! Nein, erlafst mir das,
Lest's auf der Wang' mir, was das Schlimmste ist.
Womit ein unvermähltes Weib sich selbst
Und ihr Geschlecht und ihren Gott kann kränken;
So ganz vergessen ihrer Ehr' und Sitte.
Graf. Was?
Margaretha. Herr, mehr Unglück ist's als Lasterthat.
Wär' sie ein Weib, es ehrte sie, was nun
Als Mädchen sie verklagt.
Graf. Ist's weiter nichts?

Genovefa. So sprecht Ihr, Herr?

Margaretha. Drum laſst sie bleiben, Herrin.
Und seht, am Himmel türmen Wolken sich
Empor und drohn der Nacht mit wildem Sturm.
Schon sinkt die Sonne, und des Wegs Gefahr
Im Waldesdickicht mehrt noch Finsternis.
Die Nacht, nur diese Nacht noch duldet sie
In dieser Mauern Sicherheit; dann morgen
Beim ersten Schein des Tags, wenn Euer Herz
Nicht den Entschluſs geändert, heiſst sie ziehn.

Graf. Thut so und denkt, nicht sie, die Schwäche nur
Sündigt in ihr, und ihre Schwäche nicht,
Die Schwäche des Geschlechts, dem sie gehört.

Margaretha. Erzürnt Euch nicht!
Nein, Ihr seid stark, und Ihr vielleicht allein
Von allen; doch bedenkt, auch Tugend wird,
Ist sie so streng, daſs sie nicht Nachsicht kennt
Für andrer Fehl, getadelt, wie die Sünde,
Stammt sie aus Lieb', verziehn. Und wie so arm
Oft würde reiche Tugend, nähme Glück
Sich weg, was ihm daran gehört. O manche
Fiel nicht, weil Prüfung sie verschonte, Rang
Und Stand das Aug' der lüsternen Begier
Abschreckte, ihr zu nahn; weil Elternsorge
Das Kind schon wappnete mit Sitt' und Ehr'
Und noch die Jungfrau schirmt, mit der Erfahrung
Geschärftem Auge die Gefahr erkennend,
Wo Unschuld keine sieht. Wie reich oft würde
Sünde
An Gnade, gäb' Verführung, gäbe Not
Und Mangel an Erfahrung, gäbe List
Der Leidenschaft, die leise, Dieben gleich,
Durchs Auge schleicht und schläfert ein den
Wächter
Verstand, gäb' die Gelegenheit, die groſse
Verführerin der Welt, zurück, was sie
Ihr nahm.

Genovefa.   Nein, lästre nicht die Tugend so;
Sie wohnt nicht im Palast, im Reichtum nicht,

Noch auch im goldenen Gewand; sie wohnt
Im Herzen, und im Herzen gärt Verderbnis,
Und nicht Verführung, List der Leidenschaft,
Nicht Not und Armut schaffen sie; Herr, redet
Nicht mehr davon; ich bitt' Euch.

Graf.   Und so soll
Sie fort? in Nacht, und was die Wolken drohn?
Und rings auf weite Strecke ist kein Haus.
Verzeiht mir, doch mir selber deucht's zu hart.

Genovefa. Ist Euer Ohr so weich, was straft Ihr dann,
O Herr, ein Laster in der Welt? Denn welches,
Und wär' es Raub, ja wär' es grimmer Mord,
Das nicht den Vorwand fände? All solch Thun
Beschädigt nur den einzelnen, doch diese
Entehrt nicht sich allein, nein, sich und mich,
Ihr ganz' Geschlecht, übt Mord am Frauennamen
Und Raub, nicht an dem äußern Schmuck und Zier,
Nein, an dem tiefsten Herzen des Geschlechtes
Und seinem innerst höchsten Heiligtum.
Und um sie zu entschuldigen kränkt Ihr mich,
Sagt, schwach sind Frauen. Und wären sie's, wer trüge
Die Schuld? Thut Ihr's nicht selbst,
Sät Ihr im Mitleid neue Sünde aus?
Gesündigt wird, auch wenn Ihr streng seid, noch,
Doch Milde wirbt für Sünde, schafft sie erst.
Herr, da Ihr mich heimführtet in Eu'r Haus,
Nicht ahnt' ich, daß die neue Heimat mir
Auflegte, Tugend zu verteidigen,
Nach Gründen suchen, das vor Euch zu schützen,
Was selbst des Wilden Einfalt heilig hält.
Nun wohl; befehlt denn, daß sie bleiben soll;
Ihr könnt es, seid der Herr in diesem Haus.
Doch mir erlaubt dann, daß ich gehen darf.
An meines Vaters Hofe zu Brabant
Gekränkte Tugend immer Zuflucht fand.

Graf. So meint' ich's nicht. Da sei Gott vor, daß ich
Euch kränken sollte einer Dirne willen.
Nein, Ihr seid Herrin über Eu'r Gesind
Und frei in Eurem Schalten. Fand ich auch,

Verzeiht mir, Eure Tugend allzustreng,
Doch kann ich Eu'r Empfinden wohl begreifen.
Denn wenn von mancher andern Leidenschaft
Durch meine Jahre freigesprochen, doch
Denk' ich in nah verwandtem Punkte gleich,
Und das Gefühl verletzter Mannesehre
Trieb oft mich weiter, als in diesem Fall
Euch führt die Kränkung Eures Frauenstolzes.
Wir handeln so, obgleich wir's, ruhig, tadeln,
Wir tadeln's, doch ich weiſs nicht, ob mit Recht,
Denn oft ruht unsre Kraft auf unsrer Schwäche,
Und unser Schlimmes, ausgeschnitten, nähm
Wohl unsers Guten Bestes mit sich fort.

Margaretha. So bleibt's bei Eurem Spruch. Verzeiht mir,
                                                    Herrin,
           Mein Flehn, denn was auch Mutterschmerz mich
                                                    thun hieſs,
           Doch muſs ich sagen: Ihr habt recht. Gewiſs,
           So ist's, und ob's auch weh mir thut. Der Dirne
           Geschieht ihr Recht; hab' ich sie nicht gewarnt?
           Und daſs sie Euch beleidigt, solche Tugend!
           Verzeiht Ihr mir denn auch?

Genovefa. Ihr dauert mich.

Margaretha. Ja, ja, gewiſs; ob ich schon wert nicht bin,
           Daſs Eure Tugend sich so tief herabläſst.

Graf. Zu lang schon hielt der Zwischenfall uns auf,
           Sagt mir ein letztes Wort des Abschieds denn
           Und heiſst mich ziehn, wer weiſs es, auf wie lang,
           Vielleicht auf immer.

Genovefa.   Nein, mein edler Herr,
           Sprecht so nicht. Zieht Ihr doch, ein Kämpfer
                                                    Gottes,
           Ins Feld.

Graf.   Als Kämpfer Gottes kann ich fallen,
       Dann sein erst recht.

Genovefa. Nein, Herr, ich weiſs gewiſs,
           Ihr werdet kehren. Gläubiges Vertrauen
           Hält fest den Trost: Ich werd' Euch wiederschauen.

Graf. Doch schien's, der Dirne Gehn erregt Euch stärker.

Genovefa.　Ihr redet so, mein Herr, und glaubt es nicht;
　　　　　　Noch sonst, noch hier verkenn' ich meine Pflicht.

Graf.　Ei, haltet Ihr so streng die Linie ein?
　　　So zäh ist nicht der Kaufmann auf dem Markte:
　　　Er giebt wohl etwas drüber zu. — Laſst uns
　　　Im Sprechen gehn; die Mannen warten mein;
　　　So schwer es wird, es muſs geschieden sein.
　　　　　　(Alle gehen, auſser Margaretha.)

Margaretha.　Noch sonst, noch hier verkennt Ihr Eure Pflicht?
　　　　　　So braucht Ihr Gnade nicht, die Ihr nicht gebt?
　　　　　　Wiſst Ihr nicht, daſs Ihr frevelt? Wiſst Ihr nicht,
　　　　　　Hochmut zerstört sich selber? Geht nur, geht!
　　　　　　Seid Ihr kein Weib, wenn auch der alte Graf,
　　　　　　Kalt, wie er ist, Euch's nicht gelehrt? Wie
　　　　　　　　　　　　　　　　　　　　　Sicherheit
　　　　　　Euch kitzelt, dennoch seid Ihr eins; und wiſst
　　　　　　Ihr's nicht, ei desto schlimmer dann für Euch.
　　　　　　Geht, geht nur, meint Eu'r Fleisch von anderm
　　　　　　　　　　　　　　　　　　　　　Stoff,
　　　　　　Als andrer Frauen Fleisch, Eu'r Blut gemischt
　　　　　　Aus andern Teilen. Glaubt Euch unzugänglich
　　　　　　Der Leidenschaft, meint Eure Tugend Stahl,
　　　　　　Verführung nur ein gläsern Schwert. Nur zu.
　　　　　　Gut, daſs der Graf den Golo bei ihr lieſs,
　　　　　　Jung, schön genug, um Heil'ge zu verlocken,
　　　　　　Und so voll ungeschwächter Jugendkraft
　　　　　　Und Zunder für die Leidenschaft, daſs nur
　　　　　　Ein Funken g'nügt, und schon steht er in Flammen
　　　　　　Und zündet weiter. Wie? ein solcher Jüngling
　　　　　　Mit solchem jungen Weibe, so verblendet
　　　　　　Von Sicherheit, die die Gefahr nicht kennt
　　　　　　Und spielt mit ihr, bis sie sich selbst verspielt,
　　　　　　Auf Monden fast allein? Natur
　　　　　　Allein vollbrächt' es: und sah ich ihr Auge
　　　　　　Auf ihm nicht ruhn mit süſsem Wohlgefallen,
　　　　　　Wenn unbewuſst schon? Pack' ich euch nur
　　　　　　　　　　　　　　　　　　　　　schlau —
　　　　　　Und bin ich nicht gewandt und hab' gelernt,
　　　　　　Von Kind in groſser Herren Dienst, die Kunst

Der Schlangenzungen, die mit Warnung lockt,
Verführt mit Tugendsprüchen, Wahrheit selber
                                        macht
Zum Köder an der Lüge Angelhaken
Und mästet dürre Sünde, die den Sünder
Mir zinsbar macht, mit Gründen, so zum Recht
Sie stemple und zur Sünde das Gesetz,
Das sie verbeut? — Merkt auf, Ihr seid wie alle,
Gefahr verachten führt zum sichern Falle.

                          .

                    ———————

Fünfte Szene.
(Else kommt.)

Else. Lebt wohl, Mutter, ich hab's gehört,
      Die Gräfin war nicht zu erweichen.

Margaretha. Ich wußt' es vorher, ich bat nur, um deinen
Willen zu thun. Aber es soll ihr kommen! Es soll ihr
kommen!

Else. So redet nicht, Mutter, sonst muß ich ohne Abschied von Euch.

Margaretha. Geh nur; darum weinst du doch nicht, daß
du von mir sollst.

Else. Ja, Mutter — ich kann jetzt nicht lügen — hätt'
ich der Gräfin Beispiel höher gehalten als Eure Lehren, — aber
ich will Euch nicht weh thun, wo ich Euch Lebewohl sagen muß.

Margaretha. Das ist der Dank für meine Liebe! Geh,
böse Dirne, geh! Was sag' ich, Winfried?

Else. Er wird Euch kein Geld mehr geben; Ihr habt
nichts mehr zu verkaufen, wenn ich fort bin.
(Winfried kommt.)

Margaretha. Red'st du jetzt so zu mir? Aber da kommt
er selber. Er muß dir ein Unterkommen schaffen. Ja, Junker,
seht, was Ihr angerichtet habt. Bessert den Schaden, so gut
Ihr könnt.

Winfried. Ist's wahr? Du sollst fort, Else? Jetzt? in die
Nacht hinein und in das Gewitter. Es ist nicht wahr, es wär'
unmenschlich.

Margaretha. Es hat's auch die Tugend selber befohlen,
kein Mensch von Fleisch und Blut.

Winfried. Kommt mit, Else. Ich bringe sie zu Eurer Schwester, der klugen Frau bei Othos Burg.

Else. Laſst mich gehen. Wär' ich von selbst so stark gewesen, als nun die Angst der Reue mich macht, ich wäre lange fort, oder ich hätte nicht auf Euch gehört, dann wär' ich noch glücklich und die Gräfin liebte mich noch. Ihre Strenge ist milder, als was Ihr Eure Liebe nanntet; sie ist so lieb, daſs sie selbst in ihrer Härte ein Engel ist. Laſst mich gehn. So irr' ich gehen mag in Nacht und Wald und Gewitter, ihre Strenge hat einen bessern Führer in mir erweckt, als Ihr mir war't. Es ist gut, daſs ich fort muſs. Ich hätte mich nicht losreiſsen können aus eigener Kraft. Ich will Euch nicht weh' thun; lebt wohl oder lebt, wie Ihr könnt, nur laſst mich.

(Geht ab.)

Margaretha. Else! Geht ihr nach, Junker. Soll ich mein Kind ganz verlieren? Seht die Gräfin, wie sie da kommt, hochfahrend und stolz, und mein Kind muſs verachtet hinaus, und an ihrer Stelle wär' sie nicht besser als mein Kind. Und sie soll triumphieren?

Winfried. Ich will zur Rache helfen, wie ich kann; die kluge Frau, Eure Schwester, soll uns Rache schaffen mit ihrem Zauberspiegel. Aber ich muſs der Else nach.

Margaretha. Seht nur, daſs Ihr sie weich macht; sie ist gut, zu gut; ich kann nicht nach mit meiner Krücke.

(Winfried ab.)

Sechste Szene.

Verwandlung.

(Genovefa, Golo, Otho, Damen, Gefolge zurück.)

Otho. Da ich von frommer Fassung Euch geschirmt seh',
Empfehl' ich Euer Gnaden mein Gedenken,
Und kehr' auf meine Burg in Treu gewärtig
Des Winks von Eurer Hand.

Genovefa. Wir denken nicht
Der Treue zu bedürfen, doch mit Freude
Erfüllt uns ihr Besitz. Mein wackrer Otho! —
Ihr Leute, geht an Eu'r Geschäft; ich kehre
Hier ein in der Kapelle, da zu beten

Zu Gott um gute Fahrt für meinen Herrn.
Ihr, lieber Golo, wartet!

(Sie geht in die Kapelle, Frauen folgen. Alle ab aufser Golo, Margaretha
und Otho.)

Otho.   Euch, Junker Golo, heifs' ich nicht, der Ehre
Gedenk zu sein, die' Eurer Jugend ward.
Sie selbst und Euer Wert, den sie bezeugt,
Thut es beredter als ich könnte; so
Lafs' ich den Beiden Euch.   (Ab.)

Golo.   Sorgt nicht! Lebt wohl!
Was will auch der? Sie alle warnen mich
Und mehrten die Gefahr, vor der sie warnen,
Wär' jenes Wunderbild, das lebend dort kniet,
Ein Weib.
              Dann zög's die Heiligen herab,
Anstatt hinauf die Beterin zu ziehn.
Doch eher schmölz ihr kühler Blick der Heiligen
Marmorne Form, eh' Glut von Männeraugen
Erwärmte ihren Blick. Und gut ist's so.
Denn — Dankbarkeit und jener edle Trieb,
Vertrauen zu bezahlen, noch so stark —
Stünd dieser Nimbus schirmend nicht mehr da,
Der dieses Bild der Hoffnung und Begier
Entrückt, mit so gewalt'ger Flamme, fürcht' ich,
Ausbräche Leidenschaft, dafs, aufgeleckt
Von ihrer glühen Zunge, spurlos schwände
Jen's Sternenpaar der Mahnung. Wer ist hier?

Margaretha. Ei, Herr Junker, Ihr murmelt doch nicht
Zauberworte gegen die Gräfin? Kann ein Mensch dem süfsen
Geschöpf zürnen? Ich hätte Grund und kann es nicht; Ihr habt
keinen.

Golo. Was wollt Ihr von mir?

Margaretha. Ihr zürnt, ich weifs, Ihr zürnt ihr, weil sie
schuld ist, dafs Ihr nicht mit ins Feld durftet.

Golo. Wer sagt, die Gräfin ist schuld daran?

Margaretha. Nun, jemand, der sie selber den Grafen
bitten hörte, Ihr seiet zu wagehalsig, Ihr würdet im ersten Ge-
fechte fallen. Es war vor zwei Tagen, als ich sie so bitten
hörte, denselben Abend, da Ihr die Felsenspitze erritten hattet;

sie zitterte noch vor Angst um Euch. Sie hat Euch lieber als
sie sollte, das arme, schöne Weib; sie hat Euch lieber, als sie
selber weifs.

Golo. Sie ist mütterlich besorgt um mich.

Margaretha. Mütterlich? Wollte Gott! wollte Gott! Wo-
hinter versteckte sich nicht Liebe vor sich selber; das arme,
schöne Weib! Wär't Ihr im Kriege, Junker, wär't Ihr überall,
nur nicht hier! O der Graf that nicht wohl, Euch hier zu lassen.
Seht hin; ein Weib betet wie sie liebt. Sagt selbst, kann solche
Liebe ein Weib beschützen?

Golo. Ihr seid toll. Die Gräfin betet kühl, weil sie kühler
Natur ist. Sie braucht keinen Schutz vor Liebe, weil Liebe ihr
nicht gefährlich werden kann.

Margaretha. Nicht gefährlich? Ihr meint, sie ist kalt?
Errötete sie nicht, als der Graf nach Elsens Vergehen fragte?
Ich sah sie erröten, als ein Trofsbub' kam und dem Grafen sagte,
ein Pferdezaum sei gestohlen; so leicht errötet sie. Und was
errötet im Menschen als ungethane Sünde? Eine für die andere?
Die begangene Sünde erbleicht und die Unfähigkeit zum Sündigen thut keins von beiden. Das Blut, das die Kraft hat, die
Wangen zu erstürmen, hat auch die Kraft zu sündigen. Saht
Ihr je einen von Natur kalten Menschen erröten? Meiner Treu,
ich nicht. Und meint Ihr, Kälte kann so zürnen, wie die Gräfin
der Else? Die Gräfin kalt? O, dafs sie es wäre! o, dafs sie es
wäre! Mein Trost ist Eure Tugend, nicht die ihre. Das arme
Weib betet für ihren Herrn; kennte sie sich, sie betete für sich.
Ihre Gefahr ist gröfser als die ihres Herrn. Nun steht sie auf
und kommt. Die arme, schöne Kreatur! Wie stolz sie meine
Else strafte und wufste nicht, sie trug die nämliche Sünde schon
keimend in sich selber.

(Gräfin und Damen kommen zurück.)

Siebente Szene.

Genovefa. Lafst, lieber Golo, doch die Gartenthür
Verschliefsen. Bis zur Rückkehr meines Herrn,
Die Gott in Gnaden bald geschehen lasse, —
Ich betete darum und hoff' Erhörung —
Will ich 'ne Nonne sein. Wollt Ihr das thun?

Golo. Wie Ihr befehlt; ich bin Eu'r Diener, Herrin.

Genovefa. Darum — was hilft's — müfst Ihr Euch plagen
                                                    lassen
Mit Frau'nbefehlen nun, die andre Dinge
Angeh'n als Lanz' und Schwert, und was Ihr liebt;
Webstuhl und Spindel; — nein doch, ängstet Euch
Vergeblich nicht; nur soviel Mühe sollt
Ihr haben, als ich glaub', sie müht Euch nicht.
Ich will Euch eine milde Mutter sein.
Ich scherze, und doch ist mir schwer zu Mut!
Eine Freundin rifs ich los von meinem Herzen,
Und mein Gemahl zog in den Krieg; ja, schwer
                                            ist mir's,
Ihr dürft es glauben. Und nun gute Nacht.

Golo. Besser als Schlummer, wenn für Euch durchwacht.

Genovefa. Kommt, Margareth'; denn ich will sinnen, wie ich
Euch tröste, arme Frau.

Margaretha.   Ja arm, ja arm!
Denn sünd'gen that mein Kind — und sah doch
                                            Euch?
Ich fürchte, eben drum; ein allzu glänzend
Vorbild beraubt Nacheiferung des Mutes,
Und Mut ist halb Gelingen.
            (Alle gehen bis auf Golo.)

Golo.   Schweige, Herz;
Denn ausgesprochen wär' es Schmach, was dich
So ungestüm heifst pochen, nennte dich
Den gröfsten Schurken auf der Welt. — Ja, zög' ich
Dem Tod entgegen, Tod wär' Leben. Hielt sie
Mich hier zurück? Und sagt nicht jedes Wort
Von ihr mit seinem Zauberklang: sie that's?
Ja dann warum? Hör's Himmel, nicht, verleumd' ich
Dein Wunderwerk — denn Sünde würde selig
An ihr, und mich verdammt mein Hoffen schon;
Nicht sei's Verleumdung. Doch wie stimmt dazu
Ihr Thu'n an jenem Mädchen? Schwäche barg
Sich wohl schon öfter hinter Überstrenge,
Und Sünde schreckte den Verdacht von sich,
Ihr Antlitz schminkend mit dem Zorn der Tugend.

Wie? Wer ist mein Gewährsmann? ein alt' Weib,
Eine Märchenspinnerin und Auslegung,
Die trippelt dienstgeschäftig, als Kupplerin
Des Wunsches und der Sinne, hin und her?
Sie lächelt mir? Sie thut's dem Täubchen auch;
Und spricht sie: „Lieber", was hab' ich voraus
Vor Hund und Zelter? Still! es naht ein Ohr,
Und Sünde ist dein Denken.

(Margaretha kommt eilig zurück.)

Margaretha.   Dacht' ich's nicht?
Das arme Weib! Das arme Weib!

Golo.   Was wieder?

Margaretha. Was sonst? Ihr sollt zur Gräfin. „Wenn er mag,
Wenn er just Lust hat, wenn ihn sonst nichts
                                                              hält."

So sagte sie und sah dabei zur Seite,
Als wollte sie das eigne Wort nicht sehn.
Sie spräche gern von ihrem Herrn mit jemand,
Der ihn gekannt, wie Ihr; das arme Weib!

Golo. Laſst Euer Jammern ohne Grund.

Margaretha.   Und kommt Ihr?
Ich wette, daſs sie noch am Thore steht;
So eilig ist ihr's, und so heftig sehnt
Sie sich, von ihrem Herrn mit Euch zu plaudern.

(Sie entfernt sich.)

Golo. Ich komme. — Wär' es so — kein Mann auf Erden,
Und gähnte Hölle hinter ihr und schlänge
Nach einer Stunde Glück den Glücklichen
Hinab aus ihren Armen in die Qual,
Winkt ihm Gewährung, wäre, was er ist,
So zu sehr und zu wenig; ja, er selbst,
Er, des Gesetz es wehrt und alle Schrecken
Gehetzter Phantasie um den Beginn
Vor diesem Wege türmt,
Wohnt' er in eines Mannes Leib, er bräche
Sein eigenes Gesetz; in ihrem Arm
Vergäſs er seine Höll' und seinen Himmel.
Ja, wär' es so —
Um diesen Lohn würd' ich ein gröſser Schurk,

Als um verratenes Vertraun und Undank
Je einer auf der Stirn das Brandmal trug.
Ich kannte keinen Vater, keine Mutter,
Doch, wär' es so —
Und hätt' ich beide lebend, und der Weg
In dieses Weibes Arm führt' über sie,
So höhnte nicht das Mitleid meinen Drang,
Und keine Hölle hemmte mir den Gang. (Ab.)

———————

Szene aus dem zweiten Akt. (Fassung B.)
Auf Othos Burg.

Arzt. Griff den Grafen das Wiedersehn seiner Gemahlin
stark an? Beobachtet' Ihr ihn wohl? Ich fürchte, so war es;
deshalb eilte ich, als ich den Besuch erfuhr, und nahm das
Fläschchen mit, das einen wunderbaren Stärkungstrank enthält.
Ich hätte es nicht zugegeben, daß der Graf seine Gemahlin jetzt
schon sehen sollte, hoffte ich nicht, daß der Nutzen ihrer Pflege
die Gefahr der Erschütterung des Wiedersehens zehnmal wegkaufe.

Otho. Golo kam allein, die Gräfin nicht mit ihm.

Arzt. Weiß sie noch nicht?

Otho. Ja, aber sie ist selbst unwohl.

Arzt. Selbst unwohl? So muß ich von hier sogleich nach
Hohensimmern; es muß sie überfallen haben. Es ist das erste
Wort, das ich von einer Krankheit der Gräfin höre.

Otho. Golo wird Euch von ihr sagen können. Hier kommt
er mit dem Grafen. Laßt uns ihr Gespräch nicht stören.

(Siegfried. Golo. Vorige.)

Siegfried. Was sagt Ihr, Otho? Hörtet Ihr es schon?
Der Golo hier verwunderte sich nicht,
Nichts fiel ihm auf an mir. — Ich muß mich setzen;
Denn Höllenschmerzen wüten in dem Bein.
(Den Arzt bemerkend.)
Ei guten Morgen, Doktor! Denkt, der Bursch da
Verwunderte sich nicht.

Golo. Herr, sah ich Euch doch schon.

Siegfried. Mich? Wie und wo?
Im Traum?

Golo. Nein, im Wachen und leibhaftig.

Siegfried. Ich träumte diese Nacht 'nen schweren Traum.

Arzt. Wenn tief die Sinne schlummern und der Geist,
Wählt ihre Macht sich Einbildung; und diese
Dehnt selbst im Wachen sich so riesenhaft
Oft aus, dafs das beschränkte Mafs von Licht,
Das unsrem Fassen angewiesen ist,
Nur reicht, um unsre Träume zu erhellen,
Und Geist und Sinne das, was wirklich ist,
Nur kaum gewahren und der glühende Wahn
Nun Wirklichkeit erscheint und Wirklichkeit
Ein blasser Traum.

Siegfried. So ist es, wie Ihr sagt.

Arzt. Und Eure Schwäche, Herr, begünstigt
Dies kranke Treiben.

Siegfried.   Treffen Träume ein?

Arzt. Man glaubt, sie steigen aus verschied'nen Quellen,
Die meisten sind blofs Dunst, der von dem Herde
Dringt der Verdauung in das Hirn; doch tief
In uns liegt ein verborgner Sinn, der vorfühlt
Art und Gestalt noch ungeborner Zukunft.
Und manches, was uns Traum erscheint, ist nur
Der Schatten, den ein nahendes Geschick
In unsrer Seele Spiegel wirft.

Golo. War Euer Traum angenehm, so glaubt nur, Herr,
er wird eintreffen; war er anders, so denkt, er ist eine Folge
Eures körperlichen Zustandes und vergefst ihn.

Siegfried. Und unwohl ist die Gräfin?

Golo. Sollte ihr Unwohlsein sich verschlimmern, so werdet
Ihr meinen, Euer Traum war eine Ahnung davon, dann hat er
zugetroffen; ist es anders, so war Eure Ahnung blasser Traum.
Auf diesem Wege kann ein Jucken am Finger zu unverdienten
Ehren kommen. Mein Vorgefühl war nicht von so zweifelhaftem
Werte. Denn — lacht immer, gnäd'ger Herr — bis auf die
losgegangene Schnalle da an Euerm Knie standet Ihr leibhaft
vor mir.

Siegfried. Wie war das möglich?

Golo. Das Wie dürft Ihr mich nicht fragen; das Was will
ich erzählen, wenn Ihr's hören wollt.

Siegfried. Du willst mich heiter machen. Nun sieh, ob dir's gelingt. Aber wenn es nicht gut ersonnen ist —

Golo. Dann müfstet Ihr lachen und der Zweck, den Ihr bei mir voraussetzt, wäre um so gewisser erfüllt. Aber es ist weder ersonnen noch Traum, dafs ich auf dem Wege zu Euch von einer klugen Frau erzählen hörte mit einem Spiegel, der noch klüger sei als sie selbst, und ebensowenig, dafs ich wahr fand, was man mir davon erzählt hatte.

Arzt. Dann war es ein Zauberspiegel, Junker, in den Ihr saht?

Otho. Und Ihr wufstet nicht, dafs in einen solchen sehen, Gott versuchen heifst?

Golo. Meiner Treu, ich dachte an keines von beiden. Die Angst, wie ich meinen Herrn finden werde, liefs mich nicht dazu kommen. Dazu wohnte die kluge Frau an meinem Wege. Ich hatte nicht hundert Schritte mehr zu Euch, aber der Spannung meiner ängstlichen Erwartung deuchte jeder Schritt eine Meile.

Siegfried. Wo wohnt die Frau?

Golo. In dem verfallenen Gemäuer gleich am Wege im Wald.

Siegfried. Wenn Liebe nicht, so drängte Pflichtgefühl,
Gefühl für Schicklichkeit die Gräfin sicher,
Zu mir zu kommen, wär's Unpäfslichkeit
Und leichtes Unwohlsein nur, was sie fühlt.
Nein, Schlimm'res, fürcht' ich, ist's. Wie, Golo?
                                        Doch
Ich fürchte, dafs er mir die Wahrheit hehlt.

Golo. Jetzt, da die Furcht um Euch von mir gewichen ist, erstaun' ich erst über die Genauigkeit, mit der der Spiegel mir Euer Bild zeigte. Wahrlich, nicht die leise Röte unter Euern Augen fehlte.

Siegfried. War sie schon gestern unwohl?

Golo.   Herr, Ihr meint
Die gnäd'ge Gräfin? Nein, gestern noch nicht.
Da war sie heiter noch, mutwillig fast,
Noch heitrer, als gewöhnlich; noch am Abend
Sah ich, wie ihre Frau'n sie warf mit Blumen.

Siegfried. Noch heiter? Heitrer als gewöhnlich noch?
Drei Mond' erst war sie meine Gattin, früher
Kannt' ich sie nicht; so lang sie bei mir lebte,

War Freud und Leid an ihr von stiller Art,
Glich mehr ihr Wesen solchem Sommertag,
Wo leichter Wolkenduft der Sonne Glanz
Süfs mildernd schamhaft einhüllt.

                              Gestern noch?
Und heute — sahst du sie, eh' du ihr sagtest,
Was dir mein Schreiben auftrug? War sie da
Schon vorher krank? Traf sie die Nachricht so?

Golo.   Gewifs, es schmerzte sie; wie sollt' es anders?
Vielleicht, dafs dies sie krank gemacht.

Siegfried.   So trafst
Du gleich mit vollem Streich ihr Herz, statt
                              schonend?

Golo.   Nach Euerm Wunsch bereitet' ich sie vor.

Siegfried.   Doch plump, so wie in manchen Menschen schon
Ich gute Meinung schaden sah.   Du stürztest
Erschreckt zu ihr und riefst ihr zu: Erschreckt nicht.
Solch Vorbereiten sah ich oft, dann wirkte
Der Grund des Schreckens wie Beruhigung,
Das klein're Übel nach dem gröfsern.   Doch
Bei zarten Seelen, wem die Saite rifs
Von wilder Hand, berührte sie umsonst
Der zart're Finger.

Golo.   Herr, Ihr ängstet Euch
Vergeblich; sie ist unwohl, doch nicht krank.

Siegfried.   Ja, sie ist krank, wie du dich mühen magst,
Es zu verhehlen; seh' ich nicht, du selbst
Bist aufgeregt, und deiner Reden Zwang,
Dein Übertreiben ihrer Heiterkeit,
Das alles wendet in Verwirrung sich
Gegen sich selbst und macht sich selbst zu nichte?
Ruft meinen Knappen, mir ein Rofs zu satteln.
Ich will sie selber sehn.

Arzt.   Herr, Euer Zustand
Wehrt Euch die Reise, thäten wir's auch nicht,
Gestützt auf unsre Pflicht.

Siegfried.   Nur allzu wahr.
Hör' ich Euch nicht, mufs ich mich selber fühlen;
Ich war nicht krank und schwach; nun bin ich's erst.

Otho.   Den schnellsten Boten send' ich, Herr, wenn Euch
        Des Junkers Wort nicht g'nügt. Doch, Herr, verzeiht,
        Ich sehe keinen Grund für Eure Zweifel.
Siegfried. Weil du ihm helfen willst, mich täuschen. Les' ich's
        Nicht dir im Angesicht, da liegt etwas,
        Das dir zu schwer deucht, mir es zu enthüllen.
        Mein Rofs — Doch wie? Gut, dafs das von dem
                                                Spiegel
        Dir übereilt entfuhr —
Golo.   Ihr wollt doch nicht —
Siegfried. Nun, siehst du, dafs du mich verhindern möchtest?
Otho.   Herr, lafst Euch warnen, fragt den Spiegel nicht.
        's ist Teufelswerk, Ausläufer aus der Wurzel
        Des kaum noch abgehau'nen Heidentums.
        Spricht Hölle wahr, thut sie's, uns zu belügen,
        Und lügt sie, lockt sie unser Heil von uns.
Siegfried. Kein Wort mehr. Das Gemäu'r am Wege kenn' ich,
        Her einen Sessel! Leute, ihn zu tragen!

                .   .   .   .   .

                    .   .   .

            Dritter Aufzug.   (Fassung B.)

                Erste Szene.
            Saal auf Hohensimmern.
            (Golo, Margaretha, Winfried.)

    Golo. Diese Nacht ist unser, wir müssen aus ihr münzen,
was wir irgend ermöglichen. Wo ist die Gräfin?

    Margaretha. Auf ihrem Zimmer, aber mich dünkt, die
Stunde ist da, wo sie nach dem Kirchlein geht und betet.

    Golo. Seid Ihr noch willig, Junker, Euch bei ihr über-
raschen zu lassen?

    Winfried. Ihr schwört mir, sichere Flucht zu lassen.
Unter dieser Bedingung thu' ich, was Ihr verlangt, um die arme
Else an dem schönen Hochmut zu rächen.

    Golo. Ich glaube, Ihr thätet lieber mehr als weniger, wenn
Ihr einmal mit ihr allein beisammen sein sollt. Aber fort jetzt
mit Scherzen! Die Nacht ist dunkel, wie zu unserm Vorhaben
gemacht.

Margaretha. Sie kommt mit ihren Frauen.

Golo. Gut; Ihr wifst, was Ihr zu thun habt.

Winfried. Ja, ich schleiche auf der Gräfin Zimmer und verberge mich dort unter das Bett, nachdem ich das Fenster geöffnet und das eine Ende der Strickleiter oben befestigt habe. Margaretha befestigt das andere Ende unten im Hofe und legt meinen Mantel, mein Schwert und mein Barett dazu.[1]

Golo. So ist's; dann kommt Ihr, Margaretha, herein in den Saal, wo ich das Hausgesinde zusammengerufen habe, damit Ihr keine Störung findet in Eurem Geschäfte, und sagt, Ihr habt unter den Fenstern der Gräfin ein Männerüberkleid liegen sehen. Ich gehe dann hinaus und das weitere mufs sich finden. Ich will es so wenden, dafs sie mich zwingen müssen, an ihrer Spitze die Gräfin zu überraschen. Und haben nur erst alle Euch bei ihr gesehn, dann schaff' ich Euch bequeme Zeit zu entfliehn; im Stalle steht mein schnellstes Pferd gesattelt, reiches Reisegeld unter dem Sattel. Ich höre sie kommen. Fort!

(Margaretha und Winfried ab.)

Golo. Viel Vergnügen, Junker! — Teufel! ist das auch nur Scherz und die Ausführung unmöglich; bei dem blofsen Gedanken, dafs er allein sein soll mit ihr, schlägt mir die Glut der Eifersucht übers Gesicht und reifst mir die Hand zum Schwertgriff. Ich bin eifersüchtig auf des Dienstvolks Gedanken; dafs er auch nur in ihrer Einbildung die Seligkeit geniefst, um die ich alle andre gebe, macht mich zu seinem Todfeinde. Es bedarf der Mahnung meiner Sicherheit nicht, die seinen Tod verlangt. — Aber still, sie kommt. Nieder mit dir, Aufruhr meines Blutes. Sie hat dich ja lügen gelehrt, Antlitz; zahl' ihr dein Lehrgeld.

(Genovefa mit ihren Damen.)

. . . .

. . . . .

---

1) Nach einer anderen Version sollte Winfried einfach in Genovefas Gemach hineinsteigen und dabei von Siegfried erblickt werden.

www.ingramcontent.com/pod-product-compliance
Lightning Source LLC
Chambersburg PA
CBHW032010060726
47497CB00017B/2428